곰과 함께

곰과 함께

어느
상처 입은
행성에서
들려 온
열 편의
이야기

I'm with the bears
Short stories from
a damaged planet

마거릿 애트우드 외
정해영 옮김

민음사

I'M WITH THE BEARS:

Short Stories from a Damaged Planet

by Margaret Atwood, Paolo Bacigalupi, T. C. Boyle, Toby Litt, Lydia Millet,

David Mitchell, Nathaniel Rich, Kim Stanley Robinson, Helen Simpson, Wu Ming 1

Edited by Mark Martin

Introduced by Bill McKibben

존 뮤어는
인간과 동물 사이에 전쟁이 일어난다면
자신은 곰의 편에 서겠다고 말했다.
지금이 바로 그때다.

데이브 포먼
「전략적 방해 공작」

차례

서문

빌 매키번

지구 온난화와 관련한 글을 쓸 때의 문제는 진실이 웬만한 허구보다 더 황당할 수 있다는 점이다. 허무맹랑한 통속 소설은 저리 가라다. 최근 몇 년, 아니 2010년 한 해만 살펴보자. 그해는 가장 더운 해였다.(물론 머지않아 그렇지 않게 되겠지만.) 열아홉 개 나라에서 최고 기온 기록이 경신되었다. 파키스탄에서는 6월에 수은주가 53도까지 치솟아 아시아 대륙 최고 기록을 갈아 치웠다.

더위는 다채로운 총천연색 효과를 불러일으켰다. 북극에서 빙하가 녹는 속도가 역대 최고 수준을 기록했다. 역사상 처음으로 북서 항로와 북동 항로가 모두 열렸고 십 년 전만 해도 인간이 여행하리라고 상상도 하지 못한 지역에서 즉석 요트 경주가 벌어졌다. 러시아에서는 『닥터 지바고』와는 정반대로 열기가 치솟았다. 얼음 궁전 대신 모스크바 주변 토탄 습지에서 거대한 화염 벽이 끊임없이 타올랐다. 러시아 수도에서 기온이 37.8도까지 오른 적이 없었는데, 그해 8월에는 그것을 웃도는 기온이 여덟 차례나 기록되었다. 극심한 가뭄으로 러시아 정부는 곡물 수출을 중단해야 했고 그로 인해 전 세계 밀 가격이 천정부지로 폭등했다.(이것이 적어도 부분적으로는 튀니지와 이집트 같은 나라들의 사회적 불안에 영향을 주었다).

그러면 파키스탄에서는? 맙소사! 이런 상황이다. 따뜻한 공기는 차가운 공기에 비해 더 많은 수증기를 품고 있다. 그래서 대기는 사십 년 전보다 4퍼센트 정도 더 많은 습기를 머금고 있다. 언제라도 집중 호우가 내릴 수 있는 조건이 조성된 셈이다. 2010년 7월 말 파키스탄은 최악의 사태를 맞이했다. 연평균 강우량이 900밀리미터인 산악 지대에 일주일 동안 비가 무려 3600밀리미터 쏟아졌다. 범람한 인더스 강이 국토의 4분의 1을 휩쓸었다. 영국 전체 면적에 맞먹는 넓이다. 이는 2011년 초까지 최소 여섯 차례 이어진 대홍수의 서막이었다. 훨씬 더 참담한 경우도 있었다. 오스트레일리아 퀸즐랜드에서는 프랑스와 독일보다 넓은 국토가 물에 잠겼다. 그러나 파키스탄에서는, 오, 이럴 수가, 여섯 달 후에도 여전히 400만 명이 집으로 돌아가지 못했다. 물론 그들은 이러한 대재앙에 어떤 원인도 제공하지 않았다. 그들은 탄소를 대기 중으로 쏟아붓지 않았다.

우리 짓이다. 우리 서구인이 저지른 짓이다. 그래서 이런 책들이 중요하다. 어떻게든 우리는 용기를 내어 행동해야 한다. 이렇게 계산할 수 있기 때문이다. 앞서 말한 모든 것, 2010년의 대재앙은 지구가 1도 더 따뜻해진 결과였다. 지구 온난화 초기 단계의 맛보기였다. 초기 단계일 뿐이다. 과학자들은 우리가 즉시(경제적으로 또는 정치적으로 편리한 시기보다 훨씬 빨리) 행동하지 않으면 이 1도가 금세기가 끝나기 전에 4~5도가 될 것이라고 이구동성으로 경고한다. 단 1도가 북극을 녹였다는데, 시적 상상력을 발휘해 보자. 우리 상상력에는 한계가 있다. 나사(NASA) 연구 팀이 2008년에 말했듯이, 대기 중 탄소량을 신속하게 줄이지 않는다면 "문명이 발달하고 이 땅의 생명체가 적응해 온 행성과 비슷한" 행성은 더 이상 존재하지 않게 될 것이다.

지금까지는 그 진실과 관련하여 무엇이든 해 보려는 노력이 철저히 좌절되었다. 화석 연료 산업이 모든 전투에서 승리를 거두었다. 그들은 이런 논거를 내세웠다. 기후 변화에 관해 무엇이든 하려면 단기적으로 경제적 고통이 뒤따른다는 것이다. 단기적인 경제적 고통이 얼마나 괴로울지 상상하고 이해할 수 있으므로(물론 선의였겠지만, 지난 몇 년간의 불황을 대서특필한 언론을 생각해 보라.) 우리는 그에 우선순위를 둔다. 지구 온난화는 당연히 상상하기 어렵기 때문에(어쨌든 전에 발생했던 적이 없으므로) 그다지 주목받지 못했다. 변화가 일어날 때까지 우리는 곤경을 해소할 만한 행동을 하나도 취하지 않을 것이다.

과학이 이끌어 줄 수 있는 곳은 여기까지다. 과학자들은 그동안 할 일을 해 왔다. 가능한 모든 경고를 했고 비상등을 켰다. 이제 나머지 사람들, 즉 경제학자, 심리학자, 신학자 그리고 예술가 들이 나설 때다. 특히 예술가들은 막연한 느낌을 이해하는 데 도움을 줘야 한다. 이 책에 실린 소설들은 그런 방향으로 나아가는 인상적인 출발점이 되어 줄 것이며, 대부분의 문학 작품보다 진정으로 진일보한 결과물임을 잊지 말아야 한다. 이 소설들은 사람들 사이의 관계에 집중하는 대신 사람과 다른 것들 사이의 관계에 주목한다. 예전의 안정된 행성에서 자연은 휴먼 드라마가 펼쳐지는 배경이었다. 반면 우리가 만들어 가고 있는 불안정한 행성에서 이 배경은 가장 절박한 드라마가 된다. 많은 단편들이 이 세상, 이 거친 세상이 우리가 너무도 당연하게 사랑해 온 익숙한 세상이 아니라는 것을 일깨워 준다. 이 단편들은 단언컨대 우리에게 절실히 필요한 충격이며, 이런 충격을 주는 것은 우리에게 주어진 심각한 임무이다.

물론 사람들의 마음을 움직이려면 두려움뿐 아니라 희망도 필요하다. 그래서 어쩌면 이러한 비상 상황에서 우리가 건네는 편지의 과제는 화석 연료 이후 세상에서의 삶이 어떤 모습일지 짐작하는 데 도움을 주는 것일지도 모른다. 분위기가 암울한 작품뿐 아니라 밝은 작품도 있다. 공동체가 소비를 대체하는 미래 모습도 그려 낸다. 얼토당토않은 이야기가 아니다. 실제로 아무런 희망도 찾을 수 없을 것 같았던 지난 십 년 동안에도, 한 세기 반 만에 처음으로 미국의 농장 수가 증가했고 많은 사람들이 농산물 직판장을 찾았으며 신세대 소비자들은 한때 인류의 대부분이 일상적으로 느끼고 알았던 특별한 즐거움과 책임을 배우기 시작했다. 그런 의미에서 우리에게는 오랫동안 이런 토양을 일궈 온 웬들 베리 같은 작가들이 있다.

궁극적으로 작가의 임무는 우리를 특정한 방향으로 인도하는 것이 아니라 조명하는 것이다. 말하자면 증언하는 것이다. 기후 변화와 관련해 우리는 지금껏 인간이 행한 것 가운데 가장 큰, 너무 커서 거의 보이지도 않는 것에 직면하고 있다. 이 책에서 전 세계 작가들은 그것을 지적함으로써 지금 인류가 직면한 마지막 시험을 위한 질문을 제기하는 데 기여한다. 거대한 두뇌가 적응할 수 있을 것인가, 없을 것인가? 그것이 우리를 곤경에 빠뜨릴 수 있다는 점만은 자명하다. 그리고 몇 년 안에 우리는 그 거대한 두뇌가 우리 바람대로 거대한 심장과 연

결되어 우리를 곤경에서 벗어나게 해 줄 수 있을지 알게
될 것이다.

1989년 7월, 시스키유 숲

T. C. 보일

이야기는 이렇게 시작한다. 수많은 별들이 촘촘히 박혀 은하수가 하얀 비닐봉지처럼 하늘 지붕을 덮은 어느 여름밤. 달은 없다. 물론 있었더라도 위력을 발휘하지 못했을 테지만. 소리도 없다. 들리는 거라곤 이따금 졸졸거리는 시냇물 소리와 유령처럼 뿌연 길을 조용히 두드리는 싸구려 테니스화 밑창 소리, 그리고 줄기차게 박수 치는 귀뚜라미 소리뿐이다. 그곳은 흙길, 정확히 말하면 임산 도로였지만, 타이론 타이어워터는 그것을 길이라고 부르고 싶지 않다. 차라리 숲의 육신에 남은 깊은 자상 또는 흉터라고 부르고 싶다. 그러나 편의상 그냥 길이라고 부르자. 낮에는 그 위로 트럭이며 캐터필러 D7 불도저며 적재기, 목재 분쇄기 따위의 중장비가 덜컹거리며 지나간다. 그러니 그곳은 길이다. 그리고 그는 지금 그 위에 있다.

그는 결연히 걷지만 거대한 미송(美松)의 짙은 그림자에 가려 모습이 거의 보이지 않는다. 하지만 눈이 어둠에 어느 정도 익숙해지면, 그리고 자세히 들여다보면, 그의 동행 세 사람이 보일 것이다. 그러나 밤이 무심코 치는 어지러운 장난에, 그들은 한순간 보이다가도 다음 순간 보이지 않는다. 넷은 옷차림이 똑같다. 구두약을 시커멓게 바른 싸구려 테니스화에 양말, 까만 티셔츠와 운동복 상의, 그리고 물론 까만 털모자. 모자 없이 그들이 어디를 가겠는가?

원래 타이어워터는 더 하고 싶었다. 아주 철저히 중무장을 하고 싶었다. 위장 크림으로 콧잔등에서 광대뼈까지 줄을 그리거나 아예 얼굴을 시커멓게 칠해 버리고 싶었다. 그러나 앤드리아가 말렸다. 그녀는 언제나 그를 말릴 수 있다. 그녀가 그보다 이성적이고 그보다 저돌적

이기 때문이다. 언변도 더 좋고 무엇보다 눈빛이 상대의
약점을 찾아 공격하는 사냥개 같았기 때문이다. 그러나
앤드리아에게는 그가 가진 피해망상과 신경증, 비관주의
와 절망의 능력이 없었다. 자칫하면 일이 잘못될 수도 있
다. 아니, 일이 잘못되고 있다. 결국 일이 잘못될 것이다.
그는 그녀에게 그렇게 말하려 했지만 그녀는 들으려 하
지 않았다.

그때 그들은 오리건 주 그랜츠패스라는 한산한 도
시에 위치한 모텔 객실에 제임스 와트 부부라는 이름으
로 묵고 있었다. 그는 초조했다. 배 속에 나방이 든 것처
럼, 머리에 흰개미가 우글거리는 것처럼 안절부절못했
다. 그는 초조했고 또 화가 났다. 벌목공들에게, 오리건
에, 모텔 객실에, 그리고 그녀에게. 문에서 세 발짝쯤 떨
어진 바깥에는 테오의 쉐보레 카프리스(의도적으로 번호
판을 더럽힌 누구 눈에도 띄지 않을 것 같은 회색 자동차)가
삐딱하게 서 있었다. 한 손에는 크레용, 다른 손에는 수
축 포장된 번쩍이는 핼러윈 분장용 페인트 꾸러미를 들
고 타이어워터가 욕실에서 나왔다. 침대 위에는 찌그러
진 도넛 상자가, 나지막한 섬유판 테이블 위에는 커피가

담긴 종이컵이 놓여 있었다. 앤드리아가 말했다.

"타이론, 걱정하지 마. 내가 계속 말했잖아. 이건 아무것도 아니야. 이제 겨우 시작했는데 왜 이래. 내가 안전하다는 확신도 없이 시에라까지 데려왔을 것 같아? 그냥 공원 산책 같을 거야."

얼마간 시간이 흘렀다. 타이어워터는 그의 딸 시에라를 보았지만 시에라는 말이 없었다. 듣고 있다는 표시로 가끔 고개를 끄덕였으나 그저 반사적인 행동이었다. 텔레비전은 혼자 중얼거리고 있었다.

"숲이 점점 축소되어 야생 동물이 썩은 고기는 고사하고 더 이상 나무 열매를 찾아 연명하기도 힘듭니다."

타이어워터는 웃으려 했지만 얼굴 근육이 마음대로 움직여 주지 않았다. 그는 이 계획 전체가, 특히 시에라를 데려온 것이 몹시도 불안했다. 그러나 창가에 서서 창밖에 설치된 전기 살충기에 곤충들이 부딪혀 지지직거리는 소리를 듣고 있자니 '불안'은 그가 원하는 정확한 표현이 아니라는 생각이 들었다. 불안이라고? 차라리 철저한 두려움이나 공포, 식은땀이라고 하면 어때? 아니면 침을 삼킬 수 없다고 해야 할까? 아니면 유리처럼 부서진 마음?

그가 길이라고 부르고 싶지 않은 길에 그들 네 사람이 꾸미고 있는 일을 좋아하지 않을 사람들이 있었다. 사장과 임원, 중장비 기사, CEO, 경제 뉴스 애청자, 경찰, 회계사. 선량하고 점잖고 근면하지만 결과적으로 그릇된 길을 가고 있는 벌목공 가족들은 말할 것도 없고, 야구모자와 빨간 멜빵을 걸친 남자들, 천막집처럼 보이는 여자들, 틈나는 대로 해안가의 모든 도시를 돌아다니며 크고 작은 나무, 문고리, 우편함, 자동차 안테나에까지 노란 리본을 묶는 사람들까지. 그들에게는 주택 담보 대출이 있고 캠핑 트레일러가 있고 작은 낚싯배가 있고 미래를 위한 계획이 있을 것이다. 그들의 픽업트럭에는 스컹크에게 생명을, 활동가에게 로드킬. 당신은 생계형 노동자입니까? 아니면 환경 운동가입니까? 따위의 문구가 적힌 스티커가 보란 듯이 붙어 있을 것이다.*

* 1980년대 후반 미국 캘리포니아 주 플루머 카운티를 중심으로 환경 운동가들이 사라져 가는 숲과 멸종 위기에 빠진 점박이올빼미를 비롯한 야생 동물을 지키려고 저항 운동을 펼쳤다. 이에 지역 벌목 산업이 축소될 것을 우려한 벌목공들이 노란 리본 연합을 결성하고 노란 리본 캠페인을 벌였다.

그들은 화가 났다. 어찌 보면 화를 타고난 사람들이다. 그들은 어떤 식이든 물리적 구속 따위는 신경 쓰지 않았다. 불안에 대해 얘기해 볼까? 타이어워터의 딸은 이제 겨우 열세 살인데, 마치 광고라도 하듯 괴기스러운 옷을 입고 망토처럼 머리칼로 어깨를 덮고 코걸이까지 하고 있다. 그 애는 시민 불복종 행위에 참여해 본 적이 평생 한 번도 없으며, 소형 비디오카메라들이 돌고 몇천 명이 참여하는 주간 집회조차 경험한 적이 없다. 그는 사정하듯 말했다.

"제발, 그 눈 밑이라도 어떻게 좀 해 봐. 적어도 반짝이지 않게 가려야지."

앤드리아가 고개를 저었다. 그녀는 검은색이 잘 어울렸다. 그 점만은 그도 인정하지 않을 수 없었다. 눈썹까지 털모자를 눌러쓴 그녀는 아주 섹시해 보였다. 그들은 세 달 전에 결혼했는데 그녀에 대한 모든 것이 새롭고 신기했다. 단순히 아침에 청바지를 입는 모습이나 입을 삐죽이며 냄비에 라타투이를 끓이는 모습마저 그랬다. 마녀가 마법을 부리듯 머리칼 사이로 김이 모락모락 피어오르고 가늘게 채 썬 풋고추가 그녀의 입술 사이로 사라지는 모습은 무척 이색적이었다. 그녀가 말했다.

"경찰이 우리를 제지하면 어떻게 할 거야? 그런 생각은 안 해 봤어? 아마 당신은 이렇게 말하겠지. '오늘은 경기를 정말 오래 했죠, 경감님?' 아니면 이럴 거야. '이런, 추억의 민스트럴쇼*가 있었지 뭡니까. 경감님도 보셨어야 하는데.'"

앤드리아는 이 방면으로는 경험자였다. 조직책이었고 시위자였고 활동가였다. 그리고 한 치도 양보하지 않았다. 그녀가 손가락으로 모자 테두리를 만지며 말했다.

"당신은 영화를 너무 많이 본 게 문제야."

어쩌면 그럴지도 모른다. 그러나 그 명제는 적어도 지금 여기서는 적절치 않다. 이곳은 야생이다. 아니, 사라져 가는 야생의 남은 부분이다. 밤이 깊었고 길도 잘 보이지 않고 우주 탄생의 희미한 유물인 별들만 반짝이고 있다. 오늘날 지구에 살아 있는 모든 사람의 아홉 배에 해당하는 은하가 있고, 각각의 은하에는 항성이 얼추 천억 개 있다. 그런데 그는 마치 몽유병 환자처럼 한 발

---

* 백인이 흑인 분장을 하고 흑인 노래를 부르는 쇼.

을 다른 발 뒤에 간신히 찔러 넣으며 더듬더듬 보이지 않는 길을 걷고 있다. 미친 짓이다. 그는 생각한다. 언제 바닥이 꺼질지 모르는 동굴 속을 휘청휘청 걷는 기분이다. 다른 사람들도 자신처럼 쩔쩔매고 있는지 궁금해하며 막연히 눈 영양제나 야간 투시경을 떠올리고 있는데, 앞쪽 어딘가에서 단조로운 올빼미 울음소리가 들린다. 길게 떨리는 울음이다. 아마도 발톱으로 뭔가의 목을 조르고 있는 모양이다.

규칙적으로 껌 씹는 소리로만 존재를 감지할 수 있는 그의 딸이 부자연스러울 만큼 나지막하게 속삭인다.

"혹시, 저게 점박이올빼미인가요?"

딸의 얼굴이 보이지 않는다. 밤이 헐렁한 재킷처럼 그 애를 감싸고 있다. 그의 마음은 벌써 16킬로미터 앞에 가 있다. 그는 생각도 하기 전에 대답한다.

"그러면 좋겠다만, 아니야."

그의 바로 옆, 왼쪽 빈 공간에서 다른 목소리가 끼어든다. 두 번째 아내 앤드리아의 목소리다. 그녀는 시에라의 생모가 아니다. 오히려 그렇기 때문에 논란과 언쟁, 오해와 위험이 있을 때마다 기꺼이 시에라를 옹호하는 역할을 자청한다.

"타이론, 애한테 제대로 알려 줘야지."

그러더니 캄캄한 밤 속에서 살포시 떨어져 부유하는 깃털처럼 부드럽게 속삭인다.

"물론이야. 점박이올빼미가 틀림없어."

타이어워터는 계속 걷는다. 콧구멍에 밤 숲의 축축한 냄새가 감기고 혀끝에서 곰팡이가 다른 뭔가로 바뀐, 곰팡이의 후예 같은 맛이 난다. 문득 화가 치밀기 시작한다. 이 상황이 마음에 들지 않는다. 영 마음에 들지 않는다. 물론 필요한 일인 건 안다. 숲은 유린당하고 있고 마지막 잔가지 하나까지 벌거벗었다. 누군가가 숲을 구해 줘야 한다. 그런데도 마음에 들지 않는다. 그의 입에서 긴장해서 갈라진 목소리가 튀어나온다.

"목소리 좀 낮춰. 지금 잠행 중이잖아. 우린 불법을 저지르고 있다고. 기억 안 나? 맙소사! 숲에 산책이라도 나온 줄 알아? 그리고 여긴 딱따구리와 야생 양치류가 서식하는 곳이야."

그의 말에 움찔하여 잠시 침묵이 찾아온 가운데 귀뚜라미만 모든 메뚜기목 곤충의 태생적 불안을 쏟아 낸다. 그러나 침묵은 오래가지 않고 곧 다른 목소리가 섞인다. 그의 오른쪽 허공에서 나오는 후두(喉頭)를 간질이는 목소리. 일명 간 대가리라 불리는 테오 밴 스파크스의 목소리다. 팔 년 전 그는 로데오 드라이브에서 꽤나 튀는 인물이었다. 그는 스털링 모피 상점 앞에서 빡빡 민 머리에 송아지 간을 붙이고 다녔다. 그리고 그 상태로 간을 숙성시켰다. 사나흘이 지나면 파리 떼가 가시 면류관처럼 꼬이고 구더기가 코를 따라 내려오기 시작하는데, 그때 그는 머리에서 간을 떼어 친칠라 모피를 입은 백발 노부인이나 흰여우 모피를 걸친 여배우가 한껏 뽐내며 들락거리는 상점 문가에 투척했다. 다음 날 그는 고기 한 점을 들고 다시 나타났다. 지금 그는 환경 단체 어스포에버 대변인이다.(그의 명함에는 환경 선동가라고 쓰여 있다.) 팔다리 알통과 복근으로 직업을 짐작할 수 있는 서른한 살 먹은 역도 선수이자 자연에 관해 모르는 게 없는 전문가다.

"미안한데 말이야. 브리티시컬럼비아에서 시에라네바다 산맥 남쪽까지 서부 해안 지대 전체에 서식하는 점박이올뻬미 생식 쌍이 500쌍도 안 돼. 그러니까 내 생각에는……."

"번식 쌍이겠지."

앤드리아가 선생님 같은 말투로 지적한다. 오늘 밤 이곳의 책임자는 그녀이고 그녀는 오늘 사소한 국어 문법과 용례까지 모두 통제할 것이다. 체계적이고 냉정한 목소리로 지시를 내리는 것은 좋다. 그러나 그녀의 태도는 너무도 거만하고 오만하고 교만하고 권위적이다. 타이어워터는 그런 태도를 참아 낼 수 있을지 자신이 없다. 오늘 밤은 그러기 힘들 것 같다.

"그래, 맞아. 번식 쌍. 그런데 내 말은, 비명올빼미나 불꽃올빼미나 아니면 북방올빼미일 가능성이 더 크다는 얘기야. 물론 분명히 알려면 소리를 들어 봐야겠지만. 보통 점박이올빼미는 몇 마리가 함께 빠른 고성으로 우는데, 갈수록 울음소리가 커지거든."

"그럼 아저씨가 한번 불러 보면 어때요?"

시에라가 속삭인다. 밤의 정적은 완전한 정적이 아니고, 기습적이고 긴박하고 파멸적인 비명이 늘 배경으로 깔려 있다.

"그러면 따라 울지 않을까요? 그럼 우리 모두 정확

히 알 수 있잖아요."

단지 그의 상상이었을까? 발밑 땅이 꺼지고 있는 것 같은 느낌이다. 그는 앞을 볼 수 없다. 완전히 눈이 먼 것 같다. 금방이라도 뭔가가 나타나 기습 공격을 할 것만 같아 어깨가 잔뜩 움츠러들고 숨 쉬기도 힘들고 심장이 쿵쾅쿵쾅 가슴을 두드린다. 다른 사람들은 어떨까? 그들은 부두 위를 걷는 관광객처럼 나란히 늘어서서 소란스럽고 부주의하고 태평스럽게 걷고 있다.

"내친 김에 나도 하나 물어볼 게 있어, 앤드리아."

타이어워터는 자신의 입에서 튀어나온 날카로운 목소리에 깜짝 놀란다.

"기저귀는 잘 챙겼어? 챙기지 못했다면 이것도 우리의 길고 긴 토론 목록에 포함돼야 할 거야."

"무슨 토론 목록?"

"은밀함과 준비성에 대한 토론 말이야."

그는 누군가를 향해 말하는 것이 아니라, 거리에서 횡설수설하는 사람처럼 보이지 않는 길을 걸으며 허공에 대고 말하고 있었다.

"물론 챙겼지."

남자처럼 크고 듬직한 아내의 손이 나일론 재질의 십자수 무늬 배낭을 믿음직스럽게 두드린다.

"그리고 샌드위치와 시리얼 바, 선크림도 챙겼어. 여기서 뭘 하는지 내가 모를 거 같아? 그런 뜻이야?"

사실 아무 뜻도 없었지만 왠지 사소한 것까지 꼬치꼬치 따지고 싶어진다. 이제 달콤한 신혼은 끝났다. 그는 지금 체포와 굴욕과 육체적인 고통을 무릅쓰고 여기에 있다. 오직 그녀를 위해, 어쨌거나 그녀 때문에, 이 모험을 감수하고 있다. 그런데 그녀의 말투는 너무도 짜증스럽다. 그녀와 똑같이 대거리를 하고 치고받으며 고전적인 부부 싸움을 하고 싶지만, 그저 말 대신 침묵으로 시위한다.

"무슨 샌드위치예요?"

부모의 말다툼에 시에라의 떨리는 작은 목소리가 끼어든다. 타이어워터는 움직이는 형체로 딸을 알아볼 수 있다. 검은 배경에 검은 옷, 웅크린 어깨, 너무 큰 발, 두부 섭취에 힘입은 기적 같은 폭풍 성장. 이때 다시금 불안감이 엄습한다. 일이 잘못되면 어떻게 하지? 정말 그러면 어쩌지?

"널 위한 특별 메뉴야. 깜짝 놀랄걸."

"허니위트베리 빵에 토마토와 아보카도, 숙주. 물론 마요네즈도 넣었겠죠."

앤드리아가 나지막이 휘파람을 불었다.

"아닌데."

"그럼 피타 빵에 후무스와 타불레 샐러드?"

"그것도 아닌데."

"그럼 피넛버터 마시멜로? 초콜릿 잼?"

뭐야. 공원 산책이라도 나왔나? 물론 그럴 테지. 내친김에 불꽃놀이에 덤으로 북까지 치지그래? 하기야 재미도 있겠지. 온 가족이 함께 사보타주를 벌이는 게 어디 보통 일인가? 하지만 누가 들으면 어쩌려고? 그들이 벌써 낌새를 챘으면? 누군가가 변절해서 우리 계획을 발설했으면 어쩌지?

"이거 봐."

그가 말한다. 짐짓 아무렇지 않은 목소리를 내려 애써 보지만 별로 효과가 없다.

"우린 조용히 해야 해. 부탁할게, 앤드리아. 제발, 시에라, 테오. 그냥 내 맘 좀 편하게 해 주면 안 되겠어?"

앤드리아의 대답은 또렷하고 낭랑하다. 속삭임과는

거리가 멀다.

"오늘 밤에는 경비원이 없다니까. 몇 번이나 말했잖아. 그러니 좀 알아들어, 타이론."

잠시 정적이 흐른다. 비운의 나무들의 땅에 귀뚜라미 우는 소리와 숨죽인 발소리, 희미하게 속삭이는 밤바람 소리만 들린다.

"오늘이 아니라 내일 밤에 올 거야. 틀림없어."

16킬로미터 남았다. 빠른 걸음으로 세 시간 삼십 분 거리다. 휴식을 취하거나 식물학과 부엉이 울음소리를 연구하기 위해 지체할 시간 따위는 없다. 그들은 모자를 단단히 눌러썼고 자기 몫의 물을 넣은 가죽 물통을 등에 메고 있다. 뭔가를 잔뜩 먹은 아기의 배처럼 물통이 통통하고 빵빵하다. 플라스틱 들통도 한 사람에 하나씩 가져간다. 튼튼한 20리터들이 페인트 통이다. 들통은 비어 있어서 새털처럼 가볍지만, 걸을 때마다 정강이에 쏠리는 데다 그의 아픈 무릎 바깥쪽에 관절경을 삽입한 움푹 팬 곳 바로 위에 자꾸 부딪히는 통에 여간 성가시지 않다. 왠지 이 세상과 어울리지 않는 허구적이고 초현실적인 끽끽 소리도 영 거슬린다. 그러나 그들은 더 이상 말이 없다. 이제 곧 사라질 운명인 슬픈 미송의 검은 표면에 어스포에버 형광 스티커를 붙여 가며 12킬로미터가 남았음을 표시해 둔 지점에 이를 때까지 단 한 마디 말도 없다. 미송은 콜럼버스가 카리브 해의 햇빛 가득한 작은 섬에 기술이라는 괴물을 데려오기 오백 년 전부터 이곳에 뿌리를 내린 나무다.

그러나 타이어워터는 설교를 하고 싶지는 않다. 다만 설명하고 싶다. 그날 밤 무슨 일이 있었는지, 그 일이 낚시 미늘처럼, 뼈 가까이에 박혀 제거할 수 없는 총알처럼 그에게 얼마나 깊이 박혀 있는지, 그리고 거기에서 어떻게 모든 것이 시작되었는지.

좋다.

도착해 보니 아직 날이 어둡다. 시계가 새벽 4시 15분을 가리킨다. 길에서 3미터도 떨어지지 않은 곳에 콘크리트 30포가 그들을 기다리고 있다. 앤드리아가 모자에 달린 붉은 전등 불빛에 의지해 그것을 찾아낸다. 경비원이 있건 없건 여기서 불을 훤히 밝히는 건 미친 짓이다. 붉은빛은 백색 빛과는 달리 밤눈을 죽이지 않는다고 그녀가 설명한다. 모두들 조용히 콘크리트 포대를 길 위로 끌고 간다. 27킬로그램은 결코 녹록한 무게가 아니지만 시에라까지 동참한다. 타이어워터가 시에라에게 괜찮은지 묻자, 아니 사실상 훈계조로 속삭이자 시에라는 이렇게 말한다.

"아빠, 바보처럼 굴지 마요. 나랑 몸무게가 비슷한 버마 농부나 막노동자가 하루에 겨우 32센트를 벌자고 해 뜰 녘부터 해 질 녘까지 50킬로그램짜리 쌀 포대를 지고 나르는데, 이쯤은 번쩍 들어 옮길 수 있어요."

타이어워터는 자기 말고는 아무도 느끼지 못하는 듯한 긴장감을 해소하기 위해 뭔가 이야기하고 싶다. 버마인에 대한 이야기를. 그러나 버마인은 라장 강 유역의 사람 잡는 사냥꾼만큼이나 그에게 생경하고 이상한 존재다. 운이 좋은 사람들이라야 하루에 32센트쯤 벌려나? 아무튼 그가 할 수 있는 최선은 검은 운동복 소매에 대고 이렇게 중얼거리는 것뿐이다.

"그럼 네 맘대로 하렴."

그리고 나서 몸을 숙여 다음 콘크리트 포대를 끌어안고 역도 선수처럼 웅크린 자세에서 일어선다. 어둠 속에서 요상하게 끙끙거리는 소리와 함께, 옳다구나 몰려든 눈치 빠른 모기떼가 윙윙거리는 소리가 희미하게 들린다.

콘크리트 말고도 삽 두 자루와 곡괭이 하나가 덤불 사이에 숨겨져 있다. 그는 말없이 곡괭이를 집어 든다. 일단 두 손으로 참나무 자루를 감아쥐고 머리 위로 들어 올렸다가 길의 말캉말캉한 속살을 힘껏 내려찍기 시작하니 기분이 한결 나아진다. 콘크리트와 공구들이 애초에 여기 있었다는 사실에 새삼 힘이 솟는다. 여기에 동지가 있다. 여기 공범과 지원병이 있다. 그것을 알고 나니 위안이 된다. 그는 숨을 헐떡이며 부지런히 어깨를 움직인다. 밤이 짙어진다. 곡괭이가 올라갔다 내려간다. 여기가 어디여도 상관없다. 그는 지금 피튜니아를 심을 화단을 파고 있을 수도, 지하 저장실을 파고 있을 수도, 무덤을 파고 있을 수도 있다. 유체 이탈을 경험하는 느낌이 들기 시작할 무렵, 앤드리아가 그의 치솟은 팔을 붙잡는다. 그녀가 속삭인다.

"이 정도면 충분해."

이제 삽 차례다. 그와 테오가 돌아가면서 구덩이에

서 푸석푸석해진 흙을 퍼낸다. 얼마 지나지 않아 깊이 50센티미터, 가로 60센티미터, 세로 3.6미터 정도의 길쭉한 구덩이가 생긴다. 장밋빛 전등 불빛 아래서, 그것은 길의 가장 좁은 부분을 가로지르는 깔끔한 검은 선으로 보인다. 여러 기준에서 볼 때 그것은 길이 아니지만, 측량이 되고 불도저로 흙이 옮겨지고 정리가 되고 다지기를 당한다. 무엇보다 그것을 통해 기계들이 숲으로 온다. 그건 의문의 여지가 없다. 트럭을 멈추게 해야 한다. 금을 그어야 한다. 여기에. 바로 여기에. 현지 친구들이 위치 선택을 잘했군. 삽에 몸을 기댄 채 밤을 응시하며 그는 생각한다. 별빛이 없어 간신히 형체만 짐작할 수 있는 거대한 검은 돌무더기가 길 양옆을 막고 있다. 이 길을 막으면 돌아갈 길이 없다.

그들은 지쳤다. 모두들 피곤하고 기진맥진해서 좀비 같았다. 레스트 예 메이 모텔에서 오후에 낮잠을 자고 설탕에 절인 도넛과 다시 데운 커피로 에너지를 보충하긴 했지만, 장시간의 도보와 익숙하지 않은 노동과 늦은 시각이 슬슬 영향을 미치기 시작한다. 앤드리아와 테오는 덤불 속으로 들어가 짧고 날카롭고 폭발적인 호흡으로 뭔가를 놓고 언쟁을 벌이고 있다. 그들의 입에서 나온 호흡이 권투 선수가 상대의 복부를 가격하듯 강렬하게 허공을 때린다. 모든 문제에 대해 자기 의견이 있는 시에라가 이번에는 웬일로 조용하다. 그녀는 그저 길가 바위 위에 그림자처럼 가만히 앉아 있다. 세상을 구하고 싶긴 하지만 지금은 그럴 기분이 아닌 모양이다. 타이어워터는 딸을 탓할 수 없다. 그 자신도 녹초가 되었다. 햄스트링과 어깨, 아픈 무릎에서도 기운이 빠진 게 고스란히 느껴지고, 별이 아닌 다른 것에 집중하면 그의 시야에 현미경 렌즈 밑에서 파닥대는 짚신벌레 같은 점과 얼룩이 마구잡이로 떠다닌다. 그러나 아직 일이 끝나지 않았다. 이제 물이다. 역시 동지들은 위치 선택을 잘했다. 눈을 감고 귀를 기울인다. 맞다. 그에게 들리는 소리는 저 멀리 고속 도로에서 들리는 교통 소음도, 보푸라기에 걸려 날카롭게 끽끽대는 철필 소리도 아니다. 그것은 물이다. 길에서 일이 미터쯤 떨어진 곳에서 시냇물이 수관을 통과하며 작게 울리는 소리다. 들통의 용도는 바로 이것이다. 물을 구덩이까지 퍼 가서 콘크리트를 적시는 것. 고지가 눈앞에 있다.

그런데 글쎄다. 콘크리트와 물을 섞는 비율에 혼란이 있는 것 같다. 그들 중에 실제로 콘크리트로 작업해 본 사람이 있는가? 심지어 건설업자의 아들이자, 삼십구 년을 이 땅에서 살아온 그조차도 말이다. 그들 가운데 벽을 만들고 길을 다지고 벽돌을 쌓아 본 사람이 있는가? 테오가 멕시코 인부들이 가족 수영장 주변에 데크를 짓는 광경을 본 적이 있지만, 그때는 어린아이였고 아주 오래전이다. 그들이 포대에서 콘크리트를 퍼서 수동식 혼합기에 쏟아붓고 호스로 물을 뿌렸던 것 같다. 혼합기를 가져와야 했을까? 그게 문제였을까? 앤드리아는 몬태나에 있는 목장에서 아버지와 함께 담장 말뚝을 박았던 경험이 기억나는 것 같고, 타이어워터는 아버지가 공사 현장에서 다이너마이트를 설치하던 광경을 지켜본 기억이 어렴풋이 떠오른다. 돌들이 공중으로 솟아오르며 빵빵 터졌다. 그러나 콘크리트에 관해서는 아무것도 기억나지 않는다.

"그냥 구덩이에 콘크리트를 붓고 평평하게 고른 다음 원하는 농도가 될 때까지 물을 부으면 될 것 같아."

그는 화학을 두 번이나 낙제한 남자의 권위를 총동

원하여 결론짓는다.

앤드리아는 왠지 미심쩍다.

"꼭 케이크 반죽 레시피 같은데."

테오도 거든다.

"그런데 농도를 어떻게 맞추지? 콘크리트는 빠르게 굳는 물질이니 너무 되도 안 될 테고, 그렇다고 너무 묽으면 두 시간 안에 굳지 않을 텐데. 주어진 시간은 그게 전부인데 말이야."

시에라의 입에서 짜증스러운 한숨이 흘러나온다.

"정말 믿을 수가 없네요. 이 모든 걸 계획하고 여기까지 왔는데, 어른이 셋이나 있으면서 아무도 어떻게 해야 할지 모르다니. 우리 세대가 결국 사막을 물려받게 된다 해도 놀랍지 않겠어요."

타이어워터의 귀에 앙상한 딸의 손이 모기를 처형하는 애처롭고 구슬픈 소리가 들린다.

"게다가 난 피곤해요. 피곤해 죽겠단 말이에요. 집에 가서 자고 싶어요."

그는 잠시 생각해 본다. 어려워 봐야 얼마나 어렵겠어? 생계를 위해 이 일을 해야 하는 사람들, 그러니까 콘크리트 타설 작업을 하는 사람들이 다 천재는 아니잖아.

"포장에 뭐라고 쓰여 있는데? 무슨 설명이 있지 않겠어?"

"한 눈 감아."

앤드리아가 경고한다.

"밤눈을 전부 잃지 않으려면."

그러더니 전등을 깜빡인다. 갑자기 세상이 빛 속에서 폭발하며 눈앞에 별천지가 펼쳐진다. 속을 과도하게 채운 갈색 베개처럼 주변에 둥그렇게 널려 있는 회갈색 콘크리트 포대와 가느다란 그들의 다리, 그리고 검정 운동화. 그는 자기도 모르게 잘 보이는 눈을 감아 버렸다. 포대에 뭐라고 쓰여 있는지 읽으려면 순간적인 야맹증의 위험을 감수하고 두 눈으로 봐야 한다.

외바퀴 수레 주위를 활보하는 선글라스 낀 원숭이 그림 위로 킹 콘크리트라는 상표와 함께 이런 글귀가 보인다. 고급 콘크리트. 콘크리트를 물과 혼합하여 원하는 농도로 만듭니다. 어린이의 손이 닿지 않는 곳에 보관하세요.

"또 그놈의 농도로군."

포대 주변에서 발을 질질 끌며 테오가 말한다. 앤

드리아의 손에서 떨어지는 고깔 모양 불빛에 의지해 그가 볼 수 있는 것은 그 글귀와 자신의 작은 발뿐이다. 그의 발은 시에라의 발보다도 크지 않다. 그러나 타이어워터는 테오의 다부진 근육질 몸매를 상상할 수 있다. 근육단련과 서핑으로 다진 상체와 섬세한 얼굴 생김새, 여자처럼 가느다란 손목과 발목. 작지만 빵빵한 체구 덕분에 그는 아주 특별한 변종으로 보인다. 겁 없고 포기를 모르고 짖어야 할 때 짖어 주는 끈질긴 인간 테리어랄까? 이 대목에서 그들은 그가 필요하다. 그의 결단이 필요하다.

"제길, 그냥 부어 버리고 어서 끝내자고."

그들은 그렇게 한다. 포대를 열어서 중력에 의지해 포대를 비운다. 점점 더 까맣게 꼬여 드는 모기떼에 욕설을 내뱉으며 물이 담긴 들통을 콘크리트 더미에 내던져서 물이 쏟아지며 들통이 거꾸로 서게 한다. 그런 다음 구덩이가 차가운 용암 같은 물질로 균일하게 채워질 때까지 계속 섞고 휘젓는다. 마침내 때가 되었다.

"모두 준비됐어?"

타이어워터가 속삭인다.

"테오는 바깥쪽에, 앤드리아는 테오 옆에, 그리고 시

에라, 넌 아빠랑 엄마 사이에 들어가. 알았지?"

"뭐 잊은 거 없어?"

앤드리아다. 기진맥진한 목소리지만 이로써 그녀는 다시 주도권을 찾는다.

타이어워터는 어둠 속에서 무의미하게 주변을 두리번거리며 말한다.

"없어. 뭘 말하는 거야?"

앤드리아는 만족감을 담아 경쾌한 어조로 말했다. 그녀는 미리 준비를 했고 영화를 보았고 시를 암기했고 자신의 내면과 접촉했다. 그녀에게는 정보가 있고 그에게는 없다.

"꼭 필요한 마지막 단계가 있잖아. 당신이 내가 안 챙겼다고 나무랄 때만 빼고는 이번 주 내내 피하던 주제 말이야. 그거 모르겠어?"

그제야 그는 생각이 났다.

"기저귀?"

한 팩에 열여덟 개가 든 16.99달러짜리 기저귀. 그는 시에라와 앤드리아, 테오와 자기 자신을 위해 각각 소, 중, 대 이렇게 세 종류를 구입해야 했다. 앤드리아는 언제 어디서든 다음번 작전에서 기저귀를 다 써 버릴 수 있다고 그를 안심시켰다. 혹시 그렇지 않더라도 자원봉사자들에게 줘 버리면 된다. 디펜즈(Depends). 참으로 든든한 이름이다. 앤드리아가 조언한 대로, 그들은 흡수력이 강화된 밀착 팬티형을 선택했다. 그는 아주 짧은 순간 흡수력 강화에 대해, 그리고 기저귀가 과연 무엇을 흡수해야 하는지에 대해 생각하지 않을 수 없었다.

어둠 속에 순간 침묵이 흐른다. 주위에 서 있는 벌거벗은 나무들의 타닥타닥 소리, 벌써 낭랑하게 새벽을 알리는 새들의 노랫소리를 배경으로, 그들은 일제히 아주 은밀한 행위를 한다. 지퍼 내리는 소리, 깨금발로 폴짝이는 소리, 균형을 잡으려고 두 팔을 뻗는 소리. 그러고 나서 그들은 기저귀를 차고 다시 청바지를 끌어 올려 배와 엉덩이를 가린다. 타이어워터는 유아기를 제외하고 기저귀(요즘은 밤낮없이 기저귀를 차고 다녀야 하는 알츠하이머병 환자 등의 기분을 상하지 않게 하려고 전문가들은 그것을 패드라고도 부른다.)를 찬 적이 없고 기저귀와 관련해 딱히 기억나는 것도 없다. 하지만 시에라가 아기였을 때 어쩌다 한 번씩 기저귀를 갈아 줬던 기억은 난다. 주로 평소에는 자기 역할을 완벽하게 수행하던 아이 엄마가 자리를 비울 때나 의식을 잃을 때였다. 그가 모처럼 임무를 수행하려고 몸을 구부리면 시에라가 가냘프게 울거나 까르륵 소리를 내면서 똥 묻은 다리로 허공에 발길질을 했다. 막상 해 보니 감촉이 썩 나쁘지는 않다. 적어도 지금까지는. 좀 더 두꺼울 뿐, 팬티와 비슷하다.

마침내 의식을 마무리할 때다. 이제 모기를 깔고 앉아 가끔씩 졸면서 제일 먼저 출근하는 산림청 직원이나 중장비 기사가 그들을 발견하고 깜짝 놀랄 때까지 기다릴 일만 남았다. 그들은 균형을 잡기 위해 손을 잡고 싸구려 테니스화를 콘크리트 반죽에 최대한 깊이 처박은 뒤, 뒤집힌 들통의 좁은 바닥에 앉는다. 몹시 비참할 것이다. 저절로 고개가 떨어지고 등에서 우두둑 소리가 날 것이다. 모기 밥 신세가 될 것이고 심지어 기저귀에 볼일을 봐야 할 것이다. 그러나 이건 아무것도 아니다. 그저 침대에서 책을 읽거나 멍하니 텔레비전 앞에 앉아서 보내는 안락한 하룻밤을 희생하는 것뿐이다. 그가 자리를 잡고 눌러앉자 콘크리트가 시커먼 아가리처럼 그의 발목을 덥석 붙잡는다. 희미하게 밝아 오는 하늘의 정수리

로 별들이 사라지고 나무마다 새들이 활기차게 노래한
다. 그는 혼잣말을 중얼거린다. 누군가는 해야 할 일이야.

깜빡 졸았던 모양이다. 아니, 잤다고 하는 편이 더
정확하겠다. 고개가 무릎까지 떨어져 이리저리 움직이
는 것도 모르고 무의식에 빠져들었던 것이다. 아무리 무
섭고 아무리 두려워도 달리 할 수 있는 일이 없었기 때
문이다. 어차피 빨라 봐야 아침 7시 30분이나 8시까지는
아무 일도 일어나지 않을 테니, 그는 아예 마음을 비우고
꿈을 연출했다. 침대에 한 남자가 있다. 자신과 비슷한
남자가. 풀잎처럼 말랐지만 어깨는 딱 벌어졌고 배나 엉
덩이는 없다시피 하다. 그의 두개골을 마사지하는 집게
손가락. 레스피기의 곡 「새」와 비슷한 배경 음악이 조용
히 흐르는 에어컨 켜진 방에서 숙면을 취하는 남자.
그런데 그를 잠에서 깨운 것은 무엇일까? 길 아래쪽
에서 정비 불량으로 털털거리며 올라오는 픽업트럭 소
리일까? 아니면 조롱하듯 웃는 까마귀 소리일까? 아니면
목구멍 깊숙이 목이 잠겨서 나지막이 경고하는 딸아이
목소리일까?

"음…… 아빠. 아빠, 일어나요."

그를 깨운 것이 무엇이든, 그는 잠수부가 깊은 물속에서 솟아오르듯 좁은 들통 의자에서 벌떡 일어난다. 그리고 무의식적으로 발을 떼려 한다. 폴짝 뛰어올라 달아나고 싶다. 어서 이 쿵쾅거리는 가슴을 진정하고 싶다. 그러나 그의 발은 고정되어 버렸다. 그의 몸, 그의 상반신이 갑자기 앞으로 거꾸러진다. 활짝 웃는 입처럼 양옆으로 벌어진 짙은 오렌지색 픽업트럭의 앞 범퍼와 뒤로 젖힌 운전석이 그들을 향해 돌진해 오는 것이 뻔히 보이는데도, 무릎 관절이 그 방향으로 움직이지 않는다. 심지어 아이고 맙소사! 저 무뢰한이 우릴 깔아뭉갤 거야 하는 절망적인 생각이 드는 위기의 순간에도, 엉덩이 밑으로 슬금슬금 솟아오르는 들통에 다시 털썩 주저앉는 굴욕적인 장면을 연출하고 만다.

"멈춰!"

새된 비명과 항의가 빗발치는 가운데 타이어워터가 포효한다.

"멈추란 말이야!"

그러면서 다시 일어나 딸을 향해 왼편으로 팔을 뻗

는다. 충돌하는 순간에 대비해 딸을 끌어당겨 감싸 안으려는 것이다……. 다행히 그런 순간은 오지 않았다.

이 상황에서 기저귀는 언급하고 싶지 않다. 그는 악마가 몰고 온 먼지구름을 뚫고 불과 3미터 앞에 아슬아슬 멈춰 선 강렬한 오렌지색 토요타 4x4에 타고 있는 빨간 멜빵 벌목공 세 명에 대해 말하고 싶다. 방금 먹은 에그 맥머핀이 아직 배 속에 따끈따끈하게 남아 있고 무릎 위에는 뜨거운 커피가 찰랑거리는 가운데, 비스듬히 쓴 모자챙 아래로 민달팽이처럼 눈을 느릿느릿 껌뻑이는 수염 난 남자들의 이른 아침 얼굴. 마치 딴 세상을 본 듯 깜짝 놀란 얼굴이다.(물론 이들을 탓할 수 없다. 적어도 아직까지는. 그들은 우리가 거기 있을 거라고 예상하지 못했을 테니까. 기껏해야 동작이 굼뜬 코요테나 죽지 못해 안달인 들다람쥐 정도라면 모를까, 다른 것은 예상할 수 없었으리라. 그런데 느닷없이 그곳에 우리가 있었다. 신성한 기적의 현현처럼, 걸을 수 있게 된 절름발이와 앞을 볼 수 있게 된 봉사처럼.)

"오, 맙소사!"

앤드리아가 중얼거린다. 폐에서 공기가 모조리 빠져나간 기분이다. 이제 그들은 모두 일어서서 손을 꼭 잡은 채 부들부들 떨고만 있다. 달리 뾰족한 방법이 없기 때문이다. 타이어워터는 트럭에서 딸의 얼굴로 재빨리 시선을 돌린다. 작디작은 얼굴이다. 밤의 공포에서 깨어나 해쓱해진 어린 소녀의 얼굴, 새된 목소리, 이유와 이해를 향한 갈구, 그리고 자신이 깨어난 세상이 예전의 그 세상이라는, 그들이 여기서 열심히 돌리거나 말거나 제 축을 중심으로 끄떡없이 돌아가고 있는 냉정한 세상이라는 조용한 안도감. 그 얼굴을 보자 그는 얼어붙는다. 그들은 무슨 생각을 하고 있는가? 그들은 무슨 짓을 하고 있는가?

"하느님 맙소사, 대체 무슨 일이야."

트럭에서 이구동성으로 목소리가 터져 나온다. 운전석 창문으로 연한 적갈색 수염에 포니테일로 머리를 묶은 얼굴이 튀어나온다.

"당신들, 길을 잃은 거요?"

잠시 후 그의 나머지 몸도 모습을 드러낸다. 작업용 부츠와 바짓단을 말아 올린 청바지, 빛바랜 체크무늬 남방. 그의 얼굴은 꼭 전기 프라이팬 같다. 다 타 버린 순간의 퓨즈 같다.

"이게 대체 무슨 일이오? 하마터면, 맙소사, 내가 하마터면."

그 역시 떨고 있다. 그는 떨리는 손을 어쩌지 못해 주머니에 넣는다.

이 남자, 술에 절어 눈동자는 흐리멍덩하고 콧날에 희미한 흉터가 인장처럼 찍혀 있는 서른다섯쯤 되어 보이는 이 남자는 그들의 적이 아니라는 것을 명심해야 한다. 그는 생계를 위해 돈을 받고 일하는 것뿐이다. 그저 미국 중산층이 신이 부여한 권리를 행사하여 모든 방을 널빤지로 장식하고 이해할 수 없는 설계도로 붉은 삼나무 피크닉 테이블을 만들 수 있도록, 나무를 베어 실어 나르고 매년 수많은 목재를 생산하고 있는 것뿐이다. 그는 아르네 네스*나 심층 생태학 또는 고목나무 뿌리에 기생함으로써 숲을 존속시키는 균근 균을 들어 본 적이 없을 것이다. 그는 러시 림보**를 신봉할 것이다. 그의 옷

* 심층 생태학이라는 용어를 최초로 정립한 노르웨이 철학자. 심층 생태론자는 생태계 위기의 근본 원인이 인간 중심 세계관에 있다고 보고, 이 위기를 근본적으로 해결하기 위해 생태 중심적 세계관으로 전환해야 한다고 주장한다.
** 미국의 보수주의 방송 진행자, 정치 평론가.

장 서랍에는 프라이팬 위에 점박이올빼미가 그려진 티셔츠가 들어 있을 것이다. 그는 시에라 클럽*의 모든 회원이 '검둥이 환경주의자'이며 어스포에버가 동성애 성향이 짙은 볼셰비즘 테러리스트의 위장 세력이라고 철썩같이 믿을 것이다. 그러나 그는 적이 아니다. 적은 그의 사장이다.

"여긴 못 지나가요."

테오가 선언한다. 그는 인간 사슬의 가장 바깥쪽에서 마치 땅에 망치로 박아 놓은 근육질 말뚝처럼 버티고 있다. 지금이야말로 그에게 송아지 간이 필요한지도 모른다.

이제 나머지 두 사람도 트럭에서 나왔다. 노동으로 단련되어 다부진 몸에 어울리지 않게 배가 볼록 나온 남자들은 그야말로 망연자실한 얼굴이다. 그들은 그저 멍하니 보기만 한다.

"당신들, 뭐 하는 사람들이오?"

처음에 나왔던 빛바랜 체크 남방 차림의 운전자가

---

* 1892년 존 뮤어가 창립한 미국의 환경 보호 단체.

묻는다.

"환경 운동가나 뭐 그런 거요?"

그는 그동안 주부도 보았고 목사와 학생, 마약 중독자, 취객, 전과자, 경찰, 야구 선수도 보았고 심지어 성도착자도 보았을지 모른다. 그러나 더듬거리며 질문하는 목소리로 보아 진정한 골칫거리를 직접 대면한 적은 없음을 알 수 있다.

"맞소."

여덟 달 만에 평범한 노동자에서 급진적 선동가로 변신한 타이어워터가 말한다.

"그리고 내년에도, 심지어 다음 달에도 이 일을 계속하고 싶다면, 당신 역시 환경 운동가가 돼야 할 거요."

그는 눈을 들어 나무 울타리, 누비처럼 서로 엮여 있는 솔잎, 그리고 우듬지와 돌출한 가지를 두루 훑으며 하늘에서 유유히 움직이는 태양을 본다. 그다음 퉁명스러운 눈동자를 다시 직시한다. 참 이상한 일이다. 그는 지금 꿈꾸는 것이 아니라, 실제로 기저귀를 찬 채 인적 없는 외딴길의 콘크리트 구덩이 한가운데 서서 아침 7시 30분에 연설을 하고 있다.

"나무가 전부 사라지면 당신들이 뭘 벨 수 있겠소? 당신들 사장이 그런 걸 신경이나 쓸 것 같소? 투기 등급 채권왕이나 양복 입은 뉴욕 신사가 당신들이나 당신 자식들이나 제재소나 나무나 그런 거에 털끝만큼이라도 관심을 둘 것 같소?"

"은퇴도 마찬가지요."

테오가 끼어든다.

"은퇴는 어떻소? 응? 한마디도 안 하시는군. 말해 보시오, 어서. 말해 보시오."

이 남자는 논쟁하는 것도, 환경 운동가와 어울리는 것도 좋아하지 않는다. 그는 오랫동안 그들을 바라보며 서 있다. 타이어워터와 시에라와 앤드리아와 테오가 이상한 콘크리트에 발목까지 묻힌 채 서로 손을 잡고 있는 모습을.

"웃기고들 있네."

그가 마침내 말을 내뱉었다. 그와 그의 동료는 일제히 트럭에 올라타고, 요란한 소리와 함께 엔진이 작동한다. 타이어와 팬벨트가 끼익 하는 소리와 함께 그는 후진 기어를 넣고 한 바퀴 돌아 왔던 길로 내려간다. 그들이 떠난 자리에는 먼지와 모기만 남았다. 이제 막 나무 사이로 쏟아지기 시작한 태양이 그들의 얼굴과 손, 그들이 입은 검은색 면과 폴리에스테르 옷에 눈부신 빛의 문양을 그린다.

"나 배고파. 피곤해. 집에 가고 싶어."

타이어워터의 딸이 무척추동물처럼 축 처져서 들통 위에 앉아 있다. 용감해지려고 노력해 보지만, 어른이 되려고 해 보지만, 인간 바리케이드의 어엿한 일원이 될 수 있음을 증명하려 안간힘을 써 보지만, 마음대로 되지 않는다. 타이어워터의 시계로 이제 막 오전 10시를 넘겼을 뿐인데 벌써 햇볕이 따갑다. 운동복 상의는 벗어 던진 지 오래다. 그래도 자외선을 차단할 요량으로 모자만은 벗지 않았다. 그들은 수시로 물통을 찾았고 앤드리아가 천만다행으로 준비한 샌드위치를 먹었다. 그들이 지금 하는 일은 기다리는 것이다. 대치 상황을, 절정의 순간을, 기자들과 텔레비전 카메라를, 보안관과 부보안관을. 타이어워터는 감방을 그려 본다. 벽에 드리운 서늘한 그림자, 화장실 물 내리는 소리, 접이식 간이침대. 두려움도 문제도 사건도 없이 눈을 붙일 만한 충분한 시간이 주어질 것이고, 오후가 지나기 전에 구출될 것이다. 어스포에버 변호사가 기민하게 모든 것을 준비할 것이다. 보안관을 뺀 모든 것을. 그런데 보안관을 어떻게 잡아 두지?

"얼마나 더 있어야 해요? 그냥 알고 싶어요. 어린애 다루듯 하지 말고 말해 줘요."

시에라가 말한다.

괜찮아, 아가. 곧 다 끝날 거야. 이렇게 말해 주고 싶지만 그는 사람을 달래는 데 소질이 없다. 심지어 자기 딸도. 힘내라. 꿋꿋하게 견뎌라. 모호크 족을 기억해라. 그들은 포로 신세로 적들의 칼날 앞에 서서도 웃음을 잃지 않았고, 팔다리가 통째로 잘려 나가도 의연했으며, 산 채로 살가죽이 벗겨져도 웃음 속에 비명을 감췄다. 이것이 그의 철학이다. 그는 그 임무를 앤드리아에게 맡긴다. 그녀는 연고처럼 부드러운 목소리로 용기를 북돋아 준다. 그는 그녀가 손을 뻗어 시에라를 공포스러운 상상(그 상황에서는 그리 충격적이라고 입증되지 않은) 대신 십자말풀이 놀이로 은근슬쩍 유도하는 장면을 지켜본다.

이 줄 반대쪽 끝에 있는 테오는 그야말로 금욕주의

의 화신이다. 화장실 변기에 앉은 것처럼 거꾸로 뒤집힌 들통에 웅크리고 앉아 있는 내내, 그의 눈은 신문 머리기사를 훑는 대신 열심히 나무 사이를 배회하며 야생을 탐구했다. 그는 완전히 편안하게 아무 동요도 없이, 자신에게 닥쳐올 운명이라면 순교자 역할이라도 기꺼이 받아들일 준비가 되었다. 한 가지 문제가 있다면 발이 간지럽다는 것이다. 눈물이 찔끔 날 만큼 강렬하고 압도적으로 간지럽다. 아직도 콘크리트는 알게 모르게 조금씩 굳어가고 있으며, 이중으로 덧신은 양말과 뻣뻣해진 청바지 속에서 그의 발목을 깨물 듯 조이기 시작했다. 두통도 심해졌다. 눈 뒤에서 시작해 대뇌 피질을 거쳐 후두엽으로 진행된 두통이 바닷가에 부딪히는 파도처럼 율동적이고 규칙적으로 반복되고 있다. 게다가 오줌도 마렵다. 설상가상으로 대장의 움직임까지 느껴진다.

또 한 시간이 느릿느릿 흘러간다. 타이어워터는 빌 맥키번의 『자연의 종말』을 읽으려 애썼지만 눈이 화끈거리는 데다 가차 없이 밀어붙이는 예언적 수사법에 자살 충동까지 느낄 지경이다. 아니, 어쩌면 살인 충동일지도 모르겠다. 날씨가 덥다. 너무 덥다. 비정상적으로 덥다. 그들은 배낭여행자여서 네 명 모두 정기적으로 태양에 노출되긴 하지만 이건 뭔가 다르다. 일종의 고문 같다. 「콰이 강의 다리」에 나오는 찜통 같다. 게다가 물통을 수시로 입으로 가져가자 앤드리아가 물을 아껴야 한다고 상기시켜 준다.

"돌아가는 꼴을 보니 이곳에 오래 있을 수도 있을 것 같아."

단호한 만족감이 확실히 배어 있는 경험자의 목소리다.

바로 그때 저 멀리서 소리가 들린다. 정말로 소리를 들었다고 확신할 수 없을 만큼 아주 희미한 소리다. 내연기관 소리, 디젤 엔진이 움푹 파인 길을 요란하게 지나가는 소리다. 소리가 점점 더 커지고, 검은 매연이 자욱하게 피어오르더니 갑자기 군데군데 칠이 벗겨진 노란색 불도저가 시야에 들어온다. 불도저가 물레방아 바퀴처럼 다가오고 운전석 유리창으로 단호하고 난폭해 보이는 동글납작한 얼굴이 보인다. 운전자는 앞이 안 보이는 사람처럼, 마른 옥수숫대를 추수하듯 그들의 발목을 댕강 자를 것 같은 기세로 그들을 향해 쿵쿵거리며 돌진한다. 타이어워터가 갑자기 벌떡 일어서며 본능적으로 팔을 뻗어 딸의 손을 찾는다.

"아빠."

시에라가 절박하게 외친다.

"저 사람이 알까요? 우리가 못 움직이는 걸요?"

설상가상으로 픽업트럭까지 가세한다. 네 사람은 목에 핏대가 서도록 고함치고 앤드리아와 테오는 머리 위로 팔을 흔든다. 공포의 식은땀과 절체절명의 긴장감으로 두피와 음부가 따끔거린다. 캐터필러에 탄 남자는 바로 이런 반응을 기대하고 있으리라. 그는 여기서 무슨 일이 벌어지고 있는지 완벽하게 잘 안다. 지금쯤 감독관부터 측량사까지 모두 알 것이다. 그의 목적은 순수하고 단순한 위협이다. 번득이는 쇠뭉치를 매단 대형 트랙터가 소음과 함께 길을 뜨겁게 달구며 전속력으로 움직인다. 타이어워터는 운전석에 앉아 있는 미치광이의 눈을 볼 수 없다. 미러 선글라스를 끼고 있기 때문이다. 덕분에 그는 무자비하고 악랄한 곤충처럼 보인다. 갑자기 화가 치밀어 오른다. 당장이라도 죽이고 싶다. 이것은 잔인한 게임이다. 그런데 상상도 못 할 순간에 운전자가 맨손으로 레버를 뒤로 젖혔고, 직접 보지 않고는 믿을 수 없을 만큼 우아한 기계적 동작으로 트랙터가 마치 한 마리 말처럼 후진해 그들에게서 멀어진다.

그러나 그것은 첫 번째 공격에 불과했다. 이번에는 불도저가 충격적인 강풍을 일으키며 그들 옆에 서 있는 바위 벽을 공격한다. 블레이드에서 불똥이 튀고, 단단한 표면이 다른 단단한 표면과 맞부딪히며 날카로운 소리가 난다. 돌 파편과 흙이 비처럼 우수수 떨어지는 순간에도 타이어워터는 발이 조여 오는 것을 느낄 수 있다. 그는 폭력을 모르지 않는다. 그의 아버지는 폭력의 가해자였고 어머니는 폭력의 피해자였다. 그의 첫 번째 아내는 폭력으로 죽었다. 이 세상에서, 이곳처럼 야생 공간에서 가장 흔히 일어나는 폭력 때문에.* 그는 평화주의나 마조히즘 따위와는 거리가 멀고 지금 그들이 겪고 있는 상황에 익숙하지 않다. 삼십 초만 다리를 움직일 수 있다면, 입을 굳게 다물고 있는 집행자를 자리에서 끌어내리고 그에게 몸 쓰는 법을 제대로 가르쳐 주고 싶다. 그러

---

* 이 단편은 소설 『지구의 친구(A Friend of The Earth)』의 일부로, 타이어워터의 전처는 말벌에 쏘여 죽었다.

나 그는 아무것도 할 수 없다. 그는 옴짝달싹 할 수 없다. 그렇게 수동적인 저항의 접착제에 고착되어 있자니, 간디와 로자 파크스, 제임스 메러디스 같은 인물이 머리에 스친다. 그는 스스로에게 다짐한다. 다시는 당하지 않겠어! 변속 레버를 쥔 남자와 8톤짜리 요란한 강철을 단 기계가 두 번째, 세 번째, 네 번째 공격을 위해 회전하고 있을 때도.

그러나 이쯤 해 두자. 이것으로 충분하다. 타이론 타이어워터는 이 사건이 딸에게 미친 영향과 딸의 표정, 그때 자신이 느낀 서글픈 무력감을 기억하고 싶지 않다. 보안관이 부보안관 둘을 대동하고 나타났다. 그는 그 나름대로 귀중한 시간을 내서 그곳에 왔다. 마침내 그곳에 와서 그가 어떻게 했을까? 불도저에 앉아 있는 그 남자를 제지했을까? 작업을 모두 중단하고 연방 정부가 도로 없는 지역으로 지정한 국유림을 불도저로 밀어서 죽음의 구역을 만드는 것이 과연 합법인지 법원이 판단하도록 맡겼을까? 아니다. 그는 네 사람, 심지어 시에라에게까지 수갑을 채웠다. 두 부보안관은 그들의 머리에서 모자를 벗겨 똘똘 뭉쳐서 개울에 던져 버리며 한껏 비웃었다. 그리고 촌뜨기들이 벌이는 구경거리를 바라보는 듯한 얼굴로 물통 끈을 끊어 그것 역시 개울에 던져 버렸다. 두 부보안관은 연신 히죽거리며 타이어워터와 그의 아내와 딸과 친구가 앉아 있는 들통을 하나하나 발로 차내며 짜릿한 희열을 느꼈다. 그러고는 자리를 잡고 앉아 그들이 뜨거운 뙤약볕 아래서 세 시간 동안 철거용 해머를 든 사람이 나타나기를 기다리는 모습을 지켜보았다.

앤드리아는 부보안관들에게 악다구니를 썼고 그들도 그녀에게 욕으로 응수했다. 테오는 근육을 꿈틀거리며 그들을 노려보았다. 타이어워터는 제정신이 아니었다. 그는 고래고래 소리 지르며 가중 폭행에서 금전 피해, 경찰의 야만성 고발까지 온갖 위협을 퍼붓다가 결국 조지핀 카운티 보안관 밥 힉스가 꺼내 든 테이프에 입이 막혔다. 그의 딸, 생각이 올바르고 나무와 동물을 사랑하는 채식주의자인 그의 딸은 발의 감옥 위에서 우산처럼 몸을 접고 긴 머리를 늘어뜨린 채 엉엉 울었다. 고단함과 두려움에 지친 열세 살 먹은 어린 영혼은 그만 자제력을 잃고 말았다.(그제야 이 민중의 몽둥이들과 녹색 지프를 타고 와 합류한 산림청 관리들이 겸연쩍은 듯 괜스레 작업화를 땅바닥에 비볐다. 어쩌면 그들도 딸이나 아들이 있을 것이고 개와 토끼를 헛간에서 키울지도 모른다. 그러나 그들이 내 어린 딸의 슬픔을 달래 주기 위해 할 수 있는 일은 아무것도 없었다. 나조차도 말이다.)

하루간의 집행 유예에 감사하며 태평양도롱뇽은 바위 밑에 숨어 몸을 웅크렸고 담비는 숲의 지붕으로 숨었고 점박이올빼미는 가냘프고 구슬픈 인간의 통곡 소리에 놀란 듯 한 눈을 크게 떴다. 타이어워터는 손이 묶이고 입이 테이프로 막혔다. 모든 훌쩍임과 억눌린 흐느낌은 대못처럼 그의 목구멍에 꽂혔다.

그렇다. 참으로 얄궂은 아이러니다. 뜻밖의 결말, 비참하고 허무하고 형편없는 대단원이다. 그날 아침 그들이 온갖 수모를 겪었는데도, 그 모든 고통과 지루함과 굴욕에도 불구하고, 목격자가 되어 줄 기자는 단 한 명도 없었다. 밥 힉스 보안관이 도로를 차단하고 아무도 들여보내지 않았기 때문이다. 그러니 웃기는 일이다. 이 모든 것이 정말 웃기는 일이다. 도끼에 잘릴 위험에 빠진 나무들과 함께 햇빛을 차단해 줄 오존층도, 물도, 모자도, 그늘도 없이, 누군가의 식탁에 오를 튀김 요리처럼 뙤약볕에 앉아 있으면서, 그는 머릿속으로 한 가지 수수께끼에

골몰했다. 숲에서 시위를 벌였지만 아무도 그 소리를 듣지 못했다면 과연 그 소리는 존재했던 걸까?[*]

[*] 경험주의 철학자 버클리의 명제 '숲에서 나무가 쓰러졌지만 아무도 그 소리를 듣지 못했다면 과연 그 소리는 존재했던 걸까?'를 패러디 한 질문이다.

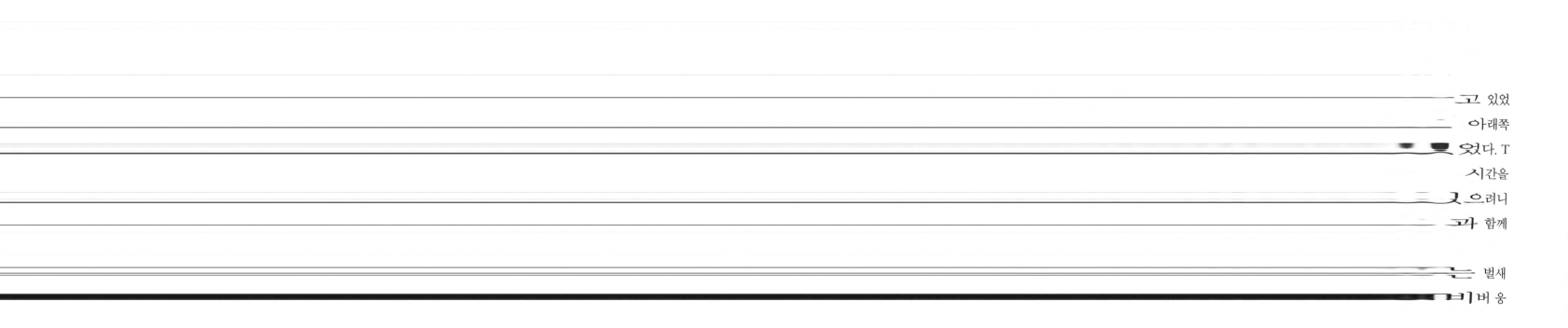

고 있었

아래쪽

었다. T

시간을

것 으려니

과 함께

는 벌써

비 버 웅

덩이와 수달 웅덩이

절벽에 자리 잡은

고 있는 오실롯, 그런

대는 짧은꼬리살쾡

충 정원과 눈에 띄지

안내원이 사람들의

손 위에 올린 채 서

를 자세히 살펴보았

집은 작아도 사나워

　"아메리카황조

하나죠. 이 아이는

고작 100그램 정도

　몇 분 뒤, 그는

에 서 있었다. 해지

이 단잠을 자고 있

종 동물이 산다. 곰

지만, 일부는 여전

엽수림에서 서식했

견된다는 기사를 읽

동물원 나들이

리디아 밀레

동물원은 넓은 사막 계곡 끝자락에 자리 잡고 있었다. 위로는 선인장이 점점이 박힌 언덕이 보이고 아래쪽에는 평지와 함께 조그만 하얀 집들이 펼쳐져 있었다. T는 스코츠데일에서의 업무를 마치고 남는 오후 시간을 때우기 위해 그곳에 갔다. 호텔에 가만히 앉아 있으려니 좀이 쑤시던 참에 마침 관광 책자에서 늑대 사진과 함께 동물원 소개를 본 것이 떠올랐다.

좁은 통로로 죽 연결되어 있는 사막 정원에는 벌새같이 작은 새를 위한 새장과 큰 새를 위한 새장, 비버 웅덩이와 수달 웅덩이, 꽥꽥거리는 멕시코앵무새와 인공 절벽에 자리 잡은 큰뿔야생양, 바위틈에서 몸을 웅크리고 있는 오실롯, 그리고 한시도 가만히 있지 못하고 서성대는 짧은꼬리살쾡이도 있었다. 그는 초목이 무성한 곤충 정원과 눈에 띄지 않는 낮은 건물들을 지나쳤다. 백발 안내원이 사람들의 관심을 기다리는 경계심 많은 새를 손 위에 올린 채 서 있었다. T는 주변을 기웃거리다가 새를 자세히 살펴보았다. 얼굴이 아름답고 눈이 컸으며 몸집은 작아도 사나워 보였다. 안내원이 말했다.

"아메리카황조롱이입니다. 가장 작은 맹금 가운데 하나죠. 이 아이는 길이가 약 25센티미터지만 몸무게는 고작 100그램 정도랍니다. 참 아름답죠?"

몇 분 뒤, 그는 팔짱을 끼고 해자 위의 낮은 담장 위에 서 있었다. 해자 건너편 양지바른 바위 턱에서 흑곰이 단잠을 자고 있었다. 이 동물원에는 주로 이 지역 토종 동물이 산다. 곰은 대개 더운 지방의 평지에 살지 않지만, 일부는 여전히 사막 평원 위로 솟은 산악 지대 침엽수림에서 서식했다. 전봇대 위에서 가끔 죽은 곰이 발견된다는 기사를 읽은 적이 있다. 자동차나 소음을 피하려 기어 올라갔다가 감전당한 것이다.

그는 잠자는 곰을 지켜보았다. 자장가 같은 따사로운 햇살과 정적 속에 그도 덩달아 졸렸다.

그러나 서로 얼굴을 치며 고함치는 소년들 때문에 정적이 깨졌다. 소년들의 아버지는 반바지 차림으로 T의 가까이에 서서 카메라를 내려다보며 렌즈 링을 조절하고 있었다. 누군가가 쓰레기를 뭉쳐서 던진 발사체가 날아와 곰의 귀에 비스듬히 맞았다. 동요한 곰이 방향 감각을 잃고 제자리에서 한 바퀴 돌더니 다시 자리를 잡고 앉았다.

"너무 일렀어. 아직 준비가 안 됐다고. 못 찍었어."

남자가 고개를 절레절레 흔들며 말한다.

"다시 하자."

그의 아내가 두리번거리며 다른 던질 것을 찾았다. T는 얼굴이 달아오르는 것을 느꼈다. 팽팽하게 당겨진 활시위처럼 몸이 잔뜩 긴장되고 갑자기 화가 치밀었다.

"지금 뭐 하는 겁니까?"

그가 남자의 아내를 돌아보며 물었다. 그녀는 커다란 미러 선글라스를 끼고 있었다.

"곰한테 쓰레기를 던져요? 고작 사진이나 찍자고?"

"그게 무슨 대수라고 이럽니까?"

여자의 남편이 말했다.

"하지 마시오."

T가 말했다. 그의 어깨가 불안하게 오르락내리락하고 얼굴은 벌겋게 달아올랐다. 화가 났다. 어쩌면 흥분했는지도 모르겠다. 이런 생각이 들었다. 이것들 다 죽여 버리겠어. 물론 진짜로 그럴 생각은 아니었지만, 어쨌든 그는 분노를 느꼈고 그것을 즐겼다.

남자는 어깨를 으쓱했고 그 아내는 그를 완전히 무시하는 듯 던질 거리를 찾아 가방을 뒤적였다. 몇 걸음 떨어진 곳에서 티격태격 소란을 피우던 아이들 가운데 카키색 카모플라주 바지를 입은 깡마른 사내아이가 벌써 두 번째 미사일을 던지고 있었다. 갈색 슬러시가 반쯤 담긴 스티로폼 컵이었다. 컵은 곰을 맞히지 못하고 해자로 퐁당 빠졌지만, 컵이 둥글게 원을 그리며 곰의 옆을 지나칠 때 슬러시가 흘러나와 까만 털가죽에 얼룩을 만들었다. 곰이 다시 일어나서 어쩔 줄 몰라 했다.

깡마른 소년이 야유를 보냈다.

T는 여전히 줌 렌즈를 만지작거리고 있는 아이 아버지를 돌아보고 잠시 주저하다가 말했다.

"아이에게 또 그 짓을 시켰군요. 맹세하건대 자꾸 이러면 내가 그놈의 카메라를 시멘트 바닥에 내동댕이쳐서 부숴 버리겠소."

그는 자신이 어금니를 갈고 있음을 깨달았다. 전에는 이런 일이 한 번도 없었다. 단 한 번도. 그는 짜릿한 전율을 느꼈다. 동시에 그 남자가 싫었고 그의 아내와 아이들까지 싫었다.

"당신 일이나 신경 쓰시지."

그 집안 가장이 말했다.

"진심이오. 기필코 그 망할 놈의 물건을 으깨 버릴 거요."

"그러면 당신을 고소하겠소."

"대체 당신 머리에는 뭐가 든 겁니까? 진지하게 말해 봐요. 당신 같은 사람은 무슨 생각을 하고 삽니까? 생각이라는 게 있긴 있소?"

"멍청한 곰!"

카모플라주 바지 아이가 야유했다.

"당신 일이나 신경 쓰시오."

그 집 가장이 또다시 말했다.

"이게 내 일이오."

T가 말했다.

"당신이 내 누이에게 쓰레기를 던진다면 어떨 것 같소? 상황 파악이 안 되시오? 당신이 하고 있는 짓이 지금 정당하다고 생각하시오?"

"그냥 가요, 여보."

그의 아내가 말했다.

"나한테 물총 있어."

아이가 이렇게 말하며 물총을 꺼냈다. 돌격 소총 크기만 한 연분홍색 물총이다.

"꿈도 꾸지 마."

T가 말하고는 아이 아버지를 보았다. 그는 목에 잔뜩 힘을 주고 손을 쥐었다 펴며 말했다.

"아이에게 그 물건 치우라고 하시오. 안 그러면 당신 얼굴을 갈길 테니까. 진심이오."

남자는 눈을 가늘게 뜨고 맞섰다. 그는 잡고 있던 카메라를 놓았다. 카메라가 그의 가슴팍에 부딪히며 렌즈 캡이 대롱대롱 매달려 흔들렸다.

"내 아이를 어떻게 하겠다고? 얘는 자기가 원하면 곰에게 물총을 쏠 수 있소."

"당신 정말 역겨운 똥 덩어리군."

T가 말했다. 남자의 아내가 다급하게 남편의 소맷자락에 매달렸다.

"어서 가요, 여보."

잠시 후 그가 돌아섰고 그의 아내도 그의 옆에 섰다. 아이들이 산만하게 움직이며 뒤를 따랐다. 모퉁이를 돌면서 카모플라주 바지 아이가 홱 돌아 코웃음을 치더니 두 손 가운뎃손가락을 쳐들고는 사라졌다.

T는 치솟았던 아드레날린이 조금 가라앉는 것을 느꼈지만 여전히 분이 풀리지 않았다. 그들을 쫓아가서 벌주고 싶었다. 그러나 그러지 않았다. 그는 동물원 관리인에게 한마디 불평도 하지 않았다. 그는 한껏 고무되었다.

그는 의기양양했다. 이게 바로 나다. 그는 생각했다. 나는 스스로 방어할 줄 알고 욕설을 내뱉을 줄도 위협할 줄도 알고 열정적이고 자기주장을 밀어붙일 줄 아는 사람이다. 그는 기분이 좋았다. 좋은 것 이상이었다. 그는 감격에 겨워 반쯤은 황홀경에 빠진 채 한동안 그곳에 서 있었다.

평평한 바위에서 곰은 마치 악몽에서 깨어난 것처럼 고개를 들고 여전히 게슴츠레한 눈으로 돌아보더니 마침내 다시 자리를 잡고 턱을 앞발에 올린 채 잠에 빠져들었다.

그날 밤, 동물원이 문을 닫은 시간에 그는 다시 돌아왔다. 그는 내면에 잠재된 무법성에 전율을 느꼈고 가볍게 취한 기분이었다. 새로운 경험이었다. 동물원이 품고 있는 야성이 그를 사로잡았다. 그것은 그의 능력 범위를 한참 벗어난 존재였다. 그는 그 야성을 만나고 싶었다. 동물원 동물들이 우리 안에 갇혀 산다는 것은 알았지만 그 이상은 별로 아는 바가 없었다. 딱 하나 아는 것이 있다면, 그 동물들이 혼자라는 것, 그리고 대부분 우리 안에서 혼자일 뿐 아니라 이 지구에서 혼자이며 이 땅에서 사라져 가고 있다는 것이었다. 그들의 상황은 그가 짐작하던 모습에 가까웠다. 그것을 목격하니 땅이 단단하게 고정되어 있지 않고 그 발밑에서 움직이고 있다는 의

심이 더욱 커지는 것 같았다.

　제국은 바다와 숲을 배경으로 세워져야 보기 좋다. 제국은 바다와 숲이 필요하다. 바다가 죽고 숲이 포장도로로 바뀌면 제국도 영향력을 잃을 것이다. 혼자가 되는 거지. 그는 생각했다. 야유처럼 단조롭게 요즘 그에게 자주 떠오르는 말이다. 동물원 희귀 동물들은 어미를 잃었거나 생포되었거나 아예 동물원에서 태어났을 것이다. 그는 동물들이 어디에서 왔는지 모르고 개별 동물들의 역사를 알 수 없었다. 그러나 그들이 어떤 위치에 있는지는 알았고 마찬가지로 그 자신의 위치도 알았다. 그들은 말하자면 선구자였다. 홀로 되는 것의 선봉에 선 개척자. 그들은 새로운 세상이 어떤 모습인지 보도록 먼저 보내진 자들이었다.

　그렇다면 그 동물들이 자신이 본 것을 말해 줄까?

　동물원에서 가장 희귀한 동물은 관광 책자에 사진이 실린 멕시코늑대였다. 한눈에도 노쇠해 보이고 털도 듬성듬성 빠진 늑대였다. 전에 갔을 때 늑대는 잠을 자고 있었다. 표지판에 쓰인 정보에 따르면, 지금 늑대가 사는 우리는 새로운 동물사를 짓는 동안 임시로 세운 것이었다. 우리라고 해 봐야 윗부분에 철조망을 둘러놓은 길가의 철망 펜스에 불과했다.

그는 신발을 내려다보았다. 앞코가 뭉툭했다. 구멍에 앞코를 넣을 수 있어야 할 텐데. 그는 손전등을 주머니에 쑤셔 넣고 두 손으로 철망을 부여잡은 뒤 발돋움을 하여 펜스에 매달렸다. 발이 펜스에 부딪히고 손가락에 벌써 자주색 금이 가며 멍이 들기 시작했다. 그는 생각했다. 속도가 관건이야, 빨리 움직여야 해. 무슨 행동을 할 때면 항상 이유가 있었지만 이번만큼은 적당한 이유가 없었다. 비이성적이라고? 그러나 왠지 의욕이 솟구쳤다. 무의식에서 나오긴 했지만 그의 마음속에 자리 잡은 의문을 끝까지 풀어 볼 셈이었다.

2미터도 되지 않는 펜스를 다 올라가기도 전에 이전술을 후회했다. 그는 여기서 내려가야 했다. 압박 때문에 손끝이 쪼개지는 것 같았다. 가까스로 철조망이 연결된 철제 프레임을 붙잡고 넘어가다가 가슴과 허벅지가 철조망에 걸리고 말았다. 한 다리가 넘어가던 도중에 철조망에 얽히는 바람에 버둥거리다가 그만 발 디딜 곳을 잃어버렸다. 떨어지면서 최대한 철조망에서 멀어지기 위해 힘껏 앞으로 몸을 날렸다.

땅에서 정신이 들었을 때 목과 어깨가 아팠고 다리에 날카로운 통증이 느껴졌다. 일어나 앉아서 살펴보니 떨어지면서 장딴지가 선인장에 긁힌 모양이었다. 얇은 면바지로 피가 스며 나왔고 천을 뚫고 삐져나온 하얀 가시들이 보였다. 그는 비틀비틀 일어나 펜스에 몸을 기댔다. 앞을 거의 분간할 수 없었다. 손전등을 들고 선인장 주변을 더듬더듬 걸었다. 이런 어둠 속에서는 늑대뿐 아니라 그 무엇이라도 상상할 수 있었다. 말하자면 비밀의 동물원에 온 것 같았다. 갑자기 이런 강렬한 느낌이 그의 머리를 가득 채우며 어둠 속에서 수많은 짐승들이 구체화되었다. 짐승들의 가죽이 빛났고, 온화한 동시에 포식자의 위엄이 서린 얼굴이었다. 동물들의 얼굴과 벨벳 같은 혀, 얼음 발톱이 가히 놀라웠다. 대체 무슨 동물이지?

자물쇠로 잠가 놓은 출입구가 있었다. 펜스 바닥에 붙어 있는 금속 상자와 마른 통나무, 비쩍 마른 나무 한 그루도 있었다. 나무에서 갑자기 비둘기가 발작하듯 날갯짓을 하며 푸다닥 날아올랐다. 그는 화들짝 놀랐다.

다리가 아팠다.

혹시 무슨 구멍이라도 있을까 해서 손전등으로 덤불과 나무 밑동을 비춰 보기 시작했다. 그러다가 결국 불을 끄고 쭈그려 앉았다. 불빛이 없으니 오히려 눈이 어둠에 적응되어 마침내 덤불이나 나무가 아닌 형체를 알아볼 수 있었다. 펜스에 딱 붙어서 몸을 낮게 웅크리고 있는 흐릿한 형체를.

그는 조용히 일어나 여전히 손전등을 켜지 않은 채 눈을 땅에 고정하고 덤불 사이를 헤치며 좀 더 가까이 다가갔다. 가까이, 더 가까이 다가가다가 늑대의 웅크린 형체 바로 앞 땅바닥에 손전등을 조준하고 엄지손가락으로 스위치를 켰다. 노란 눈을 빠르게 깜빡이던 늑대가 담장을 따라 유유히 움직이더니 그에게서 멀어져 원래 있던 구석으로 돌아갔다.

더는 가까이 다가가지 않을 셈이었다. 늑대가 허락하지 않을 테니까.

———

다음 날 아침 그는 다리에서 잔가시를 제거했다. 상

처 때문에 욱신거렸지만 별로 개의치 않았다. 족집게로 머리칼처럼 가느다랗고 딱딱한 섬유질을 뽑아내는 행위에서 은근한 쾌감까지 느껴졌다. 그 감각은 풀잎처럼 미세하고 날카로웠다.

그는 아스피린 두 알을 먹고 샤워를 했다. 양말을 신고 셔츠를 입은 뒤 커피메이커 앞에 서서 다시 그 늙은 늑대를 생각했다. 동물들은 자립적이고 사람들은 그 점이 못마땅한 것 같았다. 대부분의 사람들이 동물은 하인이나 아이 같아야 한다고 믿게 되었기 때문이다. 동물은 인간을 위해 고되게 일하거나 인간을 즐겁게 해 줘야했다. 그 역시 늑대의 초연함에 긴장했고 고집스레 거리를 유지하는 늑대가 원망스럽기도 했다. 그런 태도가 거의 모욕이라고 생각되어 내심 서운하기까지 했다.

그러나 그때 그 역시 자립적이었다. 개인적인 목적과 궤도가 있었고 누구도 그것을 막을 권리가 없었다. 물론 그 목적이 무엇인지 그 자신에게도 모호했지만 그 모호함 역시 그의 몫이었다. 아침에 생각해 보니 늙은 늑대가 그에게 가까이 오지 않으려 했던 것은 지극히 당연했다. 오히려 웃기는 쪽은 그였다. 경계 태세를 유지하는 것은 그저 늑대가 살아가는 방식일 뿐 그와는 관계없었다. 우리에 갇혀 있어도, 고독해도, 늑대는 경계 본능을 박탈당하지 않고 본성을 유지하고 있었다. 늑대는 환심을 사려 하지 않았고 사교술 따위는 몰랐다.

늑대가 눈빛을 번뜩일 때 그는 자신의 내면에서도 비슷한 번뜩임을 느꼈다. 늑대의 시선에는 인간의 그것과는 다른 단순 명료함이 있다는 깨달음이 스쳤다.

전국의 거의 모든 동물원 우리 앞에 세워진 교육용 표지판에 늑대가 멸종되었다고 적혀 있다. 늑대는 동화에 등장하는 악당이었으며 전 대륙에서 늑대를 멸종하려는 광범위한 캠페인도 있었다. 버팔로와 함께 늑대를 대학살한 것이다. 표지판에 따르면 먼 옛날 플라이스토세 후기에 클로비스인이 동굴곰과 자이언트비버, 검치호랑이, 말, 마스토돈의 멸종을 초래했다고 했다.

그는 텔레비전에서 미소 띤 기상 캐스터가 가리키고 있는 기상도에 눈을 고정한 채 셔츠 단추를 채웠다. 늙은 늑대가 머리를 낮추고 부드럽게 가까이 오기를 기대했다. 모든 야생 동물이 언젠가는 길들일 수 있는 존재인 것처럼. 언젠가 길들일 수 있다는 점이 야생 동물의 속성이며, 그들의 야생성은 그저 낯가림이나 관성에 불과한 것처럼. 모든 동물은 사람에게 굴복할 뿐 아니라 사람을 좋아하고 예의 바르게 행동해야 마땅한 것처럼.

솔직히 그는 동물들이 자신을 반겨 주기를 내심 원했다. 인간이 서로에게 그것을 기대하는 과정에서 얻은 습관이었다. 인간에 대해서는 알지만 그 외의 존재에 대해서는 모르기 때문이다. 그것은 또 다른 종류의 고독이었다. 주변을 아무리 둘러봐도 거울 말고는 아무것도 없는 고독.

동물들의 무한한 신체적 차이는 또 어떤가? 다리 개수와 줄무늬, 불타는 오렌지색, 구부러진 이빨 또는 촉수, 날개 또는 비늘, 하늘색 알 등등. 그는 늑대를 신성한 존재와 마찬가지로 그가 결코 알지도, 알 수도 없는 동물로 바라보지 못하는 함정에 빠졌다. 그는 늑대가 다가와서 손을 핥고 옆에서 뛰어놀기를 기대했다.

———

동물이 정신없이 죽어 나갔다. 때로는 한 번에 한

마리, 또는 한꺼번에 종류별로. 그는 이것이 무척 괴로웠다. 그는 신문에서 사라지는 동물을 다룬 최신 기사를 찾기 시작했다. 잡지도 구독하기 시작했다. 잡지 사진으로 머나먼 오지에 있는 동물을 보았다. 그들은 그곳에서 태어났고 앞으로도 그곳에서 계속 살거나 죽을 것이다. 어떤 동물은 초록빛 배경에 있고, 어떤 동물은 노란색, 또 어떤 동물은 파란색 배경에 있었다. 이따금 새하얀 시베리아나 북극에 있기도 했다. 따스한 초록, 건조한 노랑, 축축한 암청색. 이런 곳들이 동물의 발생지였다.

그리고 인간이 사는 회색 지대가 있었다. 파란색 지역은 갈색으로 변해 가고, 노란색 지역은 흙먼지로, 초록색 지역은 연기와 재로 변해 갔다. 매 순간 동물이 사라졌다. 한 종이 사라지기도 했지만 때로는 서로 연결된 여러 종이 한꺼번에 사라지기도 했다. 모든 산이나 모든 호수가, 세상의 어떤 형태가 통째로 사라지는 것처럼. 그러나 여러 대륙과 반구로 회색 지대가 번져 나가는 상황에서 이런 소실을 막을 수 있는 방도는 거의 없어 보였다. 아니, 아웃사이더나 지식인 집단, 교수나 히피 또는 영향력 없는 소수 집단 말고는 누구도 그에 대해 이야기조차 하지 않았다. 노아의 방주와 대조되는 조용한 대량 멸종이 알게 모르게 진행되고 있었다. 이 뜨거운 지구에서 모든 종의 3분의 1이 곧 멸종할 것이다. 한때 하늘을 까맣게 뒤덮은 여행비둘기는 이제 사라졌고 테디 루스벨트는 사파리 여행 중에 기차에서 짐승 몇백 마리를 쏴 죽였다. T는 1909년 루스벨트가 아프리카 여행에서 죽인 짐승의 목록을 읽었다. 사자 열일곱 마리와 코끼리 열한 마리, 코뿔소 스무 마리, 기린 아홉 마리, 가젤 마흔일곱 마리, 하마 아홉 마리, 그리고 얼룩말 스물아홉 마리를 포함하여 512마리가 그의 총에 희생되었다. 영국 국왕 조지 5세는 스포츠로 하루에 새 천 마리를 죽였다. 로마 황제 티투스는 한 해에 동물 9000마리를 포획하여 대중에게 전시했다.

그는 멸종 위기에 빠진 동물을 알아보는 법을 알게 되었다. 어떤 동물은 인식표나 목줄이 채워져 있거나 사진에 나와 있거나 공무원의 추적 관찰을 받기도 한다. 단체나 개인이 때때로 동물이나 식물을 편들어 준 덕분에 소송을 제기할 이론적 근거를 동원할 수 있었다. 가끔 법원이 희생자의 손을 들어 주기도 했지만 희생자는 여전히 희생자로 남았으며, 희생되었음을 아는 동물보다 어둠 속에서 사라져 간 동물이 몇천 배나 많았다. 그가 서 있는 곳에서 동물들은 아주 쉽게 쓰러졌고, 그가 서 있는 곳에서 동물들은 애초에 보이지도 않았다.

바깥세상의 동물들은 그의 삶에서 동떨어져 있었지만 동물원은 아주 가까이 있었다. 말하자면 동물원은 그의 교실인 셈이었다.

그의 실습 수업은 야간에 이루어졌고 그 덕분에 생업을 위해 낮 시간을 비워 둘 수 있었다. 처음에는 우편으로 주문한 설명서를 읽었지만 미흡한 부분이 많았고, 그래서 열쇠 수리공을 고용해 직접 교습을 받았다. 브라질 출신 열쇠 수리공이 일주일에 두 번, 물결 모양, 갈고리 모양, 공 모양, 다이아몬드 모양 팁이 달린 만능열쇠 꾸러미와 토크 렌치가 담긴 공구 상자를 들고 그의 아파트로 찾아왔다. 그들은 T의 집 문과 캐비닛에 다양한 자물쇠를 설치해 놓고 연습했다.

교습 후에 열쇠 수리공은 종종 남아서 술을 마시곤 했다. T는 어렵게 배운 지식을 인명과 재산을 위협하는 범죄에 이용하지 않겠다고 그를 안심시켰다. 열쇠 수리 공은 그가 기술을 좋은 목적으로 이용하건 나쁜 목적으로 이용하건 별 관심이 없어 보였지만, 그렇게 친절하게 안심시켜 준 덕분에 두 사람 사이가 돈독해졌다. 기껏해야 무단 침입 정도가 고작일 거라고 T는 농담처럼 말했다. 열쇠 수리공은 금요일마다 그와 술을 마셨고 때로는 카드놀이를 하기도 했다.

하지만 밤 시간이 항상 자유롭지는 않았다. 그는 아직 투자자 풀턴을 떼어 내지 못했다. 라켓볼을 피하려고 윤활 주머니염에 걸렸다고 핑계를 댔지만 풀턴의 아내에게 발목이 잡혔다. 그는 뚜렷한 결함이나 흠결이 없는데다 재력과 건강 면에서도 남에게 뒤지지 않고 머리숱도 많은 젊은 남자였으므로, 분명 결혼 상대로 적격이었고 새로 소개받은 많은 여성에게 관심의 대상이었다.

재닛은 그와 이런 여성들을 맺어 주는 일에 일종의 소명 의식을 느꼈다. 재닛은 독신으로 사는 것을 탐탁지 않게 여겼다. 재닛에게 독신남은 사회 변두리에서 간신히 생계를 꾸리는 존재이며, 폴로 파티에서 결혼한 부부들의 주변을 맴도는 집 없는 무모한 떠돌이였다. 재닛이 보기에 사회적 지위 면에서 독신남보다 못한 부류는 독신녀뿐이다. 그녀에게 독신녀는 혐오스럽지만 다행히도 명이 짧은 생명체로, 애벌레가 누에고치를 먹어 치우듯 무방비 상태로 겉만 번지르르하게 살아가는 족속이다.

풀턴은 T의 투자자였기 때문에 T는 그의 호의를 매번 거절할 수 없었고, 그래서 적어도 일주일에 한 번은 저녁 식사 손님으로 브렌트우드에 있는 풀턴의 집을 찾았다. 항상 재력 있는 남자와 미모가 빼어난 여자만 초대하는 것이 재닛의 철칙이었다. 게다가 이곳은 로스앤젤레스였으므로 식탁 맞은편에는 항상 누군가가 앉아 있었고 상대는 T에 비해 나이가 별로 많지 않은 여자였다. 재닛이 정해 놓은 나이 상한선이 서른이었기 때문이다. 연애와 결혼을 거쳐 짧은 신혼 기간 이후에 곧바로 아이를 낳을 것을 감안한 나이였다. 그녀들은 하나같이 머리를 염색하고 가슴을 성형하고 나팔 모양 콧구멍 위로 콧날을 뾰족하게 세운 듯했다.

재닛은 중매인을 자처하는 텍사스 출신 여자였다. 그녀가 사교계에 처음 등장했을 때 그녀의 아버지가 남겨 준 지참금이 풀턴 가 사람들에게 큰 매력으로 다가왔다. 그녀가 남편을 선택한 주된 이유는 그가 다른 청혼자들의 기선을 제압했기 때문이다. 그래서 그녀가 데려온 여자들은 학벌이나 사회적인 목적의식 같은 불필요한 조건과 관련한 부담이 없었다. 그들은 자신의 매력을 잘 알았으며 사람들의 칭찬에 익숙했다. 그들은 그와 대화를 시작하고 싶었지만 어떻게 시작해야 할지 몰랐다. 한 여자가 그에게 직업이 뭐냐고 물었다. 그가 대답하니 그녀는 미소를 짓고는 손가락으로 머리칼을 꼬면서 그를 멀뚱히 쳐다보기만 했다. 앞으로는 그가 계속 대화를 주도할 거라고 예상하는 것처럼 말이다.

처음에는 재닛을 존중하는 의미에서 예의를 갖추려 노력했으나 몇 주에 걸쳐서 저녁 식사가 지루하게 계속되자 여자들을 실망시킬 필요가 있겠다는 생각이 들었다. 그녀들이 자신을 밀어내는 그에게서 매너와 관련한 트집을 잡을 수 없도록 부드럽고 교묘하게. 재닛은 여자들이 처음에는 그에게 무척 흥미를 갖다가 곧 시들해지는 모습만 보았다.

그는 조용한 거부에 전념했고 그가 자물쇠 따는 데 익숙해졌을 무렵 재닛의 저녁 식사 초대도 점차 뜸해지기 시작했다.

"당최 자네의 문제가 뭔지 모르겠네."

어느 날 밤 저녁 식사 내내 커튼이나 시트 따위에 대해서만 이야기하려 한 이름이 리지인 실내 장식가를 만나고 집으로 돌아가려는데 풀턴이 말했다.

"한 번쯤은 진도가 나갈 만도 하잖나."

"부인이 이런 자리를 그만 마련해 주시면 좋겠어요." 그가 부드럽게 말했다.

"부인의 선의는 잘 알지만 저는 누굴 만날 생각이 없어요."

"이보게. 꼭 결혼을 하라는 건 아냐. 하지만 여자들과 보내는 게 윤활 젤이나 쓰면서 손목 터널 증후군에 걸리는 것보다는 낫지 않나."

"제겐 아닙니다."

"아주 단호하군."

업무차 찾은 뉴욕에서 그는 한밤중에 자동차를 몰고 브롱크스로 향했다. 첫 번째 자물쇠는 식은 죽 먹기였다. 볼품없는 도심 나무숲 사이의 나지막한 금속 출입구.

이어서 어둡고 넓은 광장을 가로지르는 산책로. 그리고 바다표범 물웅덩이에 반사되는 불빛.

두 번째 자물쇠에서는 긴장해서 손이 자꾸 미끄러졌지만 곧 안으로 들어갔다. 식은땀이 나서 목이 축축해졌고 심장 박동이 빨라졌다. 피가 솟구치는 소리도 들렸다. 그는 도구를 가방에 집어넣고 가만히 서서 천천히 숨을 몰아쉬었다. 그는 "세계에서 가장 심각한 멸종 위기에 놓인 포유류 수마트라코뿔소는 1889년 이래로 포획 상태에서 출산에 성공한 적이 없다."라는 동물원 보도 자료를 읽은 적이 있었다. 만년필형 손전등을 비추어 수마트라코뿔소(Dicerorhinus sumatrensis)라고 쓰인 명판을 보았다. 미국에서 사육되는 유일한 수마트라코뿔소였다. 말하자면 공룡이었다. 천오백만 년 동안 살아온 종이었지만 이제 남아 있는 개체 수는 몇백 마리에 불과했다. 암컷이었다.

코뿔소는 몸을 일으켜 몇 발짝 멀어졌다. 코를 땅에 박고 바닥에 어지럽게 널린 건초나 밀짚 따위의 마른 풀을 찾고 있었다. 그것은 마치 갈색 직사각형처럼 보였다. 그가 읽은 바에 따르면 수마트라코뿔소는 진흙탕에서 뒹구는 것을 좋아한다. 그런데 이곳에는 땅바닥 외에 아무것도 없었다.

그는 어떤 동물원 입장객도 서 있을 수 있는 곳에 서 있었다. 특별한 위험도 특혜도 없었다. 다만 지금은 주변에 아무도 없어서 자신과 수마트라코뿔소 단 둘뿐이라는 점만 달랐다. 만족스러웠다. 그가 그곳에 있는 것은 그 동물의 관심을 끌기 위해서가 아니라 그 동물에게 관심을 주기 위해서다. 그것은 이 땅에서 단 한 마리뿐인 수마트라코뿔소다. 과연 그런 고립감을 아는 사람이 있을까?

수마트라코뿔소는 인간의 귀로 듣기 힘든 노래를 부른다고 한다. 이 노래를 조사한 결과 혹등고래 노래와의 유사성이 발견되었다. 지금 이 코뿔소는 노래하고 있지 않았다.

코뿔소에게 시력은 인간에게만큼 중요하지 않았다. 그도 그것을 알았지만 그래도 코뿔소도 앞을 보긴 봐야 할 것이다. 그는 한 손을 코에 대서 두 눈 사이를 막고 한 눈씩 교대로 감았다. 그는 많은 동물의 시력이 이색성이라는 이야기를 읽은 적이 있었다. 즉 삼원색이 아닌 이

원색을 기본으로 모든 사물을 보는 것이다. 그는 생각했다. 빨간색과 파란색일까? 두 눈을 감고 가슴이 오르락내리락하는 소리와 가까이에서 들려오는 정체 모를 부스럭 소리를 들었다. 눈꺼풀 바깥 세상은 탁하고 캄캄했지만 빛이 어지럽게 지나가는 인상을 받았다. 빛은 구름처럼 지나갔고 그는 자기도 모르게 서서히 그것을 해석하고 토끼나 백조의 형상으로 고정하는 데 몰두했다.

잠시 뒤 코뿔소가 한숨을 내뱉었다. 그 동물은 낯설었지만, 한숨 소리는 낯설지 않았다. 그는 한숨의 필요, 그 통과의 느낌을 이해했다. 한숨은 단지 하나의 생각이 아니라 하나의 생각이 다른 생각으로 이행하는 것이었다. 슬픔이나 애정의 표시인 동시에 오랫동안 지고 다니던 무거운 뭔가를 내려놓은 후련함의 표시이다. 코뿔소가 한숨을 쉰 뒤 그는 이 순간 그 동물이 얼마나 외로울지 궁금해졌다. 어쩌면 코뿔소는 자신 너머로 자신이 사라진 후의 미래를 보고 있는지도 모른다. 어쩌면 자신이 갇혀 있는 것의 의미, 닫힌 문과 경계의 의미, 선조와 자기 세대의 종착역을 본능적으로 직감하고 있는지도 모른다.

어쩌면 아무 생각이 없는지도 모른다.

그가 그 차가운 피부에 손을 대자 육중한 납덩이가 느껴졌다. 다른 어떤 동물도 이 같은 눈매를 가질 수 없을 것이고 이곳에서 공룡의 마음으로 땅과 나무를 볼 수 없을 것이다. 다른 어떤 동물 가죽도 분자 사이로 스며드는 햇살의 따스함을 느끼지 못할 것이다. 그리고 막연하게든 구체적으로든 이 동물이 그곳에서 자신의 시간이 끝나 가는 것을 암시하는 슬픈 고요 속에서 어떤 기분으로 살아가는지, 그도, 그 누구도 알 수 없을 것이다.

그는 자신의 무단 침입 행각을 일절 함구했고 그의 본모습과 겉모습 사이의 차이를 조심스럽게 지켰다. 혼자라서 누리는 분명한 장점이었다. 만약 파트너가 있었다면 봉인이 해제되고 말았을 것이다.

그는 신중하고 조심스럽게 동물 보호 구역이나 포획 사육 시설이 있는 지역으로 출장을 계획했고 영업 성과를 기대하기 힘든 상황에서도 이런 곳들에 가야 할 이유를 찾았다. 그는 샌디에이고의 조류 사육장과 보트 프로펠러에 부상당한 바다소를 위한 뉴햄프셔 구조 센터와 나비 서식지, 아메리카송장벌레를 사육해서 방사하는 로드아일랜드의 실험실에 감쪽같이 숨어들어 갔다. 그는 캘리포니아와 애리조나, 뉴멕시코에 있는 최고의 동물원 단골이었으며 비행기로 세인트루이스와 시애틀, 신시내티에 있는 다른 동물원에도 날아갔다. 그리고 매일 밤 단 하나의 우리를 위해 시간을 비워 두었다.

그는 기본적인 응급조치도 배웠고 그것을 유용하게 써먹었다. 한번은 원숭이 집에 들어갔다가 나뭇가지에 걸려 허벅지에 상처를 입었는데 상처 자체는 깊지 않았지만 베인 자리가 따끔거리고 잘 아물지 않았다. 또 여러 번 찰과상을 입어 무릎에서 딱지가 떨어질 날이 없었다. 오른쪽 종아리에는 어린 멕시코악어의 자주색 이빨 자국이 선명하게 나 있었다. 그래도 운이 좋은 편이었다. 그 아기 악어는 종아리를 물자마자 놔주었고 그 덕분에 그는 다리를 질질 끌며 우리에서 나올 수 있었다. 물린 곳이 아팠지만 무엇보다 자신의 부주의가 부끄러웠다.

아무도 상처를 눈치채지 못하도록 하프마라톤도 긴 바지를 입고 뛰었고, 누군가가 상처에 대해 물어보면 암벽 등산을 하다가 긁혔다거나 체육관에서 생긴 상처라고 둘러댔다. 그 후에는 무릎뼈가 나가고 팔꿈치와 손마디에 찰과상을 입고 손끝도 베였다.

처음에는 포식자가 무서웠기에 영역 보호 본능이나 공격성이 강하다고 알려진 동물을 피해서 아주 신중하게 선택하면서도 경계심을 늦추지 않았다. 그들은 애완용이 아니었다. 그러나 곧 그는 초심자의 두려움을 잃었다. 그의 취미는 동물들한테 몰래 접근하는 것이 아니라 단지 우리에 들어가 한곳에 앉아 조용히 관찰하는 것이었다. 그는 동물들이 자신을 보여 주기를 기다렸다. 그런데 시간이 가면서 피곤하고 지루해졌다. 자신이 느끼는 지루함의 깊이와 범위에, 아무런 사건도 없을 때 몇 분이, 또 몇 시간이 얼마나 더디게 흘러가는지에 놀랐다. 동물들에게도 감금 생활에서 가장 큰 부분은 기다림이었다. 먹이를 받으면 최후의 동물들은 그것을 먹고 잠을 자면서 굶주림이 얼마나 절박한 것인지 잠시 잊는 듯했다. 그런 다음 잠에서 깨어나 모든 것이 다시 시작되기를 기다렸다.

그는 그들이 초조해하는지 알고 싶었다. 뭔가를 예상한다는 것은 인간만의 본능처럼 느껴졌지만 그는 곧 자신이 키우는 개를 떠올렸다. 개의 일상은 전적으로 예상에 의존하는 것처럼 보였다.

동물들은 먹이를 기다리며 본능이 이끄는 대로 이리저리 서성이거나 헤엄치거나 나뭇가지 사이로 뛰어올랐고, 이따금 이른바 풍부화 도구(enrichment tool)라고 하는 장난감을 툭툭 치거나 길 잃은 곤충을 쪼았다. 그들의 삶은 단조로움 그 자체였다. 시간을 다 쓰기 위해 잠을 잤다. 동물 종의 마지막 후예는 낮 시간을 이렇게 썼다.

야생에서는 기다릴 일이 거의 없을 거라고 그는 생각했다. 기다림은 스스로 통제력을 상실했을 때, 자신의 손을 벗어난 사건이 일어날 때, 자유를 박탈당했을 때 시작된다. 그런데 야생에서는 항상 뭔가를 시도할 것이다. 야생에서는 시도하고 또 시도해야 하며 기다림 따위는 없다고 그는 생각했다. 기다림이란 의존적인 상태다. 그렇다고 야생 동물들이 뭔가를 지켜보거나 그 자리에서 경계 태세로 가만히 있어야 하는 상황이 없지는 않다. 야생 동물도 종종 그렇게 해야 한다. 그러나 그것은 기다림이 아니라 잠시 행동을 멈추는 것에 가깝다.

야생에서 시간은 훨씬 빨리 흐르고 더위와 추위는

낮의 빛과 밤의 어둠과 정확하게 일치한다. 이런 속도에 익숙해진 일상이 오래도록 이어질 것이고 그것은 변하지 않을 것처럼 보인다. 이따금 긴박한 두려움이나 위기일발 상황이 닥치기도 하지만 대부분은 늘 해 오던 대로 하면 그만이다. 한동안 피식자는 안도할 것이다. 그러나 바로 이때 질풍같이 종말이 다가온다. 그는 늘 다니던 곳을 다녔을 것이고 바람에 실려 온 냄새에 걸음을 멈췄을지 모른다. 마지막으로 아드레날린이 분비되고 출혈로 정신이 혼미해지면서 다시 따스한 고향 땅에 잠드는 것이다. 그런데 만일 그 죽음이 최후의 죽음이라면 그건 어떻게 다를까? 죽어 가는 동물이 그 종족의 마지막 개체라면? 예를 들어 구름이 긴 그림자를 드리우는 황량한 벌판에서 쥐캥거루가 어린 여우에게 쫓기고 있다고 가정해 보자. 추격전은 불과 몇 초 만에 끝나고 곤충과 벌레와 상공을 지나가는 제트기 말고는 주변에 아무도 없다. 그 쥐캥거루는 마지막 쥐캥거루이며 그 같은 쥐가 다시는 태어나지 않을 것이라는 사실을 여우도, 쥐캥거루도 알지 못한다. 그렇다면 뭐가 달라질까? 세상이 어떤 상실감을 느낄까? 들판은 여전히 들판이고 하늘은 여전

히 파랗다. 갑자기 모든 동작이 정지되는 결정적인 순간
도 찰나의 장면 전환도, 그저 존재하지 않는 목격자의 상
상으로 그릴 수밖에 없다. 여우는 쥐캥거루를 입에 물자
마자 다음 목표물을 찾아 다시 뛸 것이다. 그러나 이로써
존재의 목록에서 특정한 존재 방식이 영원히 사라져 버
렸다. 분명 다른 종들도 타격을 받을 것이다. 이 쥐캥거
루 둥지에만 살던 무지갯빛 날개 달린 긴다리파리와 그
파리의 날개 밑에서 살던 기생충, 기생충 애벌레의 도움
으로 뿌리에 영양을 공급받던 꽃나무, 그 꽃나무에서 수
분하던 박쥐……. 그제야 비로소 그 쥐캥거루의 상실이
드러날 것이다. 그제야 비로소 세상이 어떻게 쥐캥거루
의 비밀스러운 이야기를 잃었는지, 몇백, 몇천, 몇백만의
비밀을 빼앗기게 되었는지 드러날 것이다. 남아 있는 생
물은 비둘기와 너구리밖에 없을 것이다. 그러나 그가 가
장 자주 생각하는 것은 이런 도미노 현상이 아니라 마지
막 존재의 상태다. 상실은 흔하다. 그 자신의 상실도 마
찬가지다. 그는 자신이 고립된 동물들의 상태를 흉내 낼
수는 없었지만 그것을 상상할 수는 있다는 사실에 은근
히 자부심을 느꼈다. 어느 날 인간도 마지막을 맞이하리

라는 것을 그는 알았다. 동물사의 정적 속에서 그는 시간
이 자기 자신을 원자 단위로 조금씩 변화시키고 있음을
느낄 수 있었다. 하루는 너무 따분한 나머지 졸음이 밀려
왔다. 그러다 문득 경계심을 풀고 그냥 내키는 대로 하는
게 좋겠다는 생각이 들었고, 그렇게 했다.

그때부터 잠이 일상의 일부가 되었다. 잠을 잠으로
써 그는 항복을 했고 그 후에 어떤 일이 벌어질지는 동
물에게 달렸다. 그는 더 이상 도시와 시설물의 보호를 받
지 않았다. 처음에는 동물사에 동물들과 누워 있는 것이
어색하고 불편했지만 마침내 그것도 극복했다. 다음 날
아침 사육사가 먹이를 주러 오기 전에 그는 서둘러 우리
에서 기어 나왔다. 그가 아는 한, 잠자는 동안 동물들은
그에게 접근하려 하지 않았다. 그러나 그가 깨어났을 때,
가끔 동물들이 우연히 가까이에 있을 때도 있었다. 이렇
게 그는 호랑이꼬리고양이가 자기 새끼를 코로 굴속으
로 밀어 넣는 모습이나 하이에나가 굶주린 듯 비둘기 가
슴을 물어뜯는 광경을 보았다.

성스러운 장소

킴 스탠리 로빈슨

매년 여름 찰리 퀴블러는 캘리포니아로 날아가 옛 친구들과 시에라네바다 산맥에서 백패킹을 하며 일주일을 보냈다. 그들은 대부분 고등학교 시절부터 아는 사이였고 그중 몇몇은 몇 해 전에 캘리포니아 대학교 샌디에이고 캠퍼스(UCSD)를 함께 다녔다. 지난겨울 찰리의 집에서 저녁 식사를 하던 중에 그의 워싱턴 D.C. 친구 프랭크 밴더왈이 그들과 같은 시기에 같은 대학에 다녔다는 사실이 밝혀졌다. 그 자리에 있던 사람들은 잠시 놀랐지만 곧 어깨를 으쓱하며 대수롭지 않게 넘겼다. 그저 한 나라의 수도에서 종종 일어나는 우연의 일치로 여겼다. 워낙 많은 사람이 전국 각지에서 상경하고 그러다 보니 개중에는 같은 지역에서 온 이들도 있을 테니 말이다.

그러나 이 우연의 일치가 찰리가 이번 여름 여행에 프랭크를 초대한 결정적인 원인이었다. 어쩌면 프랭크가 그 초대를 받아들이는 데도 중요한 역할을 했을 것이다. 찰리는 말을 꺼내기가 어려웠다. 프랭크의 과묵함이 최근에 훨씬 더 심해졌기 때문이다.

애초에 초대를 제안한 사람은 찰리의 아내 애나였다. 프랭크는 비강 수술을 앞두고 있었다. 프랭크 본인은 "대수롭지 않은 일"이라고 말했다. 그러나 애나는 고개를 저었다.

"뇌 바로 옆에 있는 부위잖아."

미국 국립 과학 재단(NSF)에서 근무하던 프랭크는 최근 직장을 옮겨 백악관 자문 위원으로 일하게 되었는데, 애나가 느끼기에 그가 새로 옮긴 직장을 별로 좋아하는 것 같지 않았다. 게다가 최근에 그는 아주 오랫동안 일했다. 그녀는 옛 동료 프랭크가 누군가의 도움이 절실히 필요할 때 외롭게 혼자 지내고 있다고 느꼈다.

프랭크와 함께 카약 여행을 다녀온 찰리조차 그 사실을 전혀 몰랐다. 평소 프랭크는 범접하기 힘들 만큼 독립적인 인물로 보였다. 늘 냉정하다고 생각했던 사람이 갑자기 냉정을 잃으면 충격적인 법이다.

그래서 프랭크가 수술을 받자마자 그들은 병원에 문병을 갔다. 그는 자신이 괜찮으며 수술이 잘되었다고 말했다. 그리고 백패킹에 함께하겠다고, 고맙다고 말했다. 잠시 멀리 떠나는 게 도움이 될 거라고도 덧붙였다. 찰리는 그렇게 높은 산에 올라가도 괜찮겠냐고 물었다. 그는 괜찮을 거라고 대답했다.

그 후로 모두들 바빴다. 큰아들 닉은 여름 데이캠프와 수영 교실, 둘째 조는 어린이집, 찰리는 경찰 보고서, 애나는 국립 과학 재단 때문이었다. 두 주 동안 프랭크를 한 번도 보지 못한 상태에서 갑자기 약속한 시간이 닥쳐왔다.

찰리의 캘리포니아 친구들은 여행에 새로운 멤버를 초대하는 것을 환영했다. 전에도 가끔 그런 일이 있었고 그들은 프랭크를 엄청나게 만나고 싶어 했다.

"아주 과묵한 친구야."

찰리는 친구들에게 미리 말해 두었다.

———

찰리의 집에서는 닉이 태어난 후 매년 떠나던 이 트 레킹에 문제가 생겼다. 집에서 아이를 돌보는 쪽이 찰리였기 때문이다. 게다가 조가 태어난 후에는 할 일이 두 배로 늘었다. 그래서 이 년 연속 찰리는 여름 여행에 동참하지 못했다. 애나는 친구들이 시에라네바다 하이킹을 즐기는 동안 찰리가 얼마나 낙심하는지 보았고 그래서 이번에는 육아 문제를 어떻게든 조율해서 친구들과 함께 떠나라고 먼저 제안했다. 찰리는 어찌나 고마웠던지 자리에서 벌떡 일어나 애나에게 키스 세례를 퍼부었다. 그리고 닉을 데이캠프에 데려다주고 데려오는 일은 짐보리 유아 센터에서 만난 찰리의 친구에게 도움을 얻고 조를 어린이집에 맡기는 시간을 연장하기로 했다. 두 아이 모두 하루에 몇 시간씩은 돌봄 서비스를 받을 수 있다는 사실도 확인했다. 그렇게 되면 애나는 전과 다름없이 거의 온종일 일에 전념할 수 있었다. 이 부분은 아주 중요했다. 하루에 몇 시간이라도 일할 시간이 줄어들면 그녀의 눈썹이 거의 일직선으로 곤두서고 특히 업무가 지연되면 입가에 '이건 아닌데.' 하는 표정이 자리 잡기 때문이다.

찰리는 그 표정을 잘 알았지만 출발일이 다가오자 애써 외면하려 했다. 그는 이렇게 말하곤 했다.

"프랭크에게 좋은 기회가 될 거야. 당신이 참 좋은 아이디어를 냈어."

"당신에게도 좋을 거고."

애나는 이렇게 대답했다. 또는 대답은 하지 않더라도 표정으로 그렇게 말했다.

사실 조의 건강에 대한 걱정이 남아 있지만 않았다면 그녀는 찰리의 여행을 전적으로 환영했을 것이다. 찰리는 애나가 무슨 이야기를 하다가 다른 이야기로 넘어가면서 중간에 뜬금없이 꺼낸 말 때문에 애나의 걱정을 알게 되었다. 그는 좀 놀랐다. 조를 여전히 걱정하는 사람은 자신밖에 없다고 생각했기 때문이다. 그는 열만 떨어지면 애나가 마음을 푹 놓을 거라고 생각했다. 아이의 기분이나 행동에 신경을 곤두세우는 자신과 달리 애나는 항상 열이 있느냐 없느냐만 중시했다.

그런데 등산 여행이 가까이 다가올수록 뭔가를 의논할 때나 피곤할 때 애나의 얼굴에서 언뜻언뜻 근심 어린 표정이 스치기 시작했다. 찰리는 애나의 얼굴에서 많은 것을 읽을 수 있었다. 오랫동안 익숙해졌기 때문인지 아니면 그녀가 특별히 표정이 풍부하기 때문인지 모르겠지만, 분명 그녀의 근심 어린 표정은 아주 묘했고 그의 눈에 아름다워 보였다. 어쩌면 단순히 그 표정을 쉽게 읽을 수 있기 때문일지도 모른다. 그녀가 근심에 잠길 때면 삶이 의미 있는 것으로 보였다. 불타는 석탄 위에서 어른거리는 불꽃처럼, 그녀의 생각이 얼굴에 어른거렸다. 몽환적이고 아름답고 말 없는 여배우가 표정만으로 모든 것을 표현하는 장면 같았다. 그녀의 표정을 읽는 것은 그녀를 사랑하는 것이다. 그녀는 어쩌면 조금은 일에 미쳐 있는지도 모르지만 그조차도 그가 사랑하는 그녀의 일부분이었다. 그녀가 얼마나 열정적인지 보여 주는 또 다른 징표이기도 하니까. 열정적인 사람이 완전히 제정신일 수는 없는 법이다. 물론 제정신에 가깝기는 하지만.

그러나 찰리가 외부 사건들과 조에게 일어난 다양

한 변화 사이의 연관성을 발견했을 때, 애나는 그것을 인정하지 않거나 아예 그런 연관성을 감지하지도 못하는 것 같았다. 그녀는 형이상학 자체를 믿지 않았고, 고로 형이상학적 질병이라는 것이 있다고 생각하지 않았다. 게다가 두 살배기 아이에게 심신증이 있을 리 없다고 생각했다. 짐보리 유아 센터에서 만난 다른 친구가 말했듯이 유아는 어떤 문제를 느끼기에 너무 어렸다.

따라서 문제는 틀림없이 열이었다. 애나는 무의식 중에 그렇게 사고하는 게 분명했다. 그녀가 평소에 무엇을 근심하는지 지켜봐 온 찰리로서는 이런 식으로 직감하거나 추론할 수밖에 없었다. 만일 조가 가벼운 혼수상태에 빠졌을 때 곁에 있는 사람이 애나라면 과연 어떻게 될까? 그녀가 최근에 조가 보인 사소한 기분 변화를 감지할 만큼 조의 평소 행동을 잘 알고 있을까?

물론 그녀는 알 만큼 알았다. 하지만 그런 변화들 가운데 몇 가지는 그 아이의 특별한 민감성을 시사하는 것일 수 있음을 그녀가 인정하느냐는 다른 문제였다.

어쩌면 그녀가 설득당하지 않는 편이 나을지도 모른다. 찰리 역시 이런 걱정이 비현실적이기를 바랐다. 어쩌면 그만의 걱정 방식일지도 몰랐다. 질병이나 정신적인 문제가 진단되지 않은 데 만족하지 않고 다른 설명을 찾으려는 것 말이다. 그러나 대안적인 설명이 어떤 면에서는 더 나쁠 수 있었다. 그것 때문에 마음이 어수선하고 가끔은 미쳐 버릴 것 같았다. 그래서 그는 아주 잠깐 그런 생각을 해 보고는 얼른 다른 결론을 내려야 했다. 사실이라고 하기에는 너무 이상하니까.

그러나 하늘과 땅에는 우리가 설명할 수 없는 것들이 많다. 그리고 그런 것들을 믿고 그런 믿음에 따라 행동하는 수많은 똑똑한 사람들이 분명히 존재한다. 그 자체만으로 그것은 사실이거나 실제로 영향을 미치는 무언가일 수 있다.

어쨌든 그가 시에라네바다로 떠나 있는 동안은 그 문제가 떠오르지 않을 것이다. 그는 겨우 일주일 집을 비울 것이고 게다가 지난겨울과 봄, 여름을 거치면서 조의 상태에는 큰 변화가 없었으니.

그래서 찰리는 애나에게 굳이 조에 대한 이야기를 꺼내거나 그녀가 피곤할 때 눈을 마주치지 않고 여행을 준비했다. 그녀 역시 그 이야기를 피했다.

조를 상대하기는 더 힘들었다.

"아빠, 언제 가?"

조는 가끔 큰 소리로 묻곤 했다.

"얼마나 오래? 뭘 할 거야? 등산? 나도 가면 안 돼?"

찰리가 그럴 수 없다고 설명하면 조는 어깨를 으쓱했다.

"알았어. 그럼 돌아와서 봐, 아빠."

가슴이 미어졌다.

찰리가 떠나는 날 아침, 조는 찰리의 팔을 토닥토닥 두드리며 말했다.

"안녕, 아빠. 조심해."

찰리가 언제나 조에게 얘기했던 것처럼, 찰리의 아버지가 항상 그에게 말했던 것처럼, 반쯤은 짜증 섞인 경고로. 마치 잘못된 계획 아래 무모한 행동을 하려는 사람에게 위험을 상기시켜 주려는 것처럼.

애나가 그를 꼭 잡고 품 안으로 당겼다.

"조심해. 그리고 재미있게 놀다 와."

"그럴게. 사랑해."

"나도 사랑해. 조심해."

찰리와 프랭크는 워싱턴 덜레스 공항에서 함께 비행기를 탔고 댈러스에서 환승하여 온타리오로 갔다.

프랭크는 수술을 받은 지 십팔 일이 지났다고 말했다. 찰리가 물었다.

"그때 어땠어?"

"음, 한동안은 의식이 없었지."

"얼마나?"

"아마 몇 시간쯤."

"그다음엔?"

"괜찮았어."

하지만 찰리가 보기에 프랭크는 전보다도 더 말이 없어진 것 같았다. 두 번째 비행기에서 프랭크는 창밖을 내다보거나 기내에 비치된 《워싱턴 포스트》를 한 자도 빠짐없이 읽었고 그사이 찰리는 잠이 들었다.

심각한 수술이었다. 찰리는 너무도 걱정스러웠지만 조는 병원 침대에 누워 아빠를 올려다보며 안심시키려 했다.

"괜찮아, 아빠."

조의 두개골에 전선이 부착되었고 전선 반대편 끝은 침대 옆 커다란 기계에 연결되었다. 머리는 대부분 면도가 되어 있지 않았고 망사 캡 아래로 보이는 조의 표정은 단호했다. 조는 찰리의 손을 꽉 잡았다 놓고는 각오를 다지듯 주먹을 불끈 쥐고 입을 꼭 다물었다. 침대 건너편에서 의사가 고개를 끄덕였다. 치료를 시작할 시간이었다. 그것을 본 조가 용기를 내기 위해 가사 없는 행진곡풍 노래를 하기 시작했다.

"따따따 따따따 따!"

의사가 기계 스위치를 켰고 갑자기 지지직 소리와 함께 침대 위의 조가 거멓게 말라붙은 미라처럼 오그라들었다.

찰리는 숨을 헐떡이며 벌떡 일어나 앉았다. 프랭크가 말했다.

"괜찮아?"

찰리는 부들부들 떨면서 끔찍한 영상을 머릿속에서 애써 떨치려 했다. 그는 좌석 팔걸이를 꽉 움켜쥐고 있었다.

"나쁜 꿈이야."

그는 좌석에서 몸을 일으켜 심호흡을 했다.

"악몽을 꿨을 뿐이야. 괜찮아."

그러나 그 영상은 씁쓸한 독주의 끝 맛처럼 쉽사리 사라지지 않았다. 물론 가끔씩 꿈이 아주 단순한 방식으로 보여 주는 아주 분명한 상징이었다. 분명 그에게 내재된 두려움이 시각적으로 표현된 영상이리라. 하지만 너무 잔인하고 너무 끔찍하다! 그는 자신의 마음에 배신감을 느꼈다. 자신이 그런 것을 상상할 수 있으리라고 생각도 하지 못했다. 그런 괴물이 어디서 나왔을까?

그는 언젠가 한 친구가 악몽과 싸우기 위해 고추나물*을 먹고 있다고 말했던 것을 떠올렸다. 당시에는 어리석은 짓이라고 생각했다. 악몽에서 깨어난 순간 현실이 아닌 걸 알 텐데 꿈이 끔찍해 봐야 얼마나 끔찍하다고 그 난리일까?

그런데 이제 그는 그 끔찍함을 알았고 비로소 그 옛 친구의 행동을 이해했다.

* 정서 안정과 우울증에 효과가 있다고 알려진 약초.

그래서 찰리의 오랜 친구인 데이브와 빈스가 온타리오 공항으로 그들을 태우러 왔을 때, 찰리와 프랭크 모두 조금은 가라앉은 기분으로 데이브의 밴을 타고 북쪽으로 향했다. 그들은 뒷좌석에 앉았고 데이브와 빈스가 앞자리에서 대화를 주도했다. 룸메이트였던 두 사람은 지난해 있었던 형사 소송이며 비뇨기과 업무 이야기로 이동 시간을 꽉 채우고도 남을 기세였다. 가끔 빈스가 조수석에서 고개를 돌려 찰리에게 뭔가를 물었고 찰리는 질문에 대답하며 악몽의 충격을 떨쳐 버리고 기분을 전환하려 애썼다. 그래야 한다는 것을 알았기 때문이다. 그들은 산길로 접어들었다. 왼편에서 벌써 시에라네바다 산맥 남쪽 끝자락이 눈앞에 나타났다. 오른편으로는 데스밸리 위로 솟아오른 황량한 산줄기가 보였다. 그들은 지구에서 가장 거대한 계곡 가운데 하나인 오언스밸리로 들어가고 있었다. 평소 같으면 그들의 여행에서 가장 즐거운 순간이었지만 그는 아직 완전히 몰입할 수가 없었다.

인디펜던스에서 그들은 북쪽에서 밴을 타고 내려온 제프와 트로이를 만났다. 그들은 다 같이 작은 식료품 가

게로 들어가서 깜빡 잊고 빠뜨린 필수품이나 기호품을 샀다. 청소년기를 공유한 친구들과 재회해서 그들은 기뻤다. 어린 시절의 자신과 재회하는 것 같았다. 찰리마저도 그것을 느꼈고 서서히 끔찍한 꿈과 기분을 의식에서 몰아낼 수 있었다. 어차피 꿈에 불과하지 않은가.

한편 프랭크는 쉽게 적응하는 것처럼 보였다. 그는 시골 상점의 비좁은 통로를 유유히 누비며 물건을 구경했고 장비며 음식, 장작에 대한 이야기도 편안하게 받아들였다. 여전히 말은 없었지만 진열된 육포나 라이터, 엽서 따위를 바라볼 때 입가에 살짝 주름이 지며 엷은 미소가 떠오르는 것을 보니 찰리는 무척 기뻤다. 프랭크는 여유로워 보였다. 그는 이곳을 알았다.

다시 주차장으로 나왔을 때 저녁 하늘을 배경으로 동쪽과 서쪽으로 병풍처럼 에워싼 산들이 눈에 들어왔다. 산은 그들에게 말했다. 너희는 이미 시에라네바다에 왔노라고. 동쪽으로는 건조한 화이트 산맥이 황혼에 오렌지색으로 물들어 가고 서쪽으로는 시에라네바다 산맥의 거대한 절벽이 대형 톱니 모양 벽처럼 버티고 있었다. 두 산줄기가 모여 골짜기가 마치 지붕 없는 방 같은 분위기를 풍겼다.

그 방은 한 세기 전에 캘리포니아가 어떤 모습이었는지 보여 주는 박물관 전시장 같았다. 「차이나타운」 같은 영화에 나왔듯이 그 무렵 로스앤젤레스는 이 계곡에서 물을 훔쳐 갔다.* 그런데 아이러니하게도 그것이 오히려 전화위복이 되었다. 난개발을 미연에 방지하여 이곳을 타임캡슐 같은 장소로 만들었기 때문이다.

차 두 대가 등산로 들머리로 향했다. 시에라네바다 산등성이에서 오언스밸리 바닥까지 깎아지른 3000미터에 달하는 거대한 수직 절벽이 병풍처럼 눈앞을 가로막고 있었다. 지구에서 가장 크다는 절벽 가운데 하나로 고봉준령과 기암괴석이 복잡한 벽을 이루고 있다. 산등성이에서 움푹 들어간 부분인 안부(鞍部)는 모두 오지로 들어가는 고갯길이 되었고, 그다지 낮지 않은 수많은 산등성이도 횡단 코스로 이용되었다. 찰리 일행은 지난 몇 년간 가능한 한 여러 곳에서 이 산등성이를 넘는 놀이를

* 로스앤젤레스에 물이 부족했기 때문에 오언스밸리의 물을 끌어가기 위해 1913년 수로를 건설했다. 영화 「차이나타운」은 로스앤젤레스가 음모를 벌여 토지와 수자원을 독점한다는 내용이다.

즐겼다. 그들은 올해, 프랭크에게 말했듯이 "너무 늦기 전에" 타부스 고개를 넘을 계획이었다. 타부스는 테리가 4대 악질 고갯길이라고 이름 붙인 곳 가운데 하나다.(프랭크는 그 이름을 듣고 웃었다.) 그 길이 악질인 이유는 오언스밸리에서 시작하는 들머리의 고도가 해발 1500미터 정도인데 거기서 대략 16킬로미터를 걸으면 도달하는 산등성이 고갯길의 고도가 모두 3300미터를 훌쩍 넘어서기 때문이다. 짐이 가장 무거운 첫날 1800미터를 치고 올라가야 한다는 이야기였다. 그들은 백스터 고개로 올라간 적도 있고 셰퍼드 고개에서 내려온 적도 있으니 4대 악질 고갯길 가운데 이제 소밀과 타부스만 남았는데 올해는 타부스를 정복하러 가는 중이었다. 고작 11킬로미터를 걷는 동안 고도가 1600미터에서 3460미터로 상승하는 가장 어렵다는 코스다.

타부스 샛강 근처 작은 자동차 야영지를 찾았을 때, 그들은 텅 빈 그곳을 독차지할 수 있었다. 그 덕분에 흥겨운 분위기가 한껏 고조되었다. 샛강은 거의 말라붙어 있었다. 동쪽에 있는 큰 협곡에 물을 공급하던 샛강이 말랐으니 분명 좋지 않은 신호였다. 시에라네바다 산등성이에도, 화이트 산맥에도 눈(雪)은 보이지 않았다.

"브라운 산맥이라고 이름을 다시 붙여야겠군."

트로이가 말했다. 그는 지난 몇 년간 시에라네바다 전역에 영향을 끼친 가뭄 소식을 모두 꿰고 있었다. 북쪽으로 갈수록 가뭄이 더 심했다. 트로이는 산에 자주 다니며 피해의 실상을 직접 목격했다. 그가 찰리에게 음울하게 말했다.

"넌 믿지 못할 거야."

그들은 각종 장비와 맥주, 과자로 빽빽해진 피크닉 테이블에 둘러앉아 일몰을 바라보며 파티를 즐겼다. 산마루 위에 우주선처럼 떠 있는 시에라 특유의 렌즈구름이 저녁이 무르익어 가면서 연한 오렌지색, 분홍색으로 변했다. 거대한 U 자 형태의 타부스 고개도 눈에 들어왔다. 분명 이 지역 초기 원주민도 산맥을 넘어가는 길로 타부스 고개를 찾는 데 별 어려움이 없었을 것이다. 빈스가 낡은 석쇠에 안심 스테이크와 붉은 피망을 굽는 동안, 트로이는 타부스 고개와 관련한 고고학적 발견에 대해 읽은 내용을 들려줬다.

프랭크가 신기한 듯 석쇠를 건드려 보았다. 그가 말

했다.

"이런 건 어디나 똑같은가 봐."

그들은 먹고 마시며 그동안의 소식을 주고받고 예전 여행을 회상했다. 찰리는 빈스가 프랭크에게 하는 일을 물었을 때 프랭크가 짧지만 예의 바르게 대답하는 것을 보고 내심 기뻤다. 프랭크가 일 이야기를 좋아하지 않는다는 것을 알았지만 어쨌든 지금 그는 만족스러워 보였다. 파티가 끝나고 그는 혼자 냇가를 산책하며 주변을 둘러보았다.

오랜 친구들과 함께 있으니 찰리는 한결 마음이 여유로워졌다. 빈스는 아무리 들어도 생소한 로스앤젤레스 법체계에 대한 이야기로 친구들을 즐겁게 해 주었고, 그들은 웃으며 앞이 잘 보이지도 않는 황혼 속에서 원반을 던지며 놀았다. 프랭크가 어둠 속에서 나타나 원반던지기에 합류했다. 그는 아주 정확하게 원반을 던졌다.

밤이 깊어지자 그들은 침낭에 들어가 내일 올라야 할 산길이 녹록지 않을 테니 일찍 출발하자고 약속했다. 이번에는 알람까지 맞춰 놓았다. 전처럼 말로만 일찍 출발하자고 해 놓고 알람을 맞춰 놓지 않아 정오가 다 되도록 뭉그적거렸던 것과는 달리 진짜로 일찍 출발할 작정이었다.

그래서 동트기도 전에 알람 소리에 두런거리며 일어난 그들은 아침을 먹으면서 서둘러 짐을 꾸린 뒤 자갈 덮인 마지막 도로를 따라 등산로 들머리의 작은 주차장으로 갔다. 계곡 바닥에서 절벽이 갑자기 불쑥 솟아오르기 전에 자동차가 마지막으로 진입할 수 있는 장소였다. 그들은 가파르고 깊은 화강암 골짜기를 따라 오르게 되겠지만, 등산로는 빙하 시대 빙하가 골짜기에 남겨 놓은 측퇴석 무더기에서 시작되었다. 빙하는 만 년 동안 서서히 사라졌지만, 빙퇴석은 불도저가 만들어 놓은 것처럼 뚜렷한 형태로 남아 있었다.

등산로를 따라 걷다 보니 골짜기 오른쪽으로 지지대처럼 버티고 서 있는 화강암 암벽이 나왔다. 그들이 빠르게 고도를 높이자 절벽이 얼마나 가파른지 점점 더 확연하게 드러났다. 머리 위로 보이는 반들반들한 화강암은 협곡에 빙하가 얼마나 높이 쌓였더랬는지 보여 주는 표시였다. 빙하는 단단한 오렌지색 화강암을 깎아 골짜기를 만들었다.

한 시간쯤 뒤에 등산로는 산허리를 따라 깊은 협곡으로 내려가서 마른 개울 밑바닥 옆으로 이어졌다. 이제 협곡 양쪽에서 수직으로 뻗은 거대한 오렌지색 측벽이 시야를 가려 머리 위의 하늘과 뒤쪽과 아래쪽에서 점점 좁아지는 쐐기 모양 계곡 외에는 아무것도 보이지 않았다. 그들이 전에 가 본 어떤 가파른 협곡도 이처럼 조각도로 깎아 놓은 듯 광대하고 험준한 장관에는 미치지 못했다.

트로이는 산길을 걸으며 혼잣말처럼 설명을 이어 갔는데 바로 뒤를 따르던 찰리에게도 한 문장 건너 한 문장만 뜨문뜨문 들렸다. 주로 타부스 고개의 거대한 유자곡(U字谷)이 그저 빙하곡이 아니라 빙원에 가깝다는 내용이었다. 심지어 빙하기 절정기에도 이 산등성이 전체가 빙하로 덮이지는 않았다고 했다. 만년설이 산맥을 대부분 덮고 있었지만 주로 산등성이 서쪽에 집중되어 있었고 동쪽으로는 이 협곡 빙하만 있었다. 오늘날 등산 코스와 야영지로 가장 인기 높은 지역은 얼음으로 덮여 있었고 이곳의 모든 호수와 연못은 대부분 화강암질 심성암 상부가 푹 파여 만들어졌다. 알프스에 비해 빙하 작용이 약해서, 심성암 상부가 빙하에 전부 침식되어 권곡과 빙식 첨봉과 깊은 계곡을 남긴 알프스와 달리 심성암 상부가 그대로 보존되어 여기저기 호수가 생겼다. 알프스는 많은 강설량과 높은 위도 때문에 모든 분지가 쓸려 나갔다는 것이다. 그래서 알프스보다 시에라네바다가 백패킹을 하기에 안성맞춤이라고 트로이는 의기양양하게 결론지었다.

이런 식이다. 트로이는 친구들 사이에서 산사람으로 통했다. 삶이 거의 산에 집중되어 있었고, 따라서 그들의 안내자이자 장비 소개자이자 역사학자이자 지리학자이자 박학다식한 시에라네바다 전문가 역할을 했다. 그는 대부분 혼자 산행을 하기 때문에 즐거운 마음으로 친구들과 동행할 때도 혼자 여행할 때처럼 자꾸 혼잣말을 하는 경향이 있었다.

트로이가 가장 강조하는 주제는 백패킹만을 기준으로 보면 캘리포니아 시에라네바다는 그 어디에도 비길 데 없는 천국이며 그야말로 지상 낙원이라는 것이다. 물론 모든 산이 아름답지만 활동으로서의 백패킹은 시에라네바다에서 존 뮤어와 그의 친구들에 의해 발명되었으며 따라서 다른 어느 곳보다 여기서의 백패킹이 최고라는 것이다. 다른 산의 이름을 대면 트로이는 그곳이 시에라네바다 같은 역할을 할 수 없는 이유를 즉시 대곤했다. 가끔 그와 찰리가 즐기는 게임이었다.

"알프스."

"비가 너무 많이 내리고 너무 가파르고 분지가 없고 위험해. 사람도 너무 많고."

"하지만 아름답잖아."

"아주 아름답지."

"콜로라도 로키 산맥."

"너무 크고 호수가 없고 건조하고 지루해."

"캐나다 로키 산맥."

"회색곰, 비, 숲, 그리고 너무 커. 화강암도 많지 않고. 예쁘긴 하지."

"안데스 산맥."

"산장과 가이드도 필요하고 호수도 없어. 종주하고 싶긴 해."

"히말라야 산맥."

"너무 커. 산장. 하지만 또 가고 싶긴 해."

"파미르 산맥."

"테러리스트."

"애팔래치아 산맥."

"모기, 사람들, 숲, 게다가 호수가 없고 지루해."

"남극 횡단."

"너무 춥고 돈이 너무 많이 들어. 한번 보고 싶긴 하네."

"카르파티아 산맥."

"흡혈귀 나올라!"

이런 식이다. 시에라네바다만이 트로이가 등산을 하고 야영을 하고 산의 아름다움을 감상하기 위해 필요한 특성을 모두 갖추고 있었다.

찰리는 반론을 제기하지 않았지만 시에라네바다 동쪽은 사막 지역처럼 건조해 보인다는 것을 알았다. 이곳조차도 산지에 가로막혀 비가 오지 않는 비그늘에 속해 있는 것 같았다. 네바다 산악 지대는 바짝 메말랐다.

그들은 온종일 큰 협곡을 올랐다. 협곡은 휘었다가 조금 넓어지는 것 외에는 올라가는 내내 큰 변화가 없었다. 새파란 하늘에 오렌지색 바위가 불쑥 솟아 있었고 잠시 멈춰서 쳐다보면 절벽이 제자리에서 진동하는 것처럼 보였다. 가슴에서 심장이 쿵쾅거려서였다. 터덜터덜 걷고 걷고 또 걷고. 한동안 걷기 외에 아무것도 하지 않을 거라고 생각하니 기분이 이상했다. 그러고 나서 잠시 휴식을 취하고 또 걸을 것이다. 한 시간이 지나고 두 시간이 지나고 온종일 그렇게. 집에서 보낸 나날과 너무 달라서 익숙해지기까지 시간이 좀 걸렸다. 변속기 단수가 바뀌었다. 정신 상태 자체가 달랐다. 그나마 오래지 않아 적응할 수 있었던 건 순전히 예전에 백패킹을 해 본 경험 덕분이었다. 산에서의 시간은 더디게 흐른다. 산에서는 느긋해져야 한다. 바위에 집중하고 주변을 둘러보고. 각자 보행 속도에 맞춰 천천히 걷다가 가끔은 화강암을 자세히 관찰하거나 돌밭 밑에서 가끔씩 흘러나오는 실개천을 건너며 다행스러워하거나 지그재그 산길을 걷다가 서로 거리가 좁혀져 잠시 담소를 나눌 때 중단되곤 하는 긴 생각의 리듬 속에 빠져들고. 대체로 일행은 자신의 속도에 맞춰 산길을 걸어갔고 시간이 지나면서 등산로 여기저기로 흩어졌다.

하루가 길었다. 머리 위에서 태양이 이글거렸다. 찰리와 다른 몇몇, 특히 빈스는 노래를 하며 자기 페이스를 유지했다. 찰리는 베토벤 곡들 가운데 확고한 결의가 나타난 구절을 반복적으로 흥얼거리거나 읊조렸다. 또 청소년 때 듣던 저속한 팝송이나 텔레비전 드라마 주제곡에 새삼스레 마음이 끌렸다. 다른 노래를 부르려고도 해 봤지만 그의 안에서 「레드 러버 볼」(사실 훌륭한 노래다.)이나 「밋 더 플린트스톤」 같은 노래가 떠오르더니 한 시간이 넘도록 진동음처럼 입에 붙어서 떨어지지 않았다. 그는 기계적으로 오르막길을 터벅터벅 걸으며 반복적으로 노랫말을 중얼거렸다.

"우리 모두 즐거운, 우리 모두 즐거운, 우리 모두 즐거운 옛날 옛적."*

"찰리, 제발 입 좀 다물어 줘. 너 때문에 나도 자꾸 부르게 되잖아."

"……세 시간짜리, 세 시간짜리 여행!"**

그렇게 하루가 갔다. 때로는 찰리에게 그 여정은 삶

---

* 미국 만화 영화 「플린트스톤 가족」 주제가 노랫말.
** 미국 텔레비전 시리즈 「길리건의 섬」 주제가 노랫말.

자체에 대한 좋은 비유처럼 보였다. 삶이란 그저 오르막을 계속 오르는 것이다.

프랭크는 때로는 앞서서 때로는 뒤처져 걸었다. 그는 오로지 혼자만의 생각이나 풍경에 몰두한 듯 보였고 특별히 누군가를 의식하는 것 같지도, 산행 자체에 집중하는 것 같지도 않았다. 그는 입을 벌린 채 협곡의 오렌지색 측벽을 바라보며 천천히 산을 올랐다.

늦은 오후 그들은 권곡 벽의 마지막 너덜경을 힘겹게 올라 고갯마루에 접어들었다. 아니, 올라섰다. 과연 밑에서 보고 짐작했던 것만큼 거대했다. 산등성이 유자곡의 넓고 깊게 파인 바닥 부분은 양쪽 봉우리보다 600미터쯤 낮았다. 양쪽 봉우리는 서로 1.6킬로미터 이상 떨어졌고 움푹 파인 부분도 동서로 1.6킬로미터쯤 되었다. 시에라네바다 고개치고는 이례적인 규모였다. 대부분의 고개는 양쪽 면이 급경사를 이루어 가팔랐다. 이곳은 그렇지가 않아서, 울퉁불퉁한 화강암 바닥에 가장자리가 검은 작은 연못까지 여기저기 흩어져 있었다.

"정말 아득하게 넓군!"

"여기가 히말라야라고 해도 믿겠어."

프랭크가 걸으면서 말했다.

트로이는 배낭을 내려놓고 고개의 남쪽 오르막으로 걸어가서 바위 사이에 있는 눈 녹은 작은 연못들을 살펴보았다. 그러더니 소리쳐 일행을 불렀다. 그들은 구시렁거리며 일어나 그에게 휘청휘청 걸어갔다.

트로이는 연못 옆에 풍화된 화강암 지반 위에 벽돌 모양 화강암 덩어리가 나지막하고 둥그렇게 쌓여 있는 광경을 손가락으로 의기양양하게 가리켰다.

"이것 좀 봐. 지난여름에 국립 공원 고고학자를 우연히 만났는데 그 사람이 이 얘길 해 줬어. 여기가 아메리카 원주민이 여름에 살던 집터래. 원주민은 이 터에 버드나무 잔가지로 집을 지었어. 이 집의 기원이 오천 년 전으로 거슬러 올라간다고 말들 하지만 그 고고학자는 자기 생각에 그보다 두 배는 더 오래되었을 거라고 했어."

"그냥 작년에 왔던 야영객 흔적이 아니라는 걸 어떻게 알지?"

빈스가 법조인 특유의 목소리로 따져 물었다. 예전부터 이들이 즐기던 게임이었다. 트로이가 즉시 날카롭게 대답했다.

"시에라의 흑요석 조각은 모두 화살촉으로 쓰였어. 수화율(水和率)을 이용해서 언제 조각났는지 계산할 수 있지. 모두가 인정하는 표준적인 방법이야. 그리고……."

그가 몸을 숙여 빈스 발 근처에 있는 풍화한 화강암에서 뭔가를 주워 의기양양하게 들어 올렸다.

"흑요석 조각이야! 이로써 확증! 사건 종결!"

"생산 연도를 정확히 알 때까지는 아냐."

이제 빈스가 다른 친구들처럼 땅을 살펴보며 중얼거렸다.

"바로 지난주에 화살촉을 만든 사람이 있었을지도 모르잖아."

"하하하. 네가 이런 식으로 범죄자를 로스앤젤레스 거리에 다시 풀어 주는 모양이지만 여기선 안 통해. 보는 곳마다 흑요석 천지잖아."

사실이 그랬다. 그들은 모두 탄성과 고함을 지르며 얼굴을 화강암 바닥에 대다시피 하고 기어 다니며 흑요석을 찾았다.

"하나도 가져가지 마."

제프가 흑요석을 가방에 담으려 할 때 트로이가 경고했다.

"그러면 현장 보존이 안 되잖아. 아무리 개수가 많아도 마찬가지야. 여긴 연방 영토에 속한 고고학적 현장이야. 제프리, 지금 넌 터무니없이 법을 위반하고 있다고. 시민이 범인을 체포했다! 빈센트, 네가 증인이야! 그런데 무슨 소리야? 아무것도 못 봤다고 발뺌하기야?"

그러더니 트로이는 다시 둥그렇게 쌓인 돌에 대한 생각에 빠져들었다.

"기막힌데."

찰리가 말했다.

"이 터는 아메리카 원주민에 대한 중요한 정보를 알려 주고 있어. 그 고고학자는 아마 원주민이 여기서 여름을 보냈을 거라고 했어. 몇백 년, 어쩌면 몇천 년 동안 말이야. 서쪽 사람들은 먹거리와 조개류를 가져오고 동쪽 사람들은 소금과 흑요석을 가져왔지. 이걸 보면 그들도 우리와 마찬가지라는 걸 알 수 있어."

프랭크는 무릎과 손을 바닥에 대고 이끼 낀 화강암에 거의 코가 닿을 정도로 몸을 숙인 채 트로이의 말에 귀 기울이며 고개를 끄덕였다. 그가 말했다.

"콘크리트 없이 쌓은 정말 멋진 건식 벽체야. 이끼
를 보면 이것이 오랫동안 여기 있었다는 걸 알 수 있어.
이건 황금만 한 값어치가 있어. 세상에! 여긴 성스러운
장소로군."

마침내 그들은 다시 배낭을 벗어 놓은 곳으로 돌아
가 배낭을 메고 고개 서쪽 작은 분지로 비틀비틀 걸어
내려갔다. 커다란 푯돌 사이로 키 작은 나무와 모래밭이
보였다. 종일 비탈을 오른 터라 그들은 기진맥진했다. 마
침내 야영하기에 적당한 모래 깔린 평평한 곳을 찾아 자
리를 잡고 배낭에서 따뜻한 옷가지와 식료품과 다른 장
비들도 꺼냈다. 그들에게는 가장 가까운 연못에서 물 한
바가지 길어 올 만큼의 햇빛과 기운만 남아 있었다. 그렇
게 음식을 만들어 한 끼 식사를 마쳤다. 그리고 하루를
마무리하기 위해 끙끙거리며 일어나 고생했다며 서로를
격려했다. 그들은 침낭으로 들어가 하늘이 완전히 캄캄
해지기 전에 잠을 청했다.

곯아떨어지기 전에 찰리는 프랭크가 침낭 속에 앉
아 검은 산봉우리 너머로 강청색 띠가 그려진 서편 하늘

을 바라보고 있는 것을 보았다. 그는 그날의 고된 등산과 갑자기 높아진 고도에도 지친 기색이 없었고 주변을 둘러싼 광활한 공간에 흠뻑 취한 것 같았다. 그는 깊은 생각에 잠겨 있었다. 찰리는 프랭크의 코가 괜찮기를 바랐다. 머리 위로 별이 하나둘 나타나더니 순식간에 도시와는 비교할 수 없을 만큼 많은 밝은 별들이 하늘을 뒤덮었다. 은하수는 마치 별들의 빙퇴석처럼 보였다. 저 멀리서 초지(草地) 위로 졸졸거리며 흐르는 물소리와 소나무에 이는 바람 소리, 사방을 에워싼 뾰족뾰족한 검은 지평선, 그리고 바람이 살랑거리는 뒤편 고갯길. 그런 곳에서 이렇게 노곤함을 느끼는 것은 축복이었다. 그들은 다시 모이기 위해 노력했고, 그래서 다시 이곳에 왔다. 멀리 있을 때는 정확히 어떤 모습이었는지 기억할 수 없을 만큼 멋진 곳, 그래서 올 때마다 새로운 기적을 경험하는 것처럼 놀라움을 안겨 주는 이곳에. 올 때마다 매번 이런 느낌이 들었다. 무슨 일이 있어도 캘리포니아는 건재할 것이다.

그런데 꼭 그렇지만도 않았다.

물론 찰리는 지난 몇 년간 시에라네바다에 영향을 준 지속적인 가뭄을 다룬 기사를 읽었고, 시에라네바다가 지구 온도 상승의 영향을 가장 크게 받는 곳임을 암시하는 기후 모델에도 익숙했다. 캘리포니아의 우기는 11월에서 4월까지로 나머지 기간에는 여느 사막 못지않게 건조했다. 전형적인 지중해성 기후다. 엘니뇨 상태에서 캘리포니아 남쪽은 비가 많이 내리고 북쪽은 비가 적게 내려서 시에라네바다는 두 가지 현상을 모두 겪긴 하지만, 기본적으로 하이퍼니뇨* 상태에서도 이러한 양상이 계속되는 경향이 있었다. 그러나 과거에는 강수량이 얼마든 시에라네바다에서 강수는 눈의 형태였고 따라서 겨울에 두꺼운 설원이 생겨 여름이 다 지나야 이 눈이 녹았다. 그래서 산기슭 저수지에서 적절한 속도로 녹은 눈을 흘려보내서 도시와 농촌으로 분산할 수 있었다. 사실 궁극의 저수지는 산기슭 댐 뒤편 인공 저수지가 아니라 훨씬 더 큰 시에라의 설원 자체였다.

* 킴 스탠리 로빈슨이 일련의 과학 소설에서 상시적으로 엘니뇨가 일어나 태평양 연안에 초강력 폭풍우를 발생시키는 기상 상태를 가리키기 위해 사용하는 용어.

그러나 지구 온난화로 겨울 강수의 상당 부분이 이제 눈이 아닌 비의 형태로 바뀌었고 내리는 즉시 흘러내려 갔다. 평년에도 눈 저수지는 매년 줄어들었고 가뭄에는 저수지가 아예 형성조차 되지 않았다.

이 일로 캘리포니아가 술렁거렸다. 지진 단층에 위치한 오번 댐을 비롯해 새로운 댐이 건설되고 있었고, 투올럼니 강에서 헤츠헤치 댐 바로 아래에 있는 댐이 헤츠헤치 댐의 모든 물을 저장할 충분한 용량이 되었는데도 헤츠헤치 댐을 철거하려는 움직임이 좌절되었다. 주 정부 관리 역시 컬럼비아 강물을 남쪽으로 끌어갈 수 있는 도수 관로 건설을 허가해 달라고 오리건과 워싱턴 주 당국에 요청했다. 컬럼비아 강은 콜로라도 강 최대 유량의 100배나 되는 엄청나게 많은 물을 태평양에 흘려보냈고 이 물은 전량 사용되지 않고 낭비되었다. 혹자는 그런 낭비가 비도덕적이라고 말했다. 그러나 당연히 오리건과 워싱턴 시민은 도수관로 건설에 반대했고 캘리포니아에 앙갚음할 기회가 생겨서 내심 고소해했다. 그럴 경우 많은 캘리포니아 사람이 두둑한 돈뭉치를 들고 북쪽으로 이주할 가능성만이 판단의 변수로 작용했다. 여하튼 이

나라가 분명한 비용 편익 분석에 강한 편은 아니므로 당분간 싸움은 계속될 터였다.

어쨌든 저지대에서 어떤 정치적, 수문학적 조정이 이루어지든 시에라네바다 초지는 죽어 가고 있었다.

이 광경을 직접 목격하니 충격이었다. 찰리가 마지막으로 다녀간 지 삼 년 만에 이곳은 심하게 변했다. 둘째 날 아침 등산로를 따라 내려가면서 그는 가슴이 철렁 내려앉는 기분에 배낭 허리 벨트를 점점 더 꽉 졸라맸다.

그들은 거대한 빙하 계곡 옆면을 따라 존 뮤어 트레일까지 내려갔다. 그곳에서 등산로는 킹스 강 남쪽 분기점을 따라 어퍼 분지와 마더 고개 쪽으로 이어졌고 그들은 잠시 북쪽을 향해 완만한 오르막을 올라갔다. 그렇게 걷는 동안 높은 분지의 풀밭이 8월 초치고는 너무 메마른 것을 여실히 느낄 수 있었다. 풀밭이 바짝 말랐고 어떤 연못은 바닥에 금이 간 뚝배기 같았다. 풀잎은 갈색이었다. 식물들은 죽었다. 나무며 덤불, 지피 식물, 풀, 심지어 이끼까지. 마멋도 보이지 않았고 새도 별로 없었다. 멀쩡해 보이는 건 지의식물뿐이었다. 그러나 실제로 멀쩡한지는 모를 일이었다.

"지의식물도 죽으면 색이 변할까?"

빈스가 물었지만 아무도 선뜻 대답하지 못했다. 누가 알겠는가.

이렇게 우울한 광경을 보며 몇 킬로미터를 걷다가 왼편으로 돌아 완전히 메말라 버린 지류를 따라 베나커 첨봉을 목표로 북동쪽으로 올라갔다. 빈스가 지적했듯이 첨봉치고는 좀 넓은 감이 있는 유명한 봉우리였다.

"유명한 뭉뚝한 첨봉 가운데 하나야. 둥그런 첨봉 가운데 하나이기도 하고."

오르고 또 올라 화강암 너덜 지대를 넘는다. 타부스 고개 동쪽이 오렌지색이라면 이곳은 흰색에 가깝다. 이것이 카트리지 심성암이라고 트로이가 오르면서 말해 주었다. 완전히 순수한 화강암 돔이다. 산줄기를 따라 노출된 화강암 덩어리를 뜻하는 저반(底盤)은 스무 개에서 서른 개에 달하는 심성암으로 이루어졌는데, 이 화강암 돔들이 모여 더 커다란 덩어리를 형성했다. 카트리지 심성암은 빙하 계곡을 경계로 주변 다른 심성암과 뚜렷하게 구분되었다. 곡선으로 돌아 나가는 산등성이를 넘어 화강암 고지대에 형성된 레이크스 분지로 들어가는 쉬운 길은 없었다. 그들은 진입 지점 가운데 하나인 베나커 안부라는 고개를 향해 치고 올라가고 있었다.

고개에 가까워질수록 동쪽 진입로가 점점 가팔라져서 이제 두 손 두 발을 모두 써서 바위를 잡고 오르고 있었다. 그런데 뭐? 반대쪽은 더 가파르다고? 하지만 목적지는 아주 좋을 거라고 했다. 등산로도 사람도 없는 한적한 분지와 군데군데 흩어져 있는 커다란 호수들. 바람 부는 고개로 접어들었을 때 찰리는 모진 가뭄을 잘 견디고 여전히 거기 있는 호수들을 보고 안도했다. 호수는 백색 화강암을 배경으로 코발트색 실크 조각처럼 반짝거렸다.

저 아래쪽에는 베나커 안부 서쪽으로 아주 가파른 빙하기 권곡 벽이 있었다. 한마디로 절벽이었다. 그들 바로 아래에는 150미터 높이 낭떠러지가 있었다. 발밑에는 아무것도 없고 휑하니 바람만 불었다.

트로이는 이미 경고했더랬다. 시에라네바다 산맥 안내서는 하나같이 이 구간을 난이도 3등급으로 분류했다. 산행의 관점에서 보면, 그들의 여행 전체에서 가장 까다로운 구간이었다. 보통 그들은 난이도 2등급 이상은 피했는데 왜 그랬는지 이제 이유를 알 것 같았다. 빈스가 말했다.

"트로이? 우리가 왜 여기 있는 거지?"

"생고생하려고."

트로이가 읊조리듯 말했다.

"아이고, 머리야. 네 생각이었잖아. 빌어먹을!"

"예전에 사람들과 이 길로 올라온 적이 있었는데, 보기보다 나쁘지 않았어."

"여길 올랐다고?"

찰리가 상기시켜 주었다.

"그런데 그건 벌써 이십 년 전 일이고 전에 뭘 했는지 정확히 기억도 못할걸."

"여기가 분명해."

"이게 2등급이라고?"

빈스가 다그쳤다.

"이 길에서 3등급 구간은 아주 짧고 여기서 보이는 게 다야."

"지금 이 절벽이 짧다고 말하는 거야?"

"대부분은 2등급 절벽이야."

"하지만 보통 난이도가 가장 높은 곳을 기준으로 등

급을 매기잖아?"

"맞아."

"그러니까 여긴 3등급 고개야."

"엄밀히 말하면 그렇지."

"엄밀히 말하면? 그럼 다른 의미에서는 이 절벽이 절벽이 아니란 말이야?"

"그래, 맞아."

바로 지금 그들이 마주한 광경을 살펴보면 2등급과 3등급의 차이를 알 수 있다고 찰리는 주장했다. 2등급은 균형을 잡기 위해 두 손을 써야 하지만 지형이 아주 가파르지는 않아서 혹시 떨어져서 부상을 입더라도 기껏해야 발목에 금이 가는 정도다. 그러므로 재미 삼아 오를 만하다. 반면 3등급은 경사가 가팔라서, 쉽게 오르내릴 수 있다 하더라도, 일단 추락하면 크게 위험해지고 자칫 죽음에 이를 수도 있으므로 올라갈 때 무척 긴장되고 때로는 공포스럽다. 스티브 로퍼가 쓴 시에라 등반 안내서에 따르면 그것은 "난간 없이 탑 외부에 나 있는 가파르고 좁은 옛날 계단을 오르는 것과 같다." 그러나 이보다 훨씬 더 나쁠 수도 있다. 그러니 2등급과 3등급의 차이는 바위를 기준으로 보면 애매하지만, 정서적으로는 그 사이에 아주 확실한 경계, 재미와 두려움을 가르는 경계가 있었다.

안내서에 나온 내용과 트로이가 이십여 년 전 경험을 토대로 막연히 기억하는 바에 따르면, 이 사실상 3등급 절벽 구간은 가파른 비탈면을 따라 남북으로 비스듬히 갈라진 틈이었다. 침식 작용에 의해 생긴 일종의 좁은 골짜기인 셈인데, 일단 이 골짜기에 진입하기만 하면 안전하다는 것은 알 수 있었다. 그 경우 일어날 수 있는 최악의 문제는 기껏해야 미끄러졌을 때 골짜기를 따라 한참 미끄러진다는 정도였다.

그러나 위에서 골짜기에 진입하기가 쉽지 않았다. 그러니 3등급 아니겠는가. 아무도, 심지어 트로이마저도, 그 겉모습에 선뜻 호감을 느끼지 못했다.

오랜 다섯 친구는 고개의 거대한 바위 위에서 초조하게 서성였고 문제의 구간을 내려다보며 이야기를 나눴다. 프랭크는 옆으로 비켜나 앉아 주변 경치를 둘러보았다. 위에서 골짜기로 진입하기 위한 틈새의 안쪽 벽은 의문의 여지없이 깎아지른 절벽이었다. 아무래도 이 3등급 구간에서는 틈새 바깥벽을 덮고 있는 첩첩 쌓인 커다란 바윗덩어리를 타고 내려가야 할 것 같았다.

바깥벽 바윗덩어리를 타고 내려가야 한다는 생각에 누구도 유쾌하지 않았다. 배낭을 메건 메지 않건 무방비로 위험에 노출되는 상황이었다. 찰리는 마음을 편히 먹고 싶었지만 쉽지 않았다. 트로이가 이 바위를 타고 올라가 봤다고 말했지만 올라가는 것은 대체로 내려가는 것보다 쉬웠다. 어쩌면 트로이는 바위를 기어 내려갈 수 있을 테고 어쩌면 등반에 소질이 있는 프랭크도 할 수 있겠지만, 나머지 친구들은 아니었다.

찰리는 프랭크가 어떻게 생각하는지 보려고 두리번거리며 그를 찾았다. 프랭크는 넓적한 바위에 앉아 서쪽을 바라보고 있었다. 그들이 어떻게 하든 그에게는 상관없는 것이 분명해 보였다. 등반에 관한 한 그는 다른 세계에 존재했다. 그에게 난이도 3등급 구간이란 기어 올라갔다가 뛰어 내려오는 곳이었다. 진정한 등반은 5등급에서 시작되었고 그중에서도 5.8이나 5.9, 5.10 또는 5.11 정도는 되어야 만만찮다고 말할 수 있었다. 바윗덩어리를 다시 바라보며 찰리는 5.11등급 구간은 과연 어떤 모습일지, 그곳에 오르는 느낌은 어떨지 상상해 보려 했다. 지금처럼 바위 타기가 꺼려지기는 처음이었다.

그러나 프랭크는 그 문제는 전혀 생각하지 않는 것 같았다. 그는 자신의 영역에 앉아 에너지 바를 씹어 먹으며 레이크스 분지를 내려다보고 있었다. 적절한 표현인지 모르겠으나 찰리는 그의 지혜로운 처신에 깊은 인상을 받았다. 그들은 지금 진퇴양난에 빠졌고 프랭크가 마음만 먹으면 문제의 틈새로든 다른 경로로든 그들을 이끌 수 있을 것이라고 찰리는 확신했다. 그러나 이것은 그가 주관하는 산행이 아니었고 그는 손님이었다. 그래서 그는 잠자코 있었다.

아니면 그저 거리를 두고 있는지도 몰랐다. 나머지 일행이 곤란해졌음을 인식하지 못할 정도로. 그는 에너지 바를 씹으면서 앉은 채로 여유롭게 풍경을 감상하고 있다. 그야말로 무사태평하게.

"좋아?"

"음, 그래."

프랭크가 말했다.

"정말 멋지군. 정말로 아름다운 분지야."

"정말 그렇지."

"이런 풍경을 보는 사람이 얼마 없다는 게 이상하게 느껴져."

프랭크가 말했다. 덜레스 공항에서 만난 후에 그가 자진해서 이만큼이라도 말을 한 건 처음이었다. 찰리는 그의 옆에 쭈그리고 앉아 귀를 기울였다.

"세상에서 지금까지 이 광경을 본 사람은 아마 몇백 명에 불과할 거야. 보지 않고 상상한다는 건 있을 수 없어. 그러니까 이곳은 대부분의 사람들에게 존재하지 않는 거나 마찬가지야. 이 분지는 일종의 비밀인 셈이지. 찾아 나서야 할 숨은 골짜기랄까. 설령 찾아 나선다 해도 찾을 수 있다는 보장도 없고 말이야."

"나도 그렇게 생각해. 우린 운이 좋군."

"그래."

"여기 올라오니 기분이 어때?"

"어, 좋아. 아주 좋아. 흥미로워!"

"수술 후 출혈이나 정신 이상 같은 건 없어?"

"아니. 내가 아는 한 없어."

찰리가 웃었다.

"그것도 다행이네."

그는 일어나서 다른 친구들이 여전히 대안을 논의하고 있는 곳으로 등성이를 따라 내려갔다.

"여기 가장 낮은 지점에서 곧바로 내려가는 건 어떨까?"

빈스가 물었다. 찰리는 반대였다.

"불가능해. 저 급경사를 보라고."

그는 여전히 바윗덩어리에 도전하고 싶었다. 데이브가 지적했다.

"하지만 어쩌면 저 밑에 보이는 암벽 돌출부를 돌면 뭔가가 있을지도 몰라."

"왜 그렇게 생각하는데?"

"몰라. 그냥 시에라에서는 늘 그런 식이니까."

"그렇지 않은 곳 빼고는 그렇겠지."

"내가 시도해 볼래."

제프가 불쑥 이렇게 선언하더니 출발해 버렸다. 제프가 그들 가운데 가장 무모한 편이며 다른 친구들이 아는 한 지금까지 그의 등반 실력이 거의 입증되지 못했음을 누군가가 미처 지적할 겨를도 없이 순식간에 벌어진

일이었다.

"빗 잊지 마!"

빈스가 말했다. 예전에 아무도 선뜻 시도하지 못한 수직으로 쌓인 눈 더미를 제프가 플라스틱 빗으로 찍어 발판을 만들며 올라갔을 때를 언급한 것이었다.

십 분 뒤 제프는 절벽을 제법 많이 내려갔다. 위에서 내려다보니 바위가 바깥쪽으로 기울어서 그들이 서 있는 곳보다 한결 편안해 보이는 왼편에 상당히 가까워져 있었다.

그는 그들에게 소리쳤다.

"이거 식은 죽 먹긴데! 식은 죽 먹기야!"

"그래, 맞아."

그들이 이구동성으로 외쳤다.

이미 그가 하강을 마치고 저쪽으로 가 버리는 바람에 나머지 일행도 서둘러 시도해야 했다. 그들은 암벽 왼쪽 아래편에 숨어 있던 튀어나온 바위들을 발견했고, 머리 옆쪽 백색 화강암 암벽의 갈라진 틈을 붙잡고 튀어나온 바위들을 한 발 한 발 조심스럽게 밟아 내려가서 곧 모두 제프를 따라 절벽에서 덜 가파른 지점에 이르렀다.

여기서부터는 각자 다른 경로로 평평한 골짜기 바닥의 끔찍한 너덜 지대까지 갔다.

잠시 후 한때는 물웅덩이였을, 검은 진흙으로 빚은 사발 같은 작은 구덩이 옆쪽 커다란 흰 바위 위에 다시 모인 일행에게 찰리가 말했다.

"와! 알고 보니 2등급이네! 내가 틀렸어. 그렇게 나쁘지 않은데. 이 정도면 2등급 아니야?"

그가 트로이와 프랭크에게 물었다.

"그럴지도 모르지."

트로이가 말했다.

"그럼 우리가 방금 모든 안내서에 3등급이라고 나와 있는 절벽에서 2등급 경로를 발견한 거네!"

"어떻게 그럴 수가 있었지?"

빈스가 궁금해했다.

"어떻게 우리가 그걸 발견했을까?"

"우린 절실했으니까."

트로이가 그들이 내려온 곳을 올려다보며 말했다. 아래에서 보니 절벽은 위에서보다 더 가팔라 보였다. 찰리가 말했다.

"정말 그럴지도 모르겠네. 보통 여기서 등급을 매기는 일은 전문 등반가가 하잖아. 그들은 이 길로 올라와서 저 큰 틈새를 보고는 두 번 생각할 것도 없이 그냥 뛰어 올라갔을 거야. 그들에겐 그게 당연해 보였겠지. 이곳이 3등급이라는 사실은 그들에게 아무 의미도 없어. 그들은 이쪽이든 저쪽이든 상관없으니까. 그래서 3등급이라고 한 거야. 틈새에 대해서만 말한다면 그게 맞고. 그들은 옆으로 비켜나 있는 훨씬 교묘한 2등급 경로를 눈치채지도 못했을 거야. 그들에게는 필요 없었을 테니까."

프랭크가 고개를 끄덕였다.

"그럴 수 있겠군."

"그럼 등반 안내서 저자에게 편지를 써서 베나커 안부의 난이도를 2등급으로 조정할 수 있는지 알아봐야겠군! 이 경로를 제프리 직등로라고 부르면 되겠네."

"아주 좋은 생각이야. 그렇게 해."

이때 빈스가 지적했다.

"실제로 제프가 새로운 경로를 찾아 내려간 건 내가 틈새로 내려가지 않겠다고 고집했기 때문이야. 이 경로를 처음 발견한 사람은 나라고. 그러니까 그냥 살라미 직등로라고 하면 어떨까. 어감도 그럴싸하고 말이야."

　　그날 저녁, 레이크스 분지에서 제일 큰 이름 없는 호수 옆 멋진 야영지에서 벌인 저녁 파티는 유난히 화기애애했다. 그들은 힘든 고개를 넘었다. 넘는 게 거의 불가능한 고개를. 지금은 아름다운 분지에서 알록달록 비단옷을 차려입은 터키 고관처럼 매트리스 위에 비스듬히 누워 아껴 둔 술을 평소보다 한두 모금씩 더 홀짝이며 태양이 풍경을 찬란하게 물들이는 모습을 바라보고 있었다. 구릿빛 물과 청동색 화강암, 그리고 코발트색 하늘. 분지 북쪽 벽으로 혀처럼 길게 늘어진 구름 한 점이 꿈틀대는 생명체처럼 비탈을 핥으며 서서히 분홍빛으로 물들어 가고 있었다. 그들은 다양한 종류의 야영용 소형 버너에, 다양한 백패킹 만찬 스타일로 각자 저녁 식사를 준비했다. 데이브와 제프는 전통적인 라면과 마카로니 앤드 치즈를 고수했고, 빈스는 요즘 아웃도어 전문 매장 REI에서 파는 이상한 동결 건조 음식을, 트로이는 식료품 협동조합에서 산 각종 깡통 파우더를 섞어 죽처럼 걸쭉하게 조제한 고농축 영양 음료를 마셨다. 찰리는 궁극의 맛이라는 전설 속 종달새 혀가 든 젤리 조리법을 운운하며 정체불명의 요리를 시도했으나 높은 고도에서 이따금 찾아오는 식욕 감퇴를 극복하기에는 역부족이었다. 프랭크는 트로이와 비슷한 식단을 선호하는 듯했고 견과와 곡류로 만든 에너지 바로 끼니를 대신했다.

저녁 식사가 끝나자 맥스필드 패리시의 그림에 나옴 직한 황혼의 푸르스름한 빛이 별에게, 그리고 곧 은하수에게 자리를 내주었다. 아직 달이 뜨지 않았지만 별빛 속에서 이제는 회색으로 변한 혀처럼 생긴 하층 구름이 여전히 북쪽 벽을 핥고 있는 광경이 보였다. 그들 옆에 있는 호수는 검은 거울처럼 잔잔했다. 얼마 지나지 않아 냉기가 그들의 옷이 만들어 낸 미약한 온기 영역을 침범하기 시작했고, 그들은 침낭 속에 들어가 데이브가 가끔 잔가지와 솔잎을 넣어 계속 불을 지피고 있는 작은 모닥불을 지켜보았다.

대화가 산만하게 이어졌고 가끔은 상스러운 방향으로 흐르기도 했다. 데이브는 이른바 중년의 위기에 대한 매우 설득력 있는 생물학적 근거를 설명했다. 젊은 여자에게 부적절한 욕정을 품었다는 일반적인 고백에 이어 직장이나 헬스클럽에서 수집한 아슬아슬한 실제 사례 연구가 뒤따랐다. 아이고, 맙소사. 어둠 속에서 터지는 웃음과 긴 침묵.

별빛 속의 목소리들. 하지만 멍청한 짓이야. 결국 유전자가 소멸될 위기에 빠졌을 때 결사적으로 외치는 마지막 외침에 불과하잖아. 프로그램 된 세포의 죽음. 물론 세포 소멸이야. 우리 유전자는 순전히 자신이 불멸의 존재로 남을 확률을 높이기 위해 우리가 아기를 더 많이 낳기를 바라지. 우리와 우리의 진정한 행복 따위는 안중에도 없어.

그냥 바람피우는 거라면, 아내와 헤어지고 그 사람과 함께 살 생각이 아니라면, 그건 다른 누군가의 몸에 수음하는 행위나 다름없어.

왝! 맙소사, 왝!

끔찍하다는 듯 터져 나온 웃음이 호수 건너편 절벽에 부딪혀 메아리친다. 너무 역겨워서, 다시는 바람피울 꿈도 꾸지 말아야겠다!

그래서 내가 너희를 치유해 줬잖아. 그러니까 이제 너희가 늙은 거야. 너희 유전자가 포기해 버린 거지.

내 유전자는 포기하지 않을 거거든.

작은 모닥불이 다 타 버렸다. 도보 여행자들은 조용해졌고 천천히 돌아가는 별들의 수레바퀴 아래서 이내 잠이 들었다.

다음 날 그들은 레이크스 분지를 탐험하며 그 옆에 붙어 있는 덤벨 분지를 살펴보고 카트리지 샛강에 있는 와이(Y) 자형 트리플 폭포에도 잠깐 내려갔다가 다시 분지 입구로 올라갔다. 아름다운 날이었고 이번 여행의 심장과도 같은 날이었다. 그곳이 심성암의 심장인 것처럼, 그 심성암이 시에라네바다의 심장인 것처럼. 어떤 등산로도, 어떤 사람도, 어떤 경관도 이 산줄기를 벗어나지 않았다. 그들은 세상의 심장을 걷고 있었다.

며칠 동안 그들은 일종의 자유를 만끽했다. 아침 날씨는 선선하고 청명했고 그들은 침낭에서 잠시 게으름을 피우며 모닝커피를 마셨다. 그들은 한가로이 잡담을 나누고 지난밤 수면의 질에 대해 이야기했다. 그들은 찰리에게 대통령을 위해 일하는 게 어떤지 물었다. 그는 친구들에게 간결하게 대답했다.

"대통령은 좋은 사람이야. 평범하지는 않지만 좋은 사람이야. 현실적이기도 하고. 성격이 꽤 낙천적인 편이지. 어떤 것에서든 즐거운 면을 보니까."

프랭크는 머리를 한쪽으로 기울이고 주의 깊게 들었다.

일단 짐을 꾸려 출발하면 두어 명씩 흩어져 걸으며 그간 밀린 소식이나 이런저런 이야기를 나눴다. 처자식에 대해, 일과 취미에 대해, 그리고 크게는 세상에 대해. 그 와중에 수시로 발을 멈추고 원근법에 따라 계속 변하는 주변 경치를 둘러보며 경이로워했다. 너무 건조해서 버덩과 초지가 갈색으로 변했지만, 호수는 여전히 거기 있었고 호수 가장자리는 전처럼 푸르렀다. 저 멀리 산등성이. 오후에 머리 위로 드리운 적란운. 높은 하늘. 차고 희박한 공기. 목구멍을 두드리는 맥박. 이 모든 것이 합쳐져 다른 어디에서도 느껴 보지 못한 광활함을 느끼게 해 주었다. 또 다른 세상이었다.

그러나 세상은 그리 쉽게 길을 내주지 않았다.
그들은 그 심성암과 같은 경계 산등성이에 있는 베

나커 안부 남쪽 카트리지 고개를 거쳐 분지에서 빠져나가기로 계획을 세웠다. 이 고개는 원래 존 뮤어 트레일에 속한 경로였는데, 시민 보호 기구(CCC)*가 마더 고개를 넘는 대체 등산로를 만들면서 1934년에 이 고개로 넘어가는 등산로가 폐쇄되었다. 옛 등산로는 더 이상 지도에 없었고 안내서에도 없어진 것으로 표시되어 있다고 트로이가 말했다. 그러나 그는 그 말을 믿지 않았고 역시 고고학적 탐구 차원에서 그 길의 흔적을 다시 찾을 수 있을지 확인하고 싶어 했다.

"내 생각에는 지질 조사국(USGS)이 1968년에 지도를 만들려고 토지 조사를 했을 때, 다른 쪽 등산로를 찾으려 했는데 거긴 온통 숲과 덤불뿐이어서 찾을 수 없었을 거야. 하지만 이쪽은 꼭대기까지 바위밖에 없으니 등산로가 크게 변하지 않았을 것 않아. 아무튼 난 한번 보고 싶어."

빈스가 말했다.

"그러니까 여기도 횡단 코스란 말이군."

* 1930년대 뉴딜 정책의 일환으로 미국 국토 자원을 보존하기 위해 활동하던 단체.

"아마도."

그래서 그들은 다시 수색에 나섰다. 그들은 천천히 오르막을 오르며 또다시 각자의 공간으로 흩어졌다.

"'이제 난 네가 바다의 유일한 불가사리가 아닌 걸 알아.' 불가사리라고? 그런데 이 노래 말고 불가사리를 다룬 노래가 미국에 몇 곡이나 될까? '그래, 최악은 이제 끝났어. 아침 해가 뜨고 있어. 빨간 고무공처럼.'"*

지도에 옛길이 사라졌다고 표시된 권곡 벽 남동쪽 비탈에서, 한 번 더 그들의 고함이 동시에 울렸다. 누군가가 비탈길을 따라 가장 수월한 길을 따라 올라가기만 하면 이르렀음 직한 바로 그곳에서 등산로가 나타났다. 위로 올라가면서 등산로가 점점 더 분명해지더니 권곡 벽 위에서 단단한 화강암 암벽 사이로 나 있는 넓은 애추** 사면 골짜기를 따라 지그재그로 이어져 올라갔다. 골짜기에서 등산로는 로마의 길만큼이나 분명해졌다. 화강토 바닥이 오랫동안 내린 비로 사실상 시멘트처럼 단단히 굳은 데다 사람의 등산화에 짓밟혀 부서지지도 않

* 작은따옴표 속 내용은 「레드 러버 볼」 노랫말이다.
** 낭떠러지 아래로 떨어진 돌 부스러기가 고깔 모양으로 쌓인 지형.

은 채 그대로 보존되어 있었기 때문이다. 흡사 저 아래 세상의 정원사가 화강토로 만든 포장도로처럼 보였다. 다만 이곳에는 원료가 현장에 남아 있고 이곳을 지나다 닌 사람들의 발에 의해 길의 형태가 잡혔다는 점만 달랐다. 이 길이 1934년에 폐쇄되었으니 아메리카 원주민이 이 길을 이용하지 않았다면 사람이 이 길을 이용한 지 고작 삼사십 년 지난 셈이다. 아니면 이 또한 분명한 길이고 타부스 근처에 있으니 어쩌면 원주민이 이 길을 이용했을지도 모른다. 그렇다면 이 길은 오천 년에서 만 년 동안 등산로로 이용된 셈이다. 어느 쪽이든 순전히 물리적인 위엄뿐 아니라 고고학적 의미까지 갖춘 대단한 길이 분명했다.

"메인 주의 어떤 섬에는 여기처럼 잃어버린 길들이 있어."

프랭크가 특정인을 대상으로 하지 않고 혼잣말처럼 말했다. 그는 등산할 때 짓는 특유의 표정으로 주변을 둘러보았다. 거의 황홀감에 빠진 듯했다.

고개에 올라서니 사방으로 멀리까지 전망을 보여 주었다. 북쪽으로는 그들이 내려온 분지, 남쪽으로는 뮤로 블랑코의 거대한 골짜기 너머 화강암 협곡. 사방에서 보이는 봉우리들.

햇살 아래서 한가롭게 점심 식사를 즐긴 뒤 그들은 다시 배낭을 메고 뮤로 블랑코로 내려가기 시작했다. 그 잃어버린 등산로는 높은 초지를 통과하며 좁아지다가 내려갈 때는 점점 더 희미해졌지만, 그래도 항상 그곳에 있었다.

하지만 풀밭은 갈색이었다. 남향의 비탈이었는데도 거의 늦가을 풍경처럼 보였다. 아니, 그것도 아니다. 시에라네바다의 가을은 뒤에서 비치는 태양광에 반사된 산비탈의 눈부신 다홍색과 가을에 물든 지표 식물의 알록달록 고운 색이 특징이었다. 그런데 지금은 지표 식물이 하나같이 갈색이었다. 죽어 버린 것이다. 죽어 가는 연못 주변의 초록색 가장자리나 바닥을 드러낸 연못에 깔린 녹조류를 제외하면, 이 남향 비탈의 모든 식물이 남김없이 죽어 버렸다. 네바다의 여느 산맥처럼 바짝 메말랐다. 지구에서 가장 사랑스러운 풍경 가운데 하나가 바로 그들 앞에서 죽어 있었다.

그들은 바위들로 굴곡진 풍경 위를 각자의 속도로 홀로 걸었다. 턱에서 턱으로, 단구에서 단구로, 고랑에서 고랑으로, 버덩에서 버덩으로 자신만의 세계에서 자신만의 길을 만들었다.

찰리는 일행보다 뒤처져 걸었다. 눈앞에 펼쳐진 작은 생태 재앙들을 망연자실 바라보며 걷다가 때로는 우울감에 빠지거나 발을 헛디뎌 휘청거리기도 했다. 그는 이 고원의 초지를 온 마음을 다해 사랑했고 그 사이사이에 펼쳐진 버덩도 사랑했다. 하나하나가 예술 작품처럼 완벽해서 마치 분재 원예사 몇백 명이 몇백 년에 걸쳐 물길과 이끼 밭을 다듬고 정리한 것처럼 보이던 곳이었다. 풀 한 포기, 바위 하나가 가장 적절한 위치에 가장 효과적으로 배치된 곳. 그런 곳이 영원히 사라질 수도 있다는 생각은 한 번도 해 보지 못했다. 그런데 지금 이곳은 죽어 있었다.

적막감이 그를 채웠다. 적막감이 그의 내부를 짓눌러 발걸음을 더디게 하고, 내부에서 그를 강하게 후려쳐 휘청거리게 했다. 시에라네바다가 아니다. 이 산들의 세상에서 그가 사랑한 모든 생명체가 사라질 것이다. 그렇다면 그건 더 이상 시에라네바다가 아니다. 갑자기 조가 떠오르며 날카로운 공포가 칼날처럼 그를 후벼 팠다. 그는 비틀거리며 무너지듯 근처 바위에 주저앉았다. 의심할 여지없이 우리를 지배하는 것은 우리의 감정이다. 그리고 우리가 무엇을 하든, 무엇을 말하든, 어떤 문제를 해결하든, 하나의 감정이 심장에 꽂힌 비수처럼 우리를 무너뜨릴 수 있다. 죽은 초지, 그리고 침대 위에 말라붙은 미라처럼 새까맣게 오그라진 형체. 찰리는 신음하며 얼굴을 무릎에 묻었다.

찰리는 다시 세상으로 나오려 애썼다. 그의 뒤에서 프랭크가 여전히 자기만의 공간에서 구름처럼 고독하게 배회하고 있었지만, 곧 그를 따라잡을 것이다.

찰리는 심호흡을 하고 정신을 추슬렀다. 또 심호흡을 몇 번 했다. 그가 생각에 빠져 얼마나 흔들렸는지 아무도 모를 것이다. 그러고 보면 삶이란 많은 부분이 은밀한 사적 경험이다.

프랭크가 그의 앞에서 멈춰 섰다. 그는 머리를 기웃하며 찰리를 내려다보았다.

"괜찮아?"

"괜찮아. 자네는?"

"난 괜찮아."

그가 손짓으로 주변을 가리켰다.

"정말 가물었군."

"그러게 말이야."

찰리가 고개를 절레절레 저었다.

"정말 슬프고 정말 두려워! 너무 끔찍해 보여. 이러다가 영원히 사라져 버릴 수도 있을 것 같아."

"그렇게 생각해?"

"물론이지! 자넨 안 그래?"

프랭크는 어깨를 으쓱했다.

"전에도 가뭄은 있었잖아."

여기서 몇 킬로미터 아래쪽에 있는 타호 호수 주변에서 죽은 나무들을 발견했다. 그런 것들. 대가뭄의 징후들. 가끔은 이 높은 곳도 완전히 말라 버린 듯 보인다.

"그래. 하지만…… 이 상태가 몇백 년간 이어지면 어쩌지? 그리고 몇천 년 동안 이어진다면?"

"음, 그래. 그렇다면 끔찍하겠지. 하지만 우리가 기

후 문제를 해결하려고 많은 일을 하고 있잖아. 어쨌든 참 혼란스럽긴 하군. 괜찮아져야 할 텐데."

찰리가 어깨를 으쓱했다. 엷은 안도감이 들었다.

또다시 프랭크가 그를 보며 물었다.

"그건 그렇고, 정말 괜찮은 거야?"

"물론이지."

프랭크가, 그것도 이번 여행에서, 그런 것을 묻다니 좀 의외였다. 찰리는 말을 계속하고 싶은 충동을 느꼈다.

"조가 걱정돼. 특별한 건 아니야. 그냥 조가 걱정이야. 가끔은 그 애가 이 세상에서 어떻게 살아갈지 상상하기 힘들어."

"자네 아들 조 말이야? 조는 잘 살 거야. 그 애는 걱정할 필요 없어."

프랭크가 등산 스틱을 쥐고 찰리 앞에 서서 뮤로 블랑코, 흰 화강암 절벽에 둘러싸인 거대한 화강암 협곡을 한번 쓱 훑어보았다. 아무 생각 없이 편안하게. 적어도 겉보기에는 그랬다. 그가 발을 떼고 저만치 가다가 고개를 돌려 그를 보며 말했다.

"자네 애들은 괜찮을 거야."

허미(Hermie)[*]
너새니얼 리치

해충, 고도, 뇌우, 비행기, 개방된 공간, 헌신. 그런 것은 내게 전혀 문제가 되지 않는다. 하지만 공개 연설은 전혀 다른 문제다. 매년 대학 신입생을 대상으로 한 해양 생물학 입문 강의만으로도 나는 충분히 긴장하고 당황한다. 그러니 잘츠부르크에서 열리는 8차 호소학(湖沼學) 및 해양학 국제회의에서 연설하기 전에 내가 어떤 기분이었을지 충분히 상상할 수 있을 것이다. 다행히 그동안

[*] 소라게(hermit crab)에서 따온 이름.

나만의 연습법을 개발해 둔 덕분에 이런 순간에 크게 도움이 되었다. 시작하기 십오 분 전, 화장실에 가서 손을 씻고 준비한 연설문을 암송하는 것이다. 그런 다음 눈을 감고 주문을 외듯 세 단어를 되뇐다. 고요한 푸른 바다. 고요한 푸른 바다. 고요한 푸른 바다. 그런 뒤 눈을 뜨면 여전히 떨리긴 해도 언제나 시작할 준비가 되어 있다.

그래서 아니 룬트펠트가 베링 해에 사는 바다사자 새끼 개체군의 유기 염소 오염에 대한 연설을 끝낼 무렵, 나는 조용히 회의장을 빠져나와 목적지로 향했다. 내가 아는 한, 셰러턴 호텔 화장실은 늘 깨끗하고 관리도 잘되어 있고 공간도 넉넉했다. 리옹에서도 그랬고, 샌디에이고에서도, 토론토에서도, 심지어 몇 년 전 3차 연례 다모류(Polycheate)* 회의가 개최됐던 하노이에서도 그랬다. 잘츠부르크 화장실도 예외가 아니었다. 거울에 얼룩 한 점 없고 변기 주변에 물이 튀어 있지도 않으며 볼 세 개가 이어져 있는 자기 세면대는 눈처럼 하얬다. 내가 이 얘기를 하는 이유는 가운데 볼 옆에 자리 잡은 커다란

* 갯지렁이, 갯지네 등 해안에 서식하는 환형동물.

육지소라게를 내가 얼마나 빨리 발견했는지, 그 순간 얼마나 충격을 받았는지 강조하기 위해서다.

처음에는 그를 알아보지 못했다. 아마도 껍데기를 갈아입었기 때문이리라. 내가 또렷이 기억하는 그의 모습, 파도에 연마되어 은은한 빛을 내는 짙은 오렌지색과 진주색이 교차하는 완벽한 고둥 껍데기, 끝으로 갈수록 좁아지는 긴 대, 뾰족한 나선형 정점, 짙은 오렌지색 내부가 드러나는 벌어진 입구. 아담하지만 우아한 집은 온데간데없었다. 지금 그 자리에는 축축한 쓰레기 부스러기와 끈끈한 점액이 들러붙은 지저분하고 거추장스럽고 울퉁불퉁한 겉껍데기가 있었다. 좀 더 자세히 보니 평범한 껍데기 두 개(하나는 진갈색, 다른 하나는 음울한 초록빛이 났다.)가 대충 섞여 있었다. 그런 흉물 덩어리를 지칭할 만한 과학 용어는 없다.

껍데기 입구에서 더듬이 두 개가 분위기를 살피며 조심스럽게 나왔다. 이어서 세월이 가며 갈색으로 변색된 털 달린 집게발 몇 개가 나와서 딱딱해진 발끝으로 하얀 세면대를 톡톡 두드렸다. 그러더니 갑자기 민첩하게 자기 세면대에 껍데기를 긁는 소리를 내며 한 바퀴

빙그르 돌았다. 구슬처럼 까만 눈이 정확히 내 눈에 고정되었다. 마른침이 꼴깍하고 넘어갔다.

"안녕, 옛 친구."

까칠하고 쉰 목소리였다. 나는 화장실을 두리번거렸다. 심지어 고개를 숙이고 화장실 문 아래로 누군가의 발이 보이는지 찾았다. 하지만 의미 없는 짓이었다. 그곳에는 나밖에 없었다.

"이런. 나를 알아보지 못하는군."

나는 소라게를 응시했다. 그의 껍데기 밑에서, 무릎 꿇은 아이의 다리처럼 접힌 집게발이 올라왔다.

"미안."

내가 말했다. 여전히 주변을 두리번거렸지만, 솔직히 그저 시간을 벌려는 시도였을 뿐이다. 껍데기 안에서 나오는 목소리였다.

"널 탓하지 않겠어."

소라게가 말했다. 그는 더듬이로 뒤에 있는 거울을 가리켰다.

"나조차도 날 알아보지 못하겠는걸."

"난 그냥…… 미안해……."

"허미야."

난 믿을 수가 없었다.

"나도 알아. 그렇게 보이지 않지? 목소리도 그렇고 말이야. 하지만 우리가 새러소타에서 만난 후로 시간이 많이 흘렀잖아. 너 역시 예전처럼 보이진 않아."

사실이었다. 내가 그를 마지막으로 봤을 때, 내 키는 고작 120센티미터 남짓했다. 목소리도 변성기가 지나지 않았고 젖살도 아직 빠지지 않았다. 그런데 지금은 얼굴에 수염이 덥수룩하다. 허미가 말했다.

"너 기억나? 시에스타 키, 터틀 비치 모래 언덕 말이야."

나는 나도 모르게 싱긋 웃었다.

"그걸 어떻게 잊겠어? 아주 오래전 일이기는 하지만 말이야."

"그럼 해변에서 우리가 보낸 날들을 기억하겠네?"

"물론 기억하고말고. 사실 난 지금 해안 지역을 연구하는 일로 밥벌이를 하고 있어. 그래서 여기 잘츠부르크에 온 거고."

"왕의 성은 어때?"

나는 기억을 떠올리며 미소 지었다.

"왕의 성이라. 잊고 있었네. 우리는 그걸 그렇게 불렀지. 우리에겐 손잡이가 부서진 작은 빨간 양동이밖에 없어서 그걸 짓느라 오후 내내 고생을 해야 했지. 하지만 결국 성벽과 망루에 문루까지 만들었지."

"그래. 네가 내 왕좌를 올려놨던 높은 탑과 나를 밀어서 해자에 빠뜨린 미끄럼틀을 생각해 봐. 그리고……."

햇빛 찬란했던 오래전 그날의 기억이 밀려온 듯, 그는 말끝을 흐렸다.

"다시 만나서 반가워, 허미."

어색한 침묵이 흘렀다. 내가 물었다.

"산 채로 묻히기 게임은 어땠지?"

"하!"

소라게가 말했다.

"정말 좋았어. 항상 처음에는 조금 무서웠지만 곧 굴을 파서 출구를 만들었지."

"딱 한 번만 빼고."

"그건 공정하지 않았어. 양동이를 모래 위에 덮어 놨잖아. 난 밤이 돼서 네가 날 두고 가 버린 줄 알았어."

"어, 널 거기에 오래 두진 않았어. 네가 발톱으로 플라스틱 긁는 소리를 듣자마자 바로 꺼내 줬잖아."

"몇 분쯤 기다린 것 같은데. 네가 깔깔거리는 소리가 들렸어. 그러고 나서 날 풀어 주긴 했지만. 난 널 늘 좋아했어."

"우리의 가장 멋진 모험 가운데 하나였지."

나는 기억을 떠올리며 미소 지었다.

"네가 날 위해 만들어 준 해초 샐러드도 있었지."

허미가 웃으며 말했다.

"천일염 드레싱을 뿌려 줬잖아."

"네가 꽤 좋아했지."

허미가 탄성을 질렀다.

"맛있었어!"

"행색을 보니 새로운 껍데기가 필요했나 보군!"

허미가 웃음을 멈추었다.

"새 껍데기를 갖게 된 건 그래서가 아니야."

"그래, 물론 아니겠지."

"터틀 비치. 거긴 완전히 사라졌어."

"그 얘길 들으니 유감이군."

"사람들이 완전히 무너뜨려 버렸어. 해변을 발파하고 기둥을 박았지. 물가에서 너무 가까운 곳에 아파트를 지어 버렸어. 네가 떠나고 얼마 지나지 않아서야."

"나도 알아."

"그때 허리케인이 닥쳤지. 날이 갈수록 허리케인이 점점 더 심해져서 결국 해변 전체를 홀랑 삼켜 버렸어."

그의 목소리가 아주 조용해졌다.

"그런데 왜 넌 터틀 비치에 발길을 끊었어? 어디에 갔었어?"

"나도 모르겠어."

말은 이렇게 했지만, 나는 알았다. 단지 진실을 말할 용기가 없었을 뿐. 나는 그 후로도 터틀 비치에 갔다. 적어도 처음에는. 다만 허미를 찾아가지 않았을 뿐이다. 어머니가 열 살 먹은 사내아이가 소라게나 그 밖의 상상 속 친구들과 얘기하며 노는 건 너무 유치한 짓이라고 설득했기 때문이다. 이삼 년 뒤 나는 기숙 학교에 들어갔고 대학도 갔다. 그 후로는 한 번도 새러소타를 찾지 않았다. 내가 물었다.

"너는 다른 해변으로 옮겨 갈 수는 없는 거야?"

"시도는 했지. 처음엔 베니스*로, 다음에는 케이시 키로, 다음에는 마나소타로. 그런데 모래사장 자체가 사라지고 있어. 어딜 가나 점액 같은 물과 인위적인 날카로운 자갈과 형체도 맛도 없는 해초투성이야."

"사실 난 바로 그 문제를 연구하고 있어. 해안 환경의 지속 가능성, 침식, 해수면 상승 같은 것 말이야. 오늘 내 연설 주제만 해도 '소라게의 차별적인 씨앗 및 새싹 포식 ── 해안 생태계 구성에 미치는 영향'이야."

허미는 어떻게 반응해야 할지 모르는 눈치였다.

"난 갈 곳이 없어, 옛 친구."

나는 허미가 애초에 어떻게 화장실에 들어올 수 있었는지 궁금해졌다. 창문은 닫혀 있었고 세면대 배수구나 소변기로 들어오기에는 몸집이 너무 컸다. 게다가 어떻게 새러소타에서 잘츠부르크로 왔을까?

"다른 친구들은 어때?"

내가 물었다.

"불가사리 스텔라랑 성게 어니랑 걸리버는?"

★ 미국 플로리다 서부 바닷가 도시.

"걔들은 죽었어. 오래전에 죽었지. 하나도 남김없이 전부. 클래미와 그 딸들도 마찬가지야. 클래미는 내가 직접 발견했어. 그녀의 껍데기가…… 너무 끔찍해서 말 못하겠어."

그의 목소리가 갈라졌다.

"껍데기가 초록색으로 변해 있었어. 중독된 거지."

"이런. 정말 안됐어."

허미가 발톱으로 바닥을 딛고 몸을 일으켰다. 상당한 육체적인 노력이 필요해 보이는 몸짓이었다. 간절한 애원의 몸짓. 그가 말했다.

"우리가 바다에 들어갔던 거 기억나? 네가 손바닥에 나를 놓고 있다가 파도가 머리 위까지 덮치면 물 위로 나를 들어 올렸던 것도?"

나는 고개를 끄덕였지만 어떻게 대답해야 할지 알 수 없었다. 나는 재빨리 휴대 전화로 시간을 확인했다. 연설 시간까지 오 분밖에 남지 않았다.

"이런 말 하기 미안한데, 지금 연설하러 가야 해."

"혹시 말이야."

허미가 엉뚱한 기대에 부푼 목소리로 말했다.

"네가 우리에게 새로운 집을 찾아 줄 수 있을까?"

"뭐라고? 무슨 뜻인지 잘 모르겠어."

"새로운 집. 안전하고 깨끗한 집. 우리가 영원히 바다에서 놀 수 있는 그런 곳 말이야."

"난…… 난 뭐라고 말해야 할지 모르겠네. 난 지금 필라델피아에 살아. 아내와 어린 딸과 함께."

"딸? 그 애가 몇 살인데?"

"세 살."

내가 말했다. 이런 대화가 거북했다.

"그 애가 소라게나 다른 바다 생물을 좋아해?"

"그 앤 한 번도 바다에 가 본 적이 없어."

헤아릴 수 없는 슬픔에 허미의 더듬이가 서서히 처졌다.

"혹시 내가 너와 함께 살 수 있을까?"

그의 목소리는 작고 여렸다.

"모르겠어. 그게 말이야. 아내가 갑각류 알레르기가 있거든."

"이런! 설마 나를 네 아내에게 먹일 생각은 아니겠지? 우린 많은 것을 함께했잖아……."

"물론, 그런 뜻은 아니야……."

"우리가 함께한 재미있는 모험을 생각해 봐. 너만 좋다면 네 딸도 함께할 수 있어. 정말이야. 난 상관없어. 우린 다시 막대 사탕 다발을 찾아 나설 수 있어. 막대 사탕 다발 기억해?"

"무엇보다 네가 공항 보안 검색대를 통과할 방법이 없어."

그가 작고 검은 돌멩이 같은 눈을 고정한 채 나를 빤히 쳐다봤다. 그러나 나는 그가 울 수 없다는 것을 곧 깨달았다. 소라게의 눈자루에는 눈물길이 없었다.

"미안해, 허미."

그는 한동안 아무 말도 하지 않았다. 자기에 구멍이라도 뚫으려는 듯 그의 다리 마디가 하얀 세면대를 긁었다. 나는 다시 휴대 전화를 보았다. 이 분 남았다.

"난 가 봐야 해."

"옛 친구."

허미의 목소리가 체념한 듯 경직되고 가냘프다.

"떠나기 전에 부탁 하나만 들어줄 수 있을까?"

심장이 쿵 내려앉았다.

"뭔데?"

"나를 화장실 안으로 데려가 줄래? 거기까지 기어가려면 너무 오래 걸려서 말이야. 세면대까지 올라오는 것도 힘들었는데 다시 어떻게 돌아가야 할지 모르겠어. 뛰어내리면 되겠지만 껍데기가 너무 약해서 말이야."

그렇지! 화장실이었어. 화장실을 통해 그가 여기로 들어온 거였어. 상황이 설명되자 안도감이 들었다. 아까는 허미를 보고 놀란 나머지 순간 논리적인 사고력을 잃은 모양이다.

나는 조심스럽게 허미를 집어 들었다. 껍데기에 습기가 몽글몽글 맺혀 있었고 녹 조각처럼 옅은 금속성 냄새가 났다. 그는 내 손바닥에 상처가 나지 않도록 집게발을 넣었다. 그는 놀랄 만큼 가벼웠다. 그의 껍데기에 공기 말고는 아무것도 채워져 있지 않은 것 같았다. 나는 가장 가까운 화장실 문을 열고 변기 옆에서 몸을 구부렸다. 그가 말했다.

"여기 변기 시트가 좋겠어. 고마워."

나는 그를 그곳에 놓았다.

"마지막으로 한 가지. 내가 바닥으로 가라앉으면 물

좀 내려 줄래?"

나는 고개를 끄덕였다.

"안녕, 허미."

그는 작별 인사를 하기 위해 집게발 하나를 들어 올렸다. 그런 다음 한 바퀴 돌아 변기 시트 너머로 힘껏 몸을 날렸다. 물이 튀어 올랐다. 허미가 변기 바닥으로 가라앉았다. 나는 마지막으로 그를 내려다본 뒤 물을 내렸다. 강한 분사력이 그를 들어 올렸다. 그 순간 그가 변기 안에서 빙글빙글 돌 때 그의 껍데기에서 뭔가가 보였다. 왕의 성과 산 채로 묻기, 어니와 클래미, 막대 사탕 다발과 만화경 분수를 갑자기 선명히 떠올리게 하는 뭔가가. 나는 어느덧 터틀 비치로 돌아가 있었다. 빨간 양동이를 손에 들고 황금색 고운 모래를 발에 잔뜩 묻힌 채 강렬한 햇살에 뜨거워진 얼굴로 밀려오는 강력한 파도 소리를 들으면서.

그렇게 소라게는 가 버렸다. 나는 뚜껑을 내렸다. 마땅한 일을 한 것 같았다.

내 입으로 말하긴 그렇지만 논문은 성공적이었다. 그것을 「수생 생물학 리뷰」에 투고할지도 모르겠다. 심지어 연설할 때 떨지도 않았다. 거의 스물다섯 명이 그 자리에 참석했고 나중에 칵테일을 곁들인 간담회 때는 네 명 이상이 칭찬을 건넸다.

어느 흥미로운 해의 일기

헬렌 심프슨

2040년 2월 12일

내 서른 번째 생일이다. G가 이 스프링 공책과 볼펜 한 자루를 줬다. 좋은 선물이다. 스프링에 녹도 슬지 않았고 종이에 물 얼룩도 없다. 이제부터 여기에 일기를 써야겠다. 종이를 아끼기 위해 글씨를 되도록 작게 쓸 생각이다.

2040년 2월 15일

G 때문에 우울하다. 그는 매사 자기 마음대로다. 아

마 그의 비석에 이런 비문을 새겨야 할 것 같다. "내가 옳았다."

런던에 살지 않아서 천만다행이다. 요 며칠 해치웰 네 집에 친척이 머물고 있는데 런던 토트넘에서 사흘을 걸어서 왔단다. 오후에 그 집에 가 봤는데 그들이 런던을 떠날 수밖에 없었던 결정적인 이유는 하수도 때문이라고 했다. 하수구란 하수구는 다 막히고 말도 못 하게 지독한 악취가 진동하고 길은 시궁창이 되어 버렸다고 했다. 물론 병원도 문을 닫아서 콜레라에 속수무책이라고 했다. 혹시 그들도 콜레라가 걸렸을지 모르니 너무 가까이하지 말아야 할까? 그들은 지난해에 그런 식으로 두 아들을 잃었다.

집에 오는 길에 G가 말했다.

"자본주의는 말이야, 아이들의 미래를 걱정하기는커녕 아이들을 돈을 얼마나 잘 버는지 과시하는 수단이나 장식품쯤으로 여기고 있어."

"입 좀 닫아."

내가 말했다.

2040년 3월 2일

잠을 이룰 수 없다. 천장만 멀뚱 쳐다보고 있으니 차라리 일기를 쓰는 편이 낫겠다 싶어 지금 일기를 쓰고 있다. 방에 모기 한 마리가 있다. 귓가에서 윙윙거리는 소리가 들린다. 지독하게 습한 공기가 곤죽처럼 몸에 감긴다. 원래는 잠자리에서도 마스크를 써야 하지만 땀이 차서 그냥 벗어 버렸다. 일어서서 층계참 거울에 비친 내 모습을 보았다. 울타리 같은 갈비뼈, 번들번들한 쥐꼬리 같은 머리. 어제는 부엌에서 쥐들이 빵 보관 상자를 갉아 대느라 정신이 팔려 내가 들어갔는데도 쳐다보지도 않더라.

2040년 3월 6일

G와 또 한바탕 다퉜다. 맞다. 그가 옳았다. 하지만 왜 그렇게 잘난 척을 할까? 이것이 대학 강사와 결혼한 대가인가 보다. 벽창호 같은 늙은 남자의 꼰대 짓이란.

"내 이리될 줄 알았지. 북극에서 '대해빙'이 있고 나서 천치라도 이렇게 될 줄 알았을걸."

그는 자랑스럽게 떠들어 댄다.

"임계점을 넘었어, 캐스케이드 효과, 알지? 봇물이 터진 거야, 구제 불능의 낙관주의지, 2060년까지, 뭐가 어쩌고 어째? 플루토노미? 상위 1퍼센트를 위한 정책, 그걸 유지한다는 건 바다로 뛰어드는 나그네쥐의 행동과 다름없어. 민주주의의 집단적 자살골이지."

이러니 당연히 우리는 친구가 없다.

그는 배급제가 시작했을 때 환호했다. 동네 전체에 한 대뿐인 작고 초라한 푸조의 카셰어링 관리인을 하겠다고 맨 처음 자원한 것도 그였다. 그는 소화전 옆에서 이루어지는 거래를 진심으로 즐긴다.

— 당신이 가진 정어리 깡통 소짜하고 이 병아리콩 깡통 대짜하고 바꿉시다.

— 아니, 그럴 순 없지. 정어리는 단백질인걸.

— 병아리콩도 단백질이오. 게다가 훨씬 더 배불리 먹을 수 있고. 그건 그렇고 당신이 아직 참치 통조림을 갖고 있을 줄 알았는데.

— 없어요. 바이얼릿 허긴스의 토마토 수프 깡통과

바꿔서.

물물 교환이라면 신물 나지만 인터넷이 끊겼으니 돈 버는 방법을 알기가 쉽지 않다.

"게다가 어차피 돈이 있어 봐야 소용도 없어. 엄청나게 많다면 얘기가 달라지지만."

지난 밤 잠자리에서 내가 G에게 말했다.

"우리는 낡은 마스크를 쓰고 다니며 갑상샘종과 온갖 종양에 시달리는데 상류층 사람들은 공기가 정화된 플라스틱 캡슐 안에서 살잖아. 게다가 우리는 항상 흠뻑 젖어 있지. 아예 우산을 포기하고 그냥 흠뻑 젖은 채 돌아다니고 있잖아."

코 고는 소리에 그가 잠든 것을 알아차리고 나서야 비로소 넋두리를 멈췄다.

2040년 4월 8일

지루한 아침. 개짐을 빨았다. 물을 데우는 데 쓸 나무가 없어서 또 재와 잿물을 써야 했다. 손에 비닐봉지를 꼈지만 그래도 손이 아렸다. 마스크를 먼저 빨고 개짐을 빨았다. 하루 종일 걸린 것 같다. 그나마 렉시나 에스메처럼 기저귀를 빨 필요는 없어서 다행이다. 그랬다면 아마 미쳐 버렸을 것이다.

2040년 4월 27일

마이아의 집에서 방금 돌아왔다. 임신 칠 개월. 그녀는 두려움에 떨고 있다. 그녀를 탓할 수는 없다. 그녀는 자기에게 무슨 일이 생기면 아기를 돌봐 주겠다는 약속을 받아 내려 했다. 나는 망설였다.(그녀와 옛날 버릇이 도진 마틴 사이에 끼어드는 것 같은 생각이 들어서였다. 그녀의 눈이 또 시퍼렇게 멍들어 있었다. 나는 묻지도 않았다.) 그렇게 해서 마이아의 기분이 나아진다면 약속해 주지 못할 것도 없을 것 같다. 따지고 보면 그렇다고 꼭 책임질 상황이 생기지도 않을 텐데. 기껏해야 세 달만 지나면 아기가 태어날 것이다. 아마 설사하듯 순산할 것이다.

2040년 5월 14일

잠이 오지 않는다. 벌레에 물린 곳이 가렵지만 긁지 않으려고 애쓰고 있다. 천장에서는 쿵쿵, 끽끽 소리가 난다. 좋은 생각을 해 봐야지. 비누와 따뜻한 물. 신선한 공기. 그리고 콘돔! 임신할까 봐 늘 신경을 곤두세워야 하는 게 지겹다.

다시 즐거운 상상을 하자. 화려하게 불 밝힌 따뜻한 슈퍼마켓에서 대하와 스테이크용 살코기가 가득한 개방형 냉장고 복도를 누비며 돌아다닌다. 스포츠카를 타고 쾌속 질주를 하다가 주유소로 들어가 휘발유 30리터를 넣는다. 온라인으로 「쥐덫」 표를 예매하고 클릭, 와인 한 상자를 주문하고 클릭, 주말 펜션 예약 클릭, 에나멜가죽 부츠 클릭, 안식년 클릭. 아이튠즈에 가서 「피가로의 결혼」을 다운로드 하고, 시드니에서 G의 부모와 직접 만나 이야기를 나눈다. 아니다. 그분들에게 어떤 일이 일어났는지는 생각하지 말자. 끔찍하다. 어서 잠이나 자자.

2040년 5월 21일

또 G와 의견 대립이다. 그는 촛불 두 개 중 하나를 꺼 버리며 하나면 충분하다고 말했다. 하지만 그렇지 않다. 촛불 하나로는 더 이상 책을 읽을 수 없다. 그는 나를 미치게 만든다. 경찰관과 함께 사는 기분이다. 항상 그랬다. '대붕괴'가 있기 전에도 말이다.

"지구에는 모든 사람의 필요를 충족할 만큼의 자원이 있지만, 모든 사람의 탐욕을 충족할 만큼은 아냐."

그가 가장 좋아하는 말이다. 탐욕스럽다는 말을 듣고 싶은 사람이 세상에 어디 있겠는가. 나는 그에게 '트집쟁이'라고 말했고 그는 그 표현을 좋아하지 않았다. 그가 말했다.

"한 사람 한 사람이 하루에 2만 5000번씩 숨을 쉬어. 한 번 숨 쉴 때마다 대기에서 산소가 사라지고 이산화탄소로 바뀌지."

흥, 숨 쉬어서 미안하군요. 그럼 나무로 변신이라도 할까?

2040년 6월 6일

지난밤에 뉴스를 들으러 럼리네 집에 갔다. 온 동네 사람이 모두 거실로 밀려들어 라디오를 들으려고 귀를 쫑긋 세웠다. 배터리가 별로 없었다.(지난번 정부 배급 때 새 배터리가 지급되지 않았다.) 하지만 중대한 소식이 있었다. 다음 주에 강제 숙소 배정 명령이 있다는 것이다. 쇼트하우스네는 들고 일어날 태세였다. 카이는 얼굴이 벌게져서 고래고래 고함을 질렀고 렉시는 울음을 터뜨리며 한탄했다.

"평생 일했는데 이게 뭐야."

그는 대체 어느 세상에 사는 걸까. 우리 가운데 그 소식을 반기는 사람은 아무도 없지만 그래도 어쩔 도리가 없지 않은가. 집으로 돌아와서 G는 숨겨 둔 깡통을 확인하려고 침실 마룻널을 들었다. 그때 커다란 쥐가 뛰어나왔고 나는 미친 듯이 비명을 질렀다. 내가 울음을 멈출 때까지 G가 나를 안아 주었고 그러다 우리는 섹스를 했다. 한밤중에 깨어나 임신하지 않게 해 달라고 기도했지만 과연 누구에게 기도하고 있는지는 알 수 없었다.

2040년 6월 12일

오늘 오후에 마이아의 집을 찾았다. 그녀는 침대에 누워 있었고 다리가 풍선처럼 부풀어 올라 있었다. 그녀는 또 아기를 부탁했고 이번에는 나도 그러겠다고 했다. 그녀는 진통이 시작되면 바이얼릿 허긴스가 그녀를 도와줄 거라고 말했다. 바이얼릿은 한때 간호사였다. 별로 실력 있어 보이진 않지만 그래도 없는 것보단 나을 테니까. 이 동네에서 구글 검색 없이 그런 상황에서 어떻게 해야 하는지 짐작이라도 할 수 있는 사람은 그녀밖에 없다. 내가 말했다.

"옛날 영화에서 본 장면 중에 기억나는 거라곤 일단 주전자에 물을 끓여야 한다는 것뿐이야."

우리는 웃기 시작했고 조금은 히스테리를 부렸다. 덩치만 크고 무식한 마틴이 고개를 돌려 으르렁거리는 바람에 우리는 웃음을 멈췄다.

2040년 7월 1일

첫 번째 숙박 인원이 군용 트럭으로 오늘 도착했다. 우리 집에 배정된 인원은 스페인 사람 여덟 명이었는데, 할머니와 그 딸, 어린 손자 둘(하나같이 사나워 보였다.) 그리고 얼굴에 웃음기라고는 없는 한창인 남자 넷이었다. 침실이 두 개밖에 없는 우리 집에 들이기에는 좀 많다. G와 나는 그들에게 집을 보여 주려 했지만 그들은 우리를 무시했고 할머니는 곧바로 우리 침실을 차지했다. 우리는 오늘 밤 부엌 식탁 아래 있다. 쥐 때문에 어쩌면 식탁 위에서 자야 할 것 같다. 우리는 할 말이 하나도 없었다.

내가 기억하는 스페인어라고는 "무차스 그라시아스.(대단히 감사합니다.)"가 전부인데 G가 말한 대로 우리가 그 말을 할 상황은 아니지 않은가.

2040년 7월 2일

잠을 자다가 식탁에서 떨어졌다. 팔꿈치가 깨져서 멍이 들었다.

2040년 7월 3일

G가 우울하다. 스페인 남자 네 명은 다들 G보다 덩치가 큰데 덩치가 제일 큰 미겔이 내게 눈독을 들이고 있다고 걱정했다.(걱정할 만하네.)

2040년 7월 4일

G가 우울하다. 할머니가 마룻바닥 밑에서 우리 깡통을 찾고 신나서 거의 플라멩코를 추다시피 했다. G가 정어리 깡통을 되찾으려고 하자 미겔이 그에게 주먹을 날렸고 그때부터 코피가 멈추지 않는다.

2040년 7월 6일

지난밤에 식탁 아래서 G가 계획을 짰다. 그는 북쪽으로 갈 생각이다. 이제 이 구역은 이미 개털이 되었다. 게다가 다음 주면 테헤란에서 새로운 숙박 인원이 오기로 되어 있으니 우리도 달아나야 할 것 같다. 스코틀랜드가 들썩이고 있고 다른 사람들도 모두 똑같은 생각을 하고 있다. 그러니 여객선을 타고 스타방에르를 거쳐 러시아로 가야 한다는 것이 그의 생각이다. 내가 말했다.

"글쎄. 잠은 어디서 자려고?"

"헛간 뒤 배낭에 팝업 텐트가 있어. 게다가 우리에겐 침낭과 태엽 라디오가 있잖아."

"진흙탕에서 야영하게?"

"긍정적인 면을 생각해 봐. 우린 주택 담보 대출이 많이 남았잖아. 그런데 그냥 거기서 벗어날 수 있어."

"입 좀 닫아."

2040년 7월 17일

어제 마이아가 죽었다. 끔찍했다. 두 주 전에 아기가 골반에 끼어 배 속에서 죽어 버렸다. 바이얼릿 허긴스는 쓸모없었다. 그녀는 쥐뿔도 아는 게 없었다. 이틀째 되는 날 마틴은 스위스 주머니칼을 휘두르며 제왕절개를 하겠다고 설치다가 밖으로 끌려 나왔다. 그는 지금 우리 집에 와서 스페인 남자들과 마지막 남은 우리의 소중한 브랜디를 마시고 있다. 이제 끝이다. 우린 떠나야 한다. 이제 G가 지금이라고 말한다. 그래, 그러자.

2040년 8월 1일

슈롭셔나 어쩌면 체셔 어디쯤. 우리는 사람의 발길이 닿지 않는 곳에 머물고 있다. 비가 억수같이 쏟아진다. 이 공책 종잇장이 우글쭈글해졌다. 그나마 볼펜에서 물이 흐르지 않아 다행이다. 나는 지금 텐트 안에 누워 있고 G는 먹을거리를 찾으러 나갔다. 우리는 한밤중에 떠났다. G가 배낭 두 개를 자전거에 실었고 우리는 교대로 자전거를 몰았다. 그런데 나흘째 아침에 잠에서 깨어 텐트 밖을 내다보니 자전거가 사라졌다. 전날 밤에 나뭇잎으로 감춰 놨는데도 그런 일이 벌어졌다. G가 말했다.

"정말 큰일 날 뻔했군. 자는 동안 우리 목이 잘렸을 수도 있잖아."

"입 좀 닫아."

2040년 8월 3일

강과 개천이 온통 비료와 병균으로 오염되었다. 그래서 우리는 G의 DIY 시스템을 따르고 있다. 야영용 주전자로 강이나 시내에서 물을 뜬 뒤 표백제 세 방울을 넣는다. 그리고 주전자 위에 티셔츠를 널어놓고 캠핑 난로 위에서 끓인다. 티셔츠에서 짜낸 물만 마시기에 안전하다. 다른 건 마시면 안 된다.

"농담이지?"

G가 처음에 이 방법을 보여 줬을 때 나는 이렇게 말했다. 하지만 농담이 아니었다.

2040년 8월 9일

진흙투성이 침낭에 누워 라디오 뉴스를 듣는다. 뼈대뿐인 정부가 허우적대고 있는 게 분명하다. 계속해서 「수수께끼 변주곡」만 트는 것을 보니. 지난밤에 그들은 민간인의 연료 사용 금지와 남아 있는 모든 자동차에 대한 강제 폐차 조치를 발표했다. 이제부터 우리는 모두 집에만 머물러야 하며 허가 없이는 여행을 할 수 없다고 했다. 계엄령과 관련한 소문도 있다. 우리는 최대한 멀리 가려 했다. 그럴수록 체포되거나 강도를 당할 확률이 줄어들 테니까. 하루에 16킬로미터씩 가려고 애쓰고 있지만 날씨 때문에 자꾸 더뎌진다. 돌풍 때문에 폭우가 거의 수평으로 몰아칠 때도 있다.

2040년 8월 16일

모처럼 오후에 비가 오지 않는다. 검은 레이스 같은 구름이 누런 하늘에 걸려 있다. 갈색 풀잎과 역한 냄새를 풍기는 회색 곰팡이, 주름진 균사 뭉치. 죽은 나무들이 아무 경고도 없이 쓰러진다. 하마터면 나무에 맞을 뻔했다. 정말 식겁했다. G는 밭에서 키울 것을 구해 보려 했지만 모든 주변 농지가 철조망과 무장한 경비에 둘러싸여 있다. G는 주말농장을 해 봐서 채소를 키우는 방법을 안다고 말하지만, 그래서 뭐 어쩌란 말인가. 어차피 채소를 키우는 데는 너무 오랜 시간이 걸린다. 우리는 지금 배가 고프다. 3월까지 당근이 익기를 기다릴 수는 없다.

2040년 8월 22일

G가 너도밤나무 열매를 까다가 앞니가 부러지는 바람에 블랙홀이 생겨서 말할 때마다 바람이 샌다.

"자두와 블랙베리와 어린 쐐기풀로 수프를 만들어야겠어."

처음에 그는 입맛을 다시며 말했다. 그러나 지금은 그다지 열정이 없어 보인다. 당연히 자두도 블랙베리도 없고 있는 거라곤 별꽃과 담쟁이넝쿨뿐이다.

G가 방금 다리를 저는 다람쥐를 잡았다. 이제 내가 다람쥐로 뭔가를 해야 할 것 같다. 곤충류를 제외하면 다람쥐와 쥐, 비둘기 말고 어떤 생명체도 남아 있지 않다. 뉴스에서는 이런 동물에 단백질이 많기 때문에 갈아서 반죽을 만들어 먹으라고 하는데 지금까지는 차마 그럴 수 없었다.

2040년 8월 24일

오늘 아침에 돼지를 만났다. 돼지치고는 너무 여위었고 상태가 영 좋아 보이지 않았다. G가 말했다.

"빨리! 저놈을 죽여야 해."

"왜? 어떻게?"

"칼로. 베이컨. 소시지."

물론 그럴 수 있을 것 같지도 않지만, 설령 우리가 낡은 식칼로 돼지를 찔러 죽일 수 있다 하더라도, 배를 갈라서 베이컨과 소시지를 찾을 수는 없다고 지적했다.

"그럼 우유라도!"

G가 다급하게 소리쳤다.

"이 녀석도 포유류잖아."

그러는 동안 돼지는 유유히 걸어서 사라졌다.

2040년 8월 25일

배가 고파 죽을 것 같다. 우리 둘 다 코감기에 걸렸다. 벼룩 때문에 미치고 팔짝 뛸 것 같다. 미칠 듯이 가렵다. 손과 얼굴에 난 상처에서 진물이 흐른다. 뉴스에서는 구름 씨뿌리기의 불행한 부작용이라고 말한다. 여기에 G는 치통과 말라리아까지 겹쳐 상태가 심각하다.

2040년 8월 27일

죽은 고슴도치를 발견했다. 가시를 뽑은 다음 마지

막 남은 조개탄에 구워 먹으려 했다. 욕지기가 났다. 우리는 구토를 했다. 내가 왜 물물 교환 제도에 대해 불평했던가? 수렵 채집이 훨씬, 훨씬 더 끔찍한데 말이다!

2040년 8월 29일

꿈속에서 마이아와 주머니칼을 봤다. 깨어나서 엉엉 울었다. G가 떨리는 팔로 나를 안고 러시아 이야기를 해 주었다. 대해빙 이후 어떻게 그곳이 젖과 꿀이 흐르는 새로운 땅이 되었는지.

"시베리아에 정말로 좋은 농사 기회가 열렸어."

그가 이를 딱딱 부딪혔다.

"우리가 「세 자매」가 된 것 같아."

내가 말했다.

"'모스크바에 갈 수만 있다면.' 국립 극장에서 본 공연에 나왔던 이 대사 기억나? 공연이 끝나고 나서 우리는 강가를 거닐다가 멈춰 서서 자정을 알리는 빅 벤 종소리를 들었잖아."

우리는 잠이 들 때까지 서로 꼭 끌어안고 있었다.

2040년 8월 31일

G가 울면서 깨어났다. 나는 그를 안고 달랜 뒤 무슨 일이냐고 물었다.

"총이 있으면 좋겠어."

그가 말했다.

2040년 9월 15일

이 공책이 아직도 배낭 바닥에 있다니 믿을 수 없다. 게다가 볼펜도. 살인자가 이 물건에는 관심이 없었나 보다. 그자는 텐트 안에 있는 나머지 모든 것을 강탈했다. 나까지 포함해서. G는 총이 없었고 이자는 총이 있었다.

2040년 9월 19일

M은 다른 언어로 말한다. 노르웨이어인가? 아니면 네덜란드어? 우리는 대화를 할 수 없다. 그 대신 그는 나를 때린다. 그에게서 버려진 냉장고 악취가 풍긴다. 숨 쉴 때마다 썩은 냄새가 난다. 그가 내게 하는 짓은 끔찍하다. 생각하고 싶지도 않다. 생각하지 않을 거다. 땅에

텐트와 조리 도구가 있지만 우리는 대부분의 시간 동안 총을 들고 나무 위에 올라가 있다. 커다란 널빤지와 방수포를 나뭇가지에 밧줄로 묶어 놨다. 밤이면 우리는 밧줄 사다리를 타고 나무 위로 올라간 다음 사다리를 다시 끌어올린다. 제법 높아서 아주 멀리까지 보인다. 그는 그곳을 약탈해 온 물건을 보관하는 장소로 이용한다. 나는 베이크드 빈 통조림에 둘러싸여 있다.

2040년 10월 3일

M은 두 번 이상 구강 섹스를 하지 않고 넘기는 날이 단 하루도 없다. 그때마다 나는 구토를 한다.(가끔은 도중에도 한다.)

2040년 10월 8일

M이 어제 나를 때렸다. 내가 도망치려 했기 때문이다. 앞으로 다시는 그러지 않을 거다. 그는 너무 빠르다.

2040년 10월 14일

통조림이 다 떨어지면 그가 식량 때문에 나를 죽일

지도 모른다는 생각이 든다. 얼마 전에 뉴스에 그런 경고가 나왔다. 이 작자는 조금도 망설이지 않을 것이다. 그에게 나는 다리 달린 고깃덩어리에 지나지 않는다. 그는 지난밤 내 전신을 깨물었다. 온몸에 물린 자국이 가득하다. 나중에 내 몸에 난 상처를 핥으며 깨달았다. 피가 얼마나 맛있는지, 내가 그 맛을 얼마나 그리워하는지. 체력. 철분이 풍부한 송아지 간. 얼마나 오랫동안 그 맛을 보지 못했는가. 생각이 거기에 이르자 순간 움찔했다. 갑자기 피가 차가워졌다.

2040년 10월 15일

옛날에 사람들이 드라이진을 만들 때 쓰는 노간주나무 열매를 피임약으로 썼다고 하지 않았나? 설령 그렇다 해도 나는 그 열매가 어떻게 생겼는지조차 모른다. 내가 기억하는 건 박하와 바질뿐. 임신을 해서는 안 된다. 절대 임신하지 않을 거다.

2040년 10월 17일

마구잡이로 진하게 달인 약초 즙을 마셔서인지 구

토가 심하다. 하지만 불행하게도 다른 방도가 없다.

2040년 10월 20일

잠을 이룰 수 없다. G가 꿈에 나왔다. 그에게 몸을 밀착하니 거시기가 조금씩 올라가기 시작했다. 그래서 나는 그가 정말 죽지는 않았을 거라고 생각했다. 그런데 깨어 보니 끔찍하게도 눈앞에 M이 있었다.

2040년 10월 23일

잠을 이룰 수 없다. 온몸에 멍이 들고 여기저기 생채기투성이다. 옛날 사람들은 낙태를 하려고 높은 곳에서 몸을 던졌다고 한다. 문제는 자갈 채석장이 충분히 깊지 않다는 것이다. 게다가 뛰어내릴 때 블랙베리 가지가 몸에 걸렸다. 아래에도 구더기가 우글거리는 시체 같은 것이 있었다. 어쩌면 염소나 돼지 같은 것일지도 모르지만 나는 그렇게 생각하지 않는다. 어쩌면 G였을지도 모른다는 생각이 머리를 떠나지 않는다.

2040년 10월 31일

난 이 아기 때문에 죽을 거다. 그럴 거다. 가정법으로 말해야겠다. 이것은 '필연'이 아니라 '만약'이다.

2040년 11월 7일

모든 게 끝났다. 나는 여전히 여기 있다. 너무 피곤하다.

2040년 11월 8일

몇 시간 동안 잠을 잤다. 한결 기운이 난다. 내게는 먹을 것과 마실 것이 있고 총도 있다. 아래에서 여전히 울음소리가 들리지만 지금은 많이 약해졌다. 그는 거의 끝난 것 같다.

2040년 11월 9일

몇 시간 동안 잠을 잤다. 열이 내렸다. 아침으로 베이크드 빈을 먹었다. 방금 또 칭얼거리기 시작했다. 상관없다. 기다릴 수 있다.

2040년 11월 10일

이제 끝났다. 나는 본격적으로 M의 보드카 병을 들고 마시기 시작했다. 나를 구해 준 악마의 술이었다. 그는 약탈하러 나갔다. 여느 때처럼 나를 나무 위에 남겨 둔 채. 나는 딱 용기를 낼 만큼만 술을 마셨다. 다른 방법이 없었으므로, 일단 그가 나를 때리게 만들겠다고 생각했다. 예상대로 그는 돌아와서 술병을 흔들고 있는 나를 보고는 정신이 나갔다. 그가 발길질을 하는 동안 나는 실제보다 더 취한 척하며 팔로 머리를 감싸고 널빤지에 누웠다. 효과가 있었다. 지금 당장은 아니지만, 그날 밤에.

한편 M은 자기도 술을 마시고 싶어져서 곧 4분의 3이 넘는 나머지 술을 순식간에 마셔 버렸다. 그는 꼭 정신 나간 사람처럼 노래를 부르다가 갑자기 훌쩍였다. 그가 소변을 보려고 널빤지 가장자리에 섰을 때, 나는 엉금엉금 기어가 있는 힘껏 그를 밀었다. 그는 나무에서 떨어졌다. 쿵.

2040년 11월 13일

너의 유해를 예쁜 파란 셔츠에 쌌단다. 미안하구나,

아가. 너를 살려 둘 수 없었단다. 어차피 이제 이 땅의 어떤 아기에게도 미래는 없어. 나는 종착역에 와 있다!

이것이 내 서른 번째 생일 선물의 마지막 페이지다. 이 일기를 다 쓰고 나면 이 일기장을 비닐봉지 여섯 겹으로 꽁꽁 싸맬 것이다. 비가 새어 들어가지 않게 한 겹 한 겹 접착테이프로 감아서. 그런 다음 파란 셔츠 위에 놓고 구덩이에 묻을 것이다. 누군가가 이 일기를 읽을 거라고 생각할 만큼 미치지는 않았는데 나도 내가 왜 이러는지 모르겠다. 그러고 나서 이 식량 배낭을 메고 총을 챙겨 북쪽으로 떠날 것이다. 행운을 빌어다오. 마지막 한 줄. 나에게 행운을 빌어다오. 행운을. 행운을. 행운을.

뉴로맨서(Newromancer)*

토비 리트

2040년 8월 18일

"이봐, 거기!"

그는 나를 부른 것이다.

"그래, 자네 말이야. 젊은이."

그냥 뒷골목에 처박혀 있을걸. 하지만 안개가 워낙

* 뉴 로맨티시즘(New Romanticism, 1980년대에 영국을 중심으로 발전한 화려한 의상과 전자 악기를 특징으로 하는 뉴웨이브 계통의 록 음악)을 추구하는 이들. 1984년에 출간된 윌리엄 깁슨의 공상 과학 소설 『뉴로맨서(Neuromancer)』를 패러디 하려는 의도로 뉴 로맨티시스트(New Romanticist)가 아닌 뉴로맨서(Newromancer)로 표현했다.

짙어서 내가 안 보일 줄 알았다.

"맞아. 이 건물 보이나?"

어떻게 안 보일 수 있겠는가?

"이 건물은 공식적으로 불이 났소."

나는 예전에 존 루이스 백화점이었던 옥스퍼드 거리 300번지의 거대한 콘크리트 벽을 올려다보았다. 옥스퍼드 거리 300번지에는 분명 불이 나지 않았지만 그 소방 감독관의 말이 무슨 뜻인지 나는 정확히 안다.

상대가 자경단이 아니라 소방 감독관이어서 천만다행이다. 파란 옷을 입은 자경단은 총기를 지니고 개를 데리고 다닌다. 거대한 개를.

"야간 통행금지를 어기다니 대체 무슨 생각이야? 지금 전시(戰時)라는 거 모르나?"

색소 결핍증에다 얼굴도 퍼그처럼 못생긴 이 소방 감독관은 사십 평생에서 2040년을 그 어느 해보다 즐기고 있는 것처럼 보인다.

그는 바지 벨트에 자동 권총 한 자루를 보란 듯이 찔러 두었다. 손잡이를 보면 진짜처럼 보이지만 소방 감독관이 소지하는 무기는 대부분 가짜다. 나무를 깎은 다음 회색으로 칠한 것이다. 남자가 쓴 헬멧은 지점토와 닭장 철망으로 만든 게 분명했다. 챙 아래쪽에 종이가 덕지덕지 겹쳐 있는 것이 보였다. 그러나 다른 것은 별로 볼 수가 없다. 그가 바로 눈앞에서 손전등을 비췄기 때문이다. 이토록 밝은 빛을 얼마 만에 보는가. 눈이 저절로 찡그려지는 강렬한 햇살 같았다.

"지금은 분위기가 많이 들뜨고 예민해. 그러니까 허튼수작 집어치우고 공습 끝나기 전에 얼른 지하로 돌아가시지."

그런데 지금 나는 멍청하게도 눈을 들어 위를 쳐다보고 있다. 짙은 회색 하늘은 철저히 고요하다. 비행기는 없다. 공습도 없다. 들리는 소리라고는 아스팔트 위에 퍼질러 놓은 똥오줌 위를 쿵쿵 구르는 말발굽 소리뿐이다.

"자네 지금 나를 무시하는 거야? 그렇다면 아주 혼쭐내 주겠어."

그나마 다행히, 그는 몸수색을 하지 않았다. 내가 이 두툼한 외투 안에 뭘 입었는지 그가 본다면 나는 곧장 감옥행일 것이다.(실용복이냐고? 내가?) 그는 내 부츠조차 알아차리지 못했다.

뭔가 변명이 될 만한 말을 해야 할 것 같다. 이를테면 늙은 아버지 때문에 약을 구하러 나왔다든가. 그래서 나는 입을 열다가 그냥 냅다 뛰기 시작한다.

"거기 서!"

소방 감독관이 소리쳤다.

"거기 서. 안 그러면 쏜다."

가시거리는 6미터 정도다. 그러나 그의 시야에서 완전히 벗어나려면 그보다 적어도 3미터는 더 가야 하고 목소리가 들리지 않을 만큼 가려면 또 30미터는 가야 한다. 제발 그의 총에 대한 내 판단이 맞아야 할 텐데. 어쨌거나 어느 쪽인지는 곧 드러날 것이다.

"내가 무기를 뽑고 있다! 마지막 기회다!"

나는 속도를 내어 잿빛 안개 속으로 전력 질주한다.

"빵!"

그가 소리를 지른다. 나는 신에게 감사한다. 가짜 총이다!

"넌 공식적으로 총에 맞았다. 돌아와. 빵! 빵! 넌 공식적으로 총을 세 발 맞았다."

색소 결핍증 환자의 목소리가 점점 높아지는 동안 나는 계속 달린다. 내가 그들의 어리석은 전쟁놀이에 가담하기를 거부했기에 그는 짜증이 났다. 그는 마지막으로 이렇게 외친다.

"지금 돌아오면 무상으로 치료받게 해 주겠다!"

나는 잠시 흔들린다. 그의 말이 진실이면 어떻게 하지. 다리 상처를 치료할 수 있을 텐데. 어쩌면 내 눈을 검사해 줄지도 몰라. 이렇게 빛을 직접 봤으니 분명 안경이 필요할 듯한데. 또 어쩌면 기침할 때마다 나오는 검은 물질이 정확히 뭔지 누군가가 말해 줄 수 있을지도 모르지.

하지만 난 이성적인 사람이다. 그래서 있는 힘을 다해 빌어먹을 법 집행관들에게서 도망친다. 달리면서 뒤에서 들리는 소리에 귀를 기울인다. 호각 소리가 들린다. 몇 초 뒤 다른 호각이 화답하고 곧 또 다른 호각이 뒤따른다. 나는 달리는 속도를 늦추고 사랑스러운 잿빛 안개 속으로 뛰어든다.

이제 안전한 것 같다. 잠시 숨을 고르며 걸을 수 있

겠다. 초췌한 모습으로 '대공습(the Blitz)'*에 들어서고 싶지 않다. 여기서 대공습은 나의 대공습, 우리의 대공습을 말하는 거다. 열흘 전에 시작된 그들의 엉터리 대공습이 아니다. 도대체 누가 1940년에 일어난 사건을 정확히 백 년 뒤에 온 나라가 재현하게 할 생각을 했을까? 대체 정부에서 어떤 멍청이가 그런 구상을 했을까? 정말이지 그 자식 머리통을 날려 버리고 싶다. 그렇다. 물론 그 덕분에 2040년에 전에 계획한 것보다 탄소 효율성이 10퍼센트 더 좋아진 건 사실이다. 그렇다. 그리고 그 덕분에 정부는 언제라도 정전을 단행할 좋은 구실이 생겼다. 그렇다. 그 덕분에 "승리하기 위해 밭을 가꾸자."와 "고쳐 가며 오래 쓰자." 같은 포스터가 빈 광고판을 도배할 수 있었다. 그러나 그 탓에 젊은이는 젊은이다울 권리를 박탈당했다.

이제 마약도 없고 춤도 없고 멋진 옷도 없고 시끄러운 음악도 없다. 이런 것들은 모두 지구를 죽이는 것이고 따라서 금지당해야 마땅했다.

* 1979~1980년 런던에서 매주 열린 클럽에서 따온 이름이다. 그 시대 음악과 패션은 대부분 이곳에서 비롯했다.

진짜 런던 대공습(1940년 9월~1941년 5월)은 이러지 않았다. 그동안 조사해서 알아낸 바에 따르면 당시 티엔티(TNT) 폭약이 살포된 적도 있지만 런던은 제법 활기차고 멋진 곳이었다. 히틀러가 폭탄 세례를 퍼부어서든 각성제 벤제드린 때문에 잠을 이루지 못해서든 사람들은 밖으로 뛰쳐나왔다. 어두운 골목길은 사랑을 속삭이는 연인, 집 떠난 신병, 흥분한 젊은 부녀자로 가득했다.

오늘날 테스코공산주의자 일당은 그런 것을 말끔히 지운 수정주의적 대공습을 우리에게 강요하고 있다. 월마트마르크스주의자도 별반 다를 것 같지 않으므로 투표로 상황을 바꿀 수 있다는 희망은 품지 말자.

하지만 우리의 대공습은 실제 대공습을 재현하고 있다. 우리는 1940년이 아닌 1980년으로 회귀한다. 우리는 마약과 춤, 무엇보다 멋진 옷을 철저히 지향한다. 시끄러운 음악이 실용성에 희생되는 것이 두렵다. 우리에게는 그것을 피해 갈 방법이 있다. 당신도 곧 알게 될 것이다.

그럴 수 있으면 좋으련만.

딸각딸각, 또각또각, 저게 뭘까? 내 뒤 어딘가에서

들려오는 으르렁 소리. 익숙한 저 컹컹거리는 소리. 이런, 맙소사. 상황이 좋지 않다. 으르렁으르렁. 저건 거대한 개다. 딸각딸각! 저건 말발굽 소리다.

저들은 자경단이다.

"알았어요."

나는 상점 앞쪽에 기댄 채 소리친다.

"알았으니까 저것들 좀 치워요."

아메리칸 핏불 테리어와 독일 종 셰퍼드의 잡종이다. 세 마리다. 놈들이 내 바지를 물어뜯어 엉망으로 만들고 있다.

"그자로군! 그자야!"

"안녕하세요. 또 만났군요."

소방 감독관은 자경단 경사 뒤에서 커다란 회색 말에 올라타 있다. 그들 뒤로 파란 제복을 입고 말을 탄 남자가 두 명 더 있다.

자경단 경사가 호각을 부니 개들이 내 다리에서 떨어진다.

"이봐, 자넨 총에 맞았어."

"그렇겠지요."

“병원에 가는 게 좋을걸. 치료받아야지.”

“그래야겠죠.”

“경찰 병원 말이야.”

나는 그들의 짐마차 뒤에 타고 있고 여자 자경단원이 나를 감시하고 있다. 그녀의 총은 진짜다. 오 분 동안 그녀는 내 바지를 계속 쳐다봤다. 바지는 내가 약간만 수선하면 구제할 수 있을 것 같다. 자경단원이 묻는다.

“어딜 가고 있었죠? 그런 옷차림으로.”

이제 내 복장이 드러났다. 내가 지금 입은 옷은 (긴장들 하시라.) 상의는 솔기를 주홍색 실로 마무리한 은색 더블 버튼 스탠드칼라 흰 면 셔츠, 하의는 주홍색 가두리 장식을 한 검은색 열여섯 겹 주름 바지였는데 그것을 코가 뾰족한 포도주색 부츠에 넣어서 입었다. 거기에 일곱 줄짜리 진주 목걸이에 증조할머니의 최상품 오닉스 브로치를 달았고, 가방에는 파란 깃털이 달린 티롤리안 모자가 들어 있다. 이런 복장을 마지막으로 언제 보셨는지? 응?

“어딜 가는 중이었죠?”

그녀가 또 묻는다.

나는 또 대답하지 않는다.

"어서 말해 봐요. 말해도 돼요. 비밀은 지킬 테니."

재빠르게 눈동자를 굴려 그녀의 얼굴을 살폈다. 그
래, 당신을 믿어 보겠어. 그런데 그녀를 훔쳐보다가 의외
의 소득을 얻었다. 그녀는 정말 귀엽다. 게다가 스타일도
멋지다. 헬멧 아래로 최신 유행으로 자른 머리카락이 보
인다. 집에서 만든 젤을 발랐을까? 그렇다면 그녀도 분
명 이곳 규정을 어긴 셈이다.

"대공습에 가는 길이었어요?"

"그걸 어떻게 알죠?"

나도 모르게 흥분해서 퉁명스럽게 말한다.

"거길 아는 사람은 없을 텐데."

물론 우리 말고는 아는 사람이 없다는 뜻이다.

"나도 데려가 줄래요?"

뭐라고?

"정말로 가고 싶어서 그래요. 옷도 있어요. 지금까지
그곳에 데려가 줄 사람을 만나지 못해서 못 가고 있었어
요. 삼십 분 뒤에 나 퇴근해요."

"난 총을 맞은 몸이에요. 아무 데도 못 갑니다. 아마 지금 피 흘리며 죽어 가고 있을걸요. 공식적으로는 말입니다."

그녀가 창살을 통해 기사가 앉아 있는 곳을 올려다본다. 지금까지 그는 대충 열 발짝마다 한 번씩 채찍질을 했다. 마차 속도가 느려지지 않는다.

"내가 당신을 내보내 줄 수 있어요."

나로서는 다른 대안이 없어 보인다. 이것이 큰 모험이라는 것도 안다. 자경단은 대공습 단속을 즐긴다. 우리가 만날 때마다 귀중한 천연자원을 낭비하고 있다고 그들은 주장한다. 그들에게는 '팝'이라는 단어조차 낭비를 암시한다. 내가 말한다.

"저자에게 마차를 세우라고 해요."

그녀가 총구로 창살을 툭툭 치며 말한다.

"마차 세워!"

"문을 열라고 말해요."

이 분 후에 나는 안개 속에 그녀와 단둘이 서 있다.

"고마워요."

"내가 좋아서 한 일인데요, 뭐. 난 셰리스예요."

"퍼디낸드."

클럽에서 쓰는 이름을 알려 준다. 셰리스가 말한다.

"우선 옷부터 갈아입어야겠어요. 이렇게 입고 거기 갈 수는 없잖아요?"

"함정이 아니라고 내가 어떻게 확신하죠?"

"난 당신을 빼내 줬어요. 안 그래요?"

내 표정이 이렇게 말한다. 나를 설득해 봐요.

"좋아요, 그럼. 이만 당신을 보내 줄게요. 그냥 가세요. 안녕."

"안녕."

나는 이렇게 말하고 걷는다.

그러나 안개 속으로 열 발짝쯤 걸어가다가 마음을 고쳐먹고 돌아간다. 셰리스가 마음에 든다. 특히 그녀가 지금 내게 미소 짓는 모습이 좋다. 산타클로스를 바라보는 다섯 살배기 아이처럼 나를 보며 천진하게 웃는 모습이 말이다.

그녀의 옷차림이 어떤지 봐야지. 그녀가 혹시라도 서투른 잠입 수사를 시도하는 것 같으면 거리로 나서자마자 그녀를 버리고 달아나면 되니까.

그녀의 아파트는 센터포인트 건물 중간층에 있다. 하지만 창문이 온통 암막으로 덮여 있어서 바깥 상황을 확인할 수 없다. 어차피 안개 때문에 아무것도 안 보이겠지만. 그녀가 말한다.

"편히 있어요."

그녀가 침실로 들어가 문을 닫고 손전등에 의지해 옷을 갈아입는 동안 나는 소파에 앉아 물을 마시며 작동되지 않는 텔레비전을 멀뚱히 쳐다본다.

삼십 분쯤 기다렸다. 그러나 그럴 만한 가치가 있었다. 방에서 나온 그녀는 영락없는 광대의 모습이다. 목에서 발목까지, 다이아몬드 모양의 빨강, 파랑, 노랑, 검정 천을 두른 모습. 그녀는 손전등을 위아래로 움직여 자신의 모습을 비춘다. 특히 상의가 마음에 든다.

"그렇게 준비하는 데 얼마나 걸렸죠?"

"한 달. 「애시즈 투 애시즈」를 처음 들었을 때부터."

「페이드 투 그레이」와 함께, 말하자면 우리에게 성

가 같은 노래다.

"그 노래를 어디서 들었죠?"

가짜 전쟁이 시작된 후로 텔레비전은 나오지 않았고 BBC는 클래식과 스윙 재즈를 제외한 어떤 음악도 틀어 주지 않는다.

"감방에 있는 누군가가 부르더군요. 머리에 반다나를 두르고 아이섀도를 칠갑한 남자였어요. 내가 무슨 노래냐고 묻자 그 남자가 말해 줬죠."

나는 셰리스가 좋다.

"화장품 있어요?"

내가 묻는다. 그녀는 내게 작은 가방에 든 내용물을 보여 준다.

난 셰리스를 사랑한다.

"따라와요."

클럽은 원래 그레이트 퀸 거리 4번지에 있었지만 우리가 그곳에서 모이면 자경단이 너무 쉽게 찾을 게 뻔하다. 그래서 주변 어딘가에서 열리는데 장소는 매번 바뀐다. 오늘 밤은 파커 거리 근처 지하다.

문지기의 이름은 짐이다. 그는 자기 이름이 스티브라고 주장하지만 모두들 그를 잭으로 알고 있다. 모델처럼 경쾌한 발걸음으로 다가가 보니 잭은 자기 나름대로 파티 분위기를 돋우고 있다. 그는 물방울무늬 라라 스커트를 입은 후줄근한 입장객에게 작은 거울을 보이며 묻는다.

　"당신이 나라면 당신을 입장시키겠어요?"

　어떤 사람들은 절대 입장이 안 된다.

　잭은 나를 안다. 셰리스가 코트를 벗자 그는 감탄하며 손을 흔들어 우리를 통과시킨다.

　벽면에 저속한 그림이 그려진 좁은 계단을 내려갈 때, 셰리스가 내 팔을 꽉 잡는다. 저녁에 데이트를 나온 기분이다. 그녀가 말한다.

　"와!"

　'와'는 우리가 목표로 하는 효과에 가깝다.

　댄스홀은 만원이다. 디제이는 없다. 음악을 크게 틀면 너무 위험하기 때문이다. 윗동네에서는 코번트 가든의 헤비메탈 키즈가 연주를 시작하자마자 저지당한다. 헤드뱅잉 오 분 만에 자경단이 들이닥친다. 아랫동네 강변 쪽에 있는 그런저스도 마찬가지다. 춤추고 때려 부수고 쿵쿵거리다가 게임이 끝나 버린다. 그러나 우리는 교묘하다.

어떤 이들은 리드 보컬을 노래하고, 어떤 이들은 뒤에서 받쳐 주고, 어떤 이들은 신시사이저를 연주하고, 어떤 이들은 전자 드럼을 연주한다. 우리 사이에는 레퍼토리가 50여 곡 있다. 모두 클라식스 누보적인 음악이다.(정작 클라식스 누보*의 곡은 하나도 없다.)

우리가 들어가는 순간 이 특별한 군중은 「투 컷 어롱 스토리 쇼트」**를 연주하고 있다.

셰리스가 어울리지 않는, 자경단답지 않은 함성을 지른다. 그녀를 보며 나는 생각한다. 달렉*** 사랑해.

우리는 화장실로 가서 나란히 화장을 한다. 나는 떨고 있다. 가슴 졸이며 눈 화장을 하는 느낌은 어디에도 비할 수 없이 독특하다. 셰리스가 내가 볼 터치 하는 것

---

* 1980년대에 활동한 영국 펑크 록 그룹으로, 초기 뉴 로맨틱 운동을 주도한 그룹 가운데 하나.
** 1980년 5인조 영국 밴드 스펜다우 발레가 부른 노래.
*** 영국 BBC 드라마 「닥터 후」에 등장하는 외계인 캐릭터.

을 도와준다. 내가 모자를 쓰니 그녀가 고쳐 씌워 준다. 그리고 나서 그녀는 내 손을 잡고 댄스홀로 이끈다. 죽여주는 패션이군!

모두가 본다. 모두가.

오 분. 그리고 끝이다. 그러나 내 생애 최고의 오 분이다.(지금까지는.)

잭이 뛰어 들어와 외친다.

"자경단이다!"

"우릴 미행했군! 네가 꾸민 일이지?"

나는 셰리스를 본다. 히죽거리고 있을 거라는 내 예상과 달리 그녀는 겁을 집어먹은 것처럼 보인다. 그녀가 말한다.

"아니야! 정말 몰랐어."

이런 공포는 연기할 수 없는 법이다.

거대한 개 세 마리가 허우적거리며 계단을 내려온다. 사람의 다리가 그 뒤를 따른다. 자경단원의 다리다.

만나자마자 이별이라니.

"서둘러."

내가 셰리스의 손을 꼭 쥐고 소리친다.

우리에겐 항상 도주 통로가 있다. 이번에는 주방 환기용 배관이다. 누군가가 이틀 동안 알루미늄에 사다리를 박아 넣었다. 그 누군가는 바로 나다.

잭이 길을 안내한다. 나는 셰리스에게 그를 따라가라고 하고 발판을 붙잡는다. 개가 주방으로 전력 질주해 들어온다. 나는 바닥에서 발을 뗐지만 개가 여전히 내 바지를 물고 늘어진다. 또 그렇게 되었다.

나는 사다리를 오르려 하지만 개가 워낙 무거운 데다 나를 절대 놔주지 않는다.

빵 소리가 들린다. 진짜 총소리다. 개가 피를 튀기며 떨어진다.

"어서 와."

셰리스가 총을 다시 은밀한 곳에 꽂으며 외친다.

"고마워."

우리는 간신히 거리로 나온다. 광대와 나. 우리는 다시 그녀의 아파트로 돌아간다.

왠지 자꾸 웃음이 나서 우리는 가는 내내 웃는다.

"총알은 어쩌지?"

마침내 숨 돌릴 여유가 생기자 내가 묻는다. 우리는 소파에 앉아 있다.

"법의학자인지 뭔지 어쨌든 그들이 널 찾아올 거야."

"내 총 아니야. 공식적으로."

셰리스가 총을 꺼내 보여 준다.

"지난주 습격 때 얻었어."

아까 그녀의 옷차림을 봤을 때만큼이나 인상적이다. 내가 묻는다.

"어떻게 그들이 클럽을 찾았을까?"

"글쎄. 하지만 우리 때문은 아냐."

"어떻게 확신하지?"

"그랬다면 벌써 여기 와 있겠지."

그녀가 미소 지으며 대답한다.

논리적인 대답 같다. 내가 묻는다.

"이제 우린 어떻게 하지?"

"여느 때처럼 또 하룻밤이 조용히 지나가겠지."

우리는 앉아서 텔레비전을 응시한다. 죽어 버린 하늘빛을 닮은 텔레비전 화면을.

연료 강탈자

데이비드 미첼

    1998년에서 1999년 사이에 쿠르드 자치 구역 작가들이 수집한 민간 설화 가운데 톰스브레던 클러스터 14b(『노인 살해 또는 안락사의 비바람직성에 관하여』)[구술자: 우크바르 키시키예프/남성/75세/농부/구르예프 밸리 거주/애브릴 브레던과 브루노 톰스가 쿠르드어에서 번역]를 개작한 다음 이야기는 (서그린란드 이누이트[La Pointe & Cheng 1928]와 솔로몬 제도[Daphen Ng 1966], 중앙아프리카 공화국[Coupland-Weir 1989] 같은 상반되는 문화에서 찾을 수 있는) 전형적인 지혜담이 현지 문화의 사회적 관습이나 지형, 신념 체계에 의해 어떻게 변주될 수 있는지 가장 잘 보여 주는 사례다.

달그락 찰칵, 달그락 찰칵, 달그락 찰칵 베틀에 앉아 베를 짜면서 고모가 들려준 이야기가 있다. 옛날 옛날에 청춘국이라는 나라가 있었다. 그곳에는 누구나 예순이 되는 아침에 독이 든 수면제를 먹어야 한다는 법이 있었다. 그 법은 이렇다. "노인은 할당받은 시간을 모두 썼다. 젊고 활기찬 일꾼이 굶주리고 있는 마당에 왜 우리가 주름진 기생충을 먹여 살려야 하는가? 자연은 노인을 도태한다. 우리도 자연의 뜻을 따라야 한다." 그래서 초라한 청소부부터 황제 자신까지, 청춘국 국민은 모두 그 순간이 오기 전에 생을 정리하고 예순 생일날 해가 떠오르기 전에 독약을 마셨다. 그러면 촌장이 가족 등록부에 "명예롭게 영면함."이라고 썼다. 이 법을 위반한 자는 무사하지 못했다. 법을 위반한 당사자는 장남과 함께 교수형을 당했고 가족 전체가 '기생충'으로 낙인 찍혀 추방당했다. 사정이 이렇다 보니 당연히 60세 법을 위반하는 경우는 극히 드물었다.

그런 청춘국에서 황량한 늪지와 푸른 숲 사이에 자리한 가난한 마을 외곽에 하지라는 잘생긴 나무꾼 청년이 살고 있었다. 하지는 갓난아이일 때 양친을 전염병으로 잃었고 그 후 지혜로운 할머니 손에 자랐다. 할머니가 쉰아홉의 마지막 여름을 보내자 하지는 깊은 고민에 빠졌다. 그는 생각했다. 할머니는 나를 돌보고 내가 아는 모든 것을 가르치는 데 평생을 바쳤는데 이제 할머니를 닳아빠진 빗자루처럼 그냥 버리는 것이 과연 옳은 일일까? 결국 하지는 푸른 숲 깊숙이 비밀 장소에 오두막을 지었다. 할머니가 독약을 받는 추수철 직전에 하지는 할머니에게 계획을 밝혔다.

"할머니, 숲속 안전한 곳에 할머니를 위한 오두막이 있어요. 제발 거기 가서 숨어 계세요."

처음에 할머니는 거절했다. 행여 이 계획이 발각돼서 손자에게 위험이 닥칠까 봐 두려웠기 때문이다. 그러나 하지는 심지가 굳은 청년이었다.

"60세 법은 인간의 법이에요, 할머니. 우리 가슴에 새겨진 하느님의 법은 어쩌죠?"

마침내 할머니는 설득당했고 사흘 후 하지가 침

울한 얼굴로 피에 젖은 할머니의 낡은 옷을 들고 촌장의 집을 찾아갔다. 하지가 말했다.

"할머니가 자고새 덫을 살펴보시곤 하던 공터에서 이것을 발견했습니다. 아무래도 늑대 짓인 것 같아요."

촌장은 게으른 술주정뱅이여서 그 피가 새끼 돼지의 피라고는 꿈에도 생각하지 못했다. 하기야 백발 할머니가 청춘국 어디에 숨을 수 있겠는가?

그렇게 여름이 가고 가을이 산골짜기를 적갈색으로 물들였다. 산 너머 산적이 습격해 그 지역 추수를 망치자, 황제는 겨울이 되어 길이 막히기 전에 산악 부대를 결성하기로 작정했다.

석조 바닥에서 냄비가 딸각거리는 걸 보니 브루노가 올라오는 모양이다. 나는 우리의 대표작을 읽다가 읽던 부분에 책갈피를 끼워 두고 소중한 돋보기를 선반에 벗어 둔 뒤 혹시라도 그가 다치기 전에 지팡이를 짚고 비틀비틀 복도로 내려간다. 우리가 결혼해서 사는 동안 대부분 옷걸이로 이용했던 실내 운동용 자전거 옆에 브루노의 바지가 팽개쳐 있다. 나는 냄새로, 또 눈으로 그가 옥외 화장실을 사용하지 않았음을 직감한다. 아침 일거리가 또 생겼다. 그래도 오늘은 어제처럼 오물을 발로 휘젓고 다니지 않아서 그나마 다행이다. 브루노는 주방에서 냉장고 안을 살피고 있다. 작동이 되지 않아 핀바가 주고 간 순무를 넣어 두는 찬장이나 다름없는 캐비닛이 아니라, 우리가 한때 당연하게 썼던 신기한 냉장 성능을 보유한 가전제품인 것처럼.

"파올라, 당신을 찾아 온 사방을 헤매고 다녔잖아."

기분이 좋은 날에 그는 나를 파올라라고 부른다.

너무 늦은 시간이 아니어서 아직까지는 "난 파올라가 아니라 애브릴이야."라고 말할 기운이 있다. 파올라는 이미 오래전에 세상을 뜬 그의 첫 번째 아내다.

"왜 인터넷이 안 되지?"

나의 반벌거숭이 남편이 눈을 깜빡인다.

"팔 년 동안 인터넷 없이 지냈잖아, 브루노."

대체 나는 누구를 위해 그에게 현실을 일깨워 주려는 것인가?

"인터넷 없이 어떻게 연구를 하지?"

"이거 걸쳐."

내가 가운을 벗는다.

"날이 쌀쌀해."

내가 그의 힘없는 팔을 소매에 끼운다.

캘빈이 어렸을 때 옷을 입혀 주었던 기억이 떠오른다…….

……목구멍에 슬픔이 풍선처럼 부풀어 오른다. 아프다.

불쌍한 애브릴……. 우리 좀 울까?

브루노가 눈살을 찌푸린다.

"프랜 우스터에게 올 메일이 있는데!"

또 시작이다. 이 짓을 천 번은 반복했다.

"그 여자가 부총장에게 우리 기금을 삭감하라고 했어. 마귀할멈 같으니라고!"

"브루노, 지금은 2033년이야. 프랜 우스터는 죽었고 부총장도 죽었어. 우리 대학도 광신자들이 불태웠고……."

나는 숨을 들이쉬고 여느 때와 마찬가지로 이야기를 어디서 끊어야 할지 고민한다. 경제학은 스스로를 잡아

먹었고 치매가 당신을 잡아먹고 있군. 기후 변화는 전 세계의 농업에 심각한 손실을 입혔고, 진단트랜스우랄이 농장 질서를 유지해야 하기에 우리 지방 정부는 간신히 통제선을 유지할 여력밖에 없어.

그때 밖에서 남자들의 목소리와 말발굽 소리가 들린다.

핀바가 온 모양이다. 나는 양가죽 카디건을 걸친다.

———

한때 테라스였던 울퉁불퉁한 뜰에 나가 보니 낡은 배와 자동차 바퀴로 만든 마차와 사료 자루에서 먹이를 먹는 튼튼한 말 두 필, 그리고 하나, 둘, 셋, 넷, 다섯, 여섯, 일곱 명의 낯선 이가 보인다. 모두 남자다. 어디서부터 시작해야 할까? 침입자 가운데 두 명은 사이펀으로 우리 연료 통에 든 등유를 커다란 플라스틱 통으로 옮긴다. 한 명은 지금은 닭장 신세로 전락한 미쓰비시 자동차 위에 자리 잡고 앉아 종이에 뭔가를 쓰고 있고, 한 명은 말을 돌보고 있다. 나머지 세 명은 총구를 내 쪽으로 겨

눈 채 경계를 서고 있다. 분명 물려 입은 군복을 입었는데, 피어싱이나 태평한 태도를 보면 딱 민병대다. 이 암울한 시기에 나이를 예측하기란 어렵다. 말을 돌보는 소년은 열두어 살쯤 되었을까? 그들은 지팡이를 휘두르는 늙은 집주인을 보고도 동요하지 않는다. 나는 최대한 엄하게 말하려 하지만 떨리는 목소리는 어쩔 수 없다.

"대체 여기서 뭐 하는 거야?"

"연료 징발 중이요, 할매."

아래턱이 발달한 청년이 사투리로 말한다.

"징발 같은 소리 말고 당장 도로 부어."

"아따, 정부가 불법 비축물을 징발하라고 했다니까 그러요."

"우리가 합법적으로 배급받은 거야. 그리고 비축물이라고 해 봐야 500리터도 안 되고."

"그래도 딴 집보다는 많은 거여요."

이 총을 든 남자는 얼굴에 마맛자국이 있다.

"9월에 유조선이 터미널에 안 들어와서 통제선 이북에서는 10리터도 배급을 못 받았다니께요."

콸콸 콸콸 우리 등유가 빠져나가고 있다. 나는 결국

엄포를 놓는다.

"잘 들어. 마침 우리 사위가 지방 정부의 오스카 보루 지구 대장인데 만일 이 사실을 안다면 자네들에게 좋을 게 없을⋯⋯."

그들이 미소를 교환하는 모습에 나도 모르게 김이 빠진다.

미쓰비시에 올라탄 남자가 말한다.

"브레던 부인. 맞으시죠?"

나는 그의 교양 있는 말투에 깜짝 놀란다.

"브레던 '교수'예요."

"이웃 분께서 부인 성함을 알려 주셨습니다."

그가 턱으로 핀바의 집 쪽을 가리켰다.

"아마도 부인이 위험인물이 아니라는 걸 알려 주면 우리가 경계를 풀 거라고 생각하신 모양입니다."

그는 서른 살쯤 되어 보인다. 캘빈이 살아 있다면 그 나이일 텐데. 그의 태도와 중국산 버버리 방탄조끼를 보니, 이 일행의 대장임이 분명하다.

"오스카 보루 지구 대장이라고 하셨나요? 제가 알기로 교수님은 그분과 쉰 번째로 가까운 친지더군요. 사실

이번 주에도 그분을 만났습니다. 재미있게도 보루 지구 대장이 저희 주 고객이거든요. 지방 정부 조직마저도 연료가 부족합니다. 내륙 지역에서 마지막 한 방울까지 연료를 독식하기 때문이지요."

그가 플라스틱 연료 탱크를 손바닥으로 친다.

"이게 법과 질서를 수호하는 데 도움이 될 겁니다."

"자네들은 깡패야."

내가 그의 눈을 똑바로 쳐다보며 말한다.

"공식 허가도 없는."

"공식 허가라고요?"

그가 머리를 갸우뚱한다.

"이러지 마세요."

"그냥 도둑, 순 깡패에 불과해."

내가 지팡이를 움켜쥐고 말한다.

"우리가 깡패라고?"

아래턱이 발달한 이인자가 씽긋 웃는 모습이 브루노가 종종 말하는 '이 빠진 늙은이'처럼 보인다.

"이 할매가 까마귀밥이 되고 싶은 모양이여."

그는 나를 겁주려 한다. 우리는 통제선 이남에 산다.

나무들이 푸념하듯 딱딱거린다. 말이 오줌을 싼다. 대장이 단언한다.

"이 연료는 우리 것입니다. 안으로 들어가시죠."

"무단 침입한 노상강도의 명령을 따르라는 말이야?"

"보세요. 부인을 해치고 싶지는 않습니다만, 저희 일은……."

"이것 봐, 체 게바라 씨. 겨울이 코앞인데 남편과 나는 60대 늙은이야. 우린 연료가 필요해. 자네가 사람이라면 양심의 소리에 귀 기울이고 어서 그걸 돌려줘."

연료 강탈자 가운데 한 명이 말한다.

"고맙게 여기셔야 해요. 우린 할매 나이까지 살지도 못할 텐데."

다른 일행이 말한다.

"육십 년이면 살 만큼 산 거지. 난 예순이 되기 전에 죽을 거란 말이오."

동정심이라고는 털끝만큼도 보이지 않는 냉혹한 태도다.

내가 대장에게 말한다.

"자네들은 지금 비도덕적인 짓을 저지르고 있어."

"도덕성이란 이런 겁니다. 기름이 1배럴에 3000달러씩 하는데 그나마 돈 주고 살 수 있는 곳도 점점 줄어들고 있어요. 그리고 먹여 살려야 할 부양가족도 있죠. 십 년 후에는 우리 아이들이 통제선 주변에 살게 될 겁니다. 이 연료만 있으면 우리가 미래라는 걸 가질 수 있는 기회가 커집니다."

"그건 그냥……."

어, 뭐라고 하더라?

"……궤변, 그래 궤변에 불과해."

이런, 이게 다 무슨 소용이람. 어차피 내 말 따윈 안중에도 없을 텐데.

"자네들은 여기서 못 나가. 우리 건 우리가 지켜."

"무신 소리여! 우린 여기서 무사히 나갈 것이구먼, 할매."

턱돌이가 반자동 소총의 공이치기를 당긴다.

"개변? 개변이 뭐예요, 와이엇?"

말을 돌보던 소년이 묻는다. 대장이 대답한다.

"궤변이야. 쓸데없는 용어야. '겉만 번드르르한 헛소리'라는 뜻이지. 맞죠, 교수님?"

그가 나의 오만함을 조롱한다.

"우리 엄마가 '사전 편찬자'였거든요."

그가 덧붙인다. '사전 편찬자'라고 말하는 부분에서 빈정거리듯 손가락으로 인용 부호까지 표시하면서.

발목께에서 플라타너스 잎이 쥐새끼처럼 이리저리 움직인다. 나는 전술을 바꾼다.

"그렇다면 자네에게도 어머니가 있겠군? 그럼 말해 봐……."

갑자기 공황에 빠진 외침이 들린다.

"저 위에 저격수다!"

휘청거림, 급박한 휘돎, 어렴풋한 소리, 딸깍이는 무기…….

뒤돌아보니 브루노가 창문을 열려고 애쓰고 있다.

"쏘지 마!"

꿈속에서 비명을 지르는 것처럼, 주변이 시끄럽고 목소리가 나오지 않는다.

"우린 무기가 없……."

빵! 브루노의 머리에서 2미터쯤 떨어진 곳에 구멍이 났다. 더러운 빨래 같은 하늘에 까마귀와 깍깍거리는 소리가 가득하고 말은 겁을 집어먹었고 닭은 미쳐 날뛴다. 믿을 수 없게도, 어쩌면 당연할지도 모르지만, 브루노는 자신에게 닥친 위험을 인지하지 못하고 입을 벌린 채 창문 자물쇠를 계속 만지작거린다. 정신을 차리고 보니 목에 십자가 목걸이가 대롱대롱 걸린 비쩍 마른 민병대원에게 내가 비명을 지르고 있다.

"그이는 무기가 없어. 그이는 위험한 사람이 아니야. 쏘지 마!"

십자가 목걸이 남자가 대장 와이엇을 돌아본다.

와이엇은 권총을 겨눈 채 브루노를 지켜보고 있다. 내가 간청한다.

"남편은 치매야. 우리에겐 총이 없어."

심장이 너무도 거세게 쿵쾅거려서 가슴에 멍이 든 느낌이다.

멀미 같은 순간이 지나고 와이엇 대장이 고개를 끄덕인다.

"물러서."

이제 나는 십자가 목걸이 총잡이에게 포효하듯 고함친다.

"우리 남편을 죽일 뻔했잖아!"

"어림없는 소리재."

마맛자국 민병대원이 킬킬거린다.

"저 친구는 열 보 떨어져 있는 소 한 마리도 못 맞혔을 거구만요."

"마흔 보 거리여! 그라고 왜 못 맞혔는지 알면서들 그려."

한편 브루노는 여전히 창문을 여느라고 씨름을 하고 있다.

"파올라! 당신 어디 있었어? 인터넷 고치러 온 사람들이야?"

이런 상황에 창피해하는 건 어리석을뿐더러 브루노에게 부당하다. 그런데도 나는 창피하다.

"그렇습니다, 선생님."

와이엇이 위쪽을 향해 소리친다.

"금방 됩니다. 어떤 웃기는 사람이 경비를 절약한답시고 캘리포니아산 신호 전송기를 설치했지 뭡니까. 저희는 인도산만 씁니다. 최대 출력으로 쓰셔도 오 년은 저희를 부르실 일이 없을 겁니다."

브루노가 고개를 한 번 끄덕인다.

"아, 좋아. 진작 할 걸 그랬어."

그는 창문을 닫고 칠흑 같은 어둠 속으로 사라진다.

고마워하는 것도 어리석다. 특히 연료를 빼 가는 튜브가 흐물흐물해진 이 마당에. 끝났다. 우리 연료는 사라졌다. 이제 뭘 써야 하지? 다시 장작이나 토탄을 써야 하나? 다시 중세로 돌아가야 하나?

한없이 공허해진다.

"밤에는 어떻게 자지?"

와이엇이 내게 다가온다.

"교수님, 선물과 소식이 있습니다."

"그래? 그럼 제발 등유 500리터를 돌려줘."

"우선, 선물입니다."

와이엇이 주머니에서 작은 투명 플라스틱 상자를 꺼낸다.

나는 먼저 손가락으로 그 상자를 만져 본다.

"스피어민트 사탕인가?"

"자비의 콩알입니다."

그는 특별하지 않은 물건이라는 듯 대수롭지 않게

말한다.

"선물 도로 가져가. 자살 약 같은 건 필요 없어. 우린……."

"원한다면 버리십시오. 하지만 이제 소식을 들으셔야 합니다."

"우린 오랫동안 살아남아 왔어. 앞으로도 살아남을 거고……."

"통제선이 80킬로미터 남쪽으로 이동할 예정입니다, 교수님."

처음에는 그 말의 의미가 그의 부드러운 목소리에 가려져 그 충격이 크게 와 닿지 않는다.

플라스틱이 내 발치에 떨어진다. 와이엇이 상자를 주우려고 몸을 숙인다.

"정부가 이 반도를 버리지는 않을 거야!"

와이엇이 몸을 펴고 일어서 한숨을 쉰다.

"상트페테르부르크나 베이징에 있는 진단트랜스우랄에서 어떤 설계자가 위성 지도에서 25제곱킬로미터에 달하는 땅을 측량하고는 이렇게 생각했습니다. 그래, 이곳은 탄약이나 인력을 쓸 가치가 없어. 다 끝났습니다. 그러곤 우리 정부와 상의하지도 않고 그 명령을 전달했죠."

"그럼 우리는 그냥 늑대 밥 신세가 되는 건가?"

"까마귀가 아니라 늑대면 그려도 다행이게요, 할매."

십자가 목걸이 남자가 코를 훌쩍이며 말한다.

비탈진 황야, 철썩거리는 바다, 유령처럼 희미한 수평선.

"그래서…… 이 나이에, 남편과 내가 난민 신세가 된 건가?"

와이엇이 내 눈을 본다.

"새로운 통제선에는 통과 기준이 있습니다."

"이곳은 사반세기 동안 우리 고향이었어."

"시민권이나 인종은 관계없습니다. 문제는 나이죠."

나는 이 수수께끼에서 끔찍한 답을 발견한다.

"아니, 아니. 그들이 노인을 몰아낼 리가 없잖아?"

와이엇이 눈길을 돌려 뒤쪽을 본다. 나쁜 소식을 전하기 전에 캘빈도 그랬다.

"남자는 서른다섯, 여자는 서른. 검문소에 반짝거리는 중국산 염색체 검사기를 들여놨습니다. 침 한 방울이면 이레 안에 나이를 알 수 있죠."

"그럼…… 우린 어떻게 되는 건가?"

더없이 다정하게 와이엇이 내 손에 사탕 상자를 쥐여 준다.

브루노가 콧물을 흘리며 코를 골고 있다. 감기에 걸린 모양이다. 내가 코뿔소 뿔처럼 변색된 그의 발톱을 갈아 준다. 햇빛이 죽어 간다. 나는 평소 해가 있을 때 잠자리에 든다. 태양 램프가 꺼지고 나서 쓸 수 있는 여분의 등불이 없기 때문이다. 하지만 오늘은 그 문제를 고민해 볼 생각이다. 연료 강탈자는 암울한 예측을 남기고 떠났다. 50대 후반인 핀바와 앤도 새로운 통제선에서 환영받지 못하는 나이이며 조만간 버려질 것이다. 우리는 사기를 잃지 않도록 계획을 마련해 뒀다. 핀바에게는 옛날 구리 광산 갱도에 보관해 둔 보트용 연료가 마지막으로 남아 있다. 하지만 현실적으로 생각하면 우리가 어디로 가겠는가? 중세에나 탔음 직한 뗏목에 올라탄 광신자처럼 무조건 신의 섭리를 믿으며 페로 제도로 표류해 갈 것인가? 브루노는 어떻게 할 것인가? 그를 버린다면 내가 뭐가 되겠는가? 와이엇이 옳았다. 까마귀가 우릴 찾지 못

할 장소는 단 한 곳뿐이며 그곳은 자비의 콩알 안에 있다. 어떻게 해야 하지? 그냥 쐐기풀 차를 한 모금 홀짝이고 나서 다시 돋보기안경을 쓰고 지금은 사멸한 인류학이라는 학문에 크게 기여한 애브릴 브레던과 브루노 톰스의 대표작 3권으로 도피하자.

어디까지 읽었더라?

그렇게 여름이 가고 가을이 산골짜기를 적갈색으로 물들였다. 산 너머 산적이 습격해 그 지역 추수를 망치자, 황제는 겨울이 되어 길이 막히기 전에 산악 부대를 결성하기로 작정했다. 산적을 토벌하기 위해서였다. 청춘국의 모든 마을이 남자를 열 명씩 보내게 되었는데 딸린 식솔이 없는 하지가 첫 번째로 차출당했다. 멀리 떨어진 오두막에서 안전하고 따뜻하게 살고 있던 하지의 할머니가 그 소식을 듣고 하지에게 말했다.

"황제는 정말 바보구나. 그 산은 스무 부대를 삼켜 버릴 수도 있는 곳이야. 눈이라도 오면 설상가상이지. 네가 살 수 있는 방법을 일러 주마. 갈색 암말을 타고 전쟁터로 가되 그 새끼도 함께 데려가거라. 그리고 국경 지역의 강에서 망아지를 죽여라. 이렇게 하면, 그리고 신의 가호가 있다면, 넌 살아서 돌아올 거다."

황제군 기마병이 된 하지는 할머니의 조언을 따랐다. 국경을 건널 때 그는 슬퍼하는 암말과 당혹스러워하는 동료 병사들을 아랑곳하지 않고 망아지의 목을 베었다. 군대는 힘겹게 산으로 쳐들어갔지만 산적은 달아났다. 사흘째 행군을 이어 가던 황제군은 복잡하게 얽힌 골짜기에서 매복 공격을 당했다. 하지의 많은 동료가 꼼짝없이 갇혀 죽임을 당했지만 생존자들이 절도 있고 교묘하고 맹렬하게 반격을 펼친 덕분에 마침내 황제군은 유혈이 낭자했던 전투에서 승리를 거두었다. 그러나 그날 밤 겨울이 닥쳐왔다. 몰아치는 눈보라에 황제군은 일주일 동안 꼼짝없이 텐트와 임시 피난처에 갇혀 지냈다. 부상자는 사망했고 몇몇 불운한 병사는 미쳐 버렸으며 몸이 약한 말은 얼어 죽었고 식량이 바닥났다. 이레째 되는 날 하늘이 갰지만 그 지도에 없는 세상은 눈 속에 잠겨 버렸다. 늑대와 까마귀와 새로운 산적 떼가 모여들고 있는데 돌아갈 길을 아는 이가 없었다. 하지는 할머니의 조언을 떠올리고 황제의 부관에게 자신에게 좋은 생각이 있으니 한번 시도해 보자고 청했다. 하지는 자신의 암말을 풀어 놓고 느릅 나무 회초리로 궁둥이를 때리며 "이랴!" 하고 소리쳤 다. 암말은 종종걸음으로 하지와 부관의 정찰병을 이 끌고 제 새끼를 마지막으로 본 곳, 즉 청춘국 국경 지 역으로 갔다.

무사히 궁으로 돌아온 황제는 보석으로 장식된 황실로 하지를 불렀다. 그는 젊은 신하에게 암말과 죽 은 망아지를 이용한 전술을 어떻게 알았냐고 물었다.

"할머니께서 말씀해 주셨습니다, 폐하."

황제는 이 현명한 여인을 만나고 싶다고 했다. 하 지는 대답했다.

"그건 좀 어렵습니다, 폐하. 할머니의 예순 살 생 신이 돌아왔을 때, 제가 설득해서 할머니를 숲에 숨겼 습니다."

그때 갑자기 불호령이 떨어지고 하지의 목에 칼 이 들어왔다. 분개한 황제가 하지에게 그런 고백을 하 고도 죽음이 두렵지 않냐고 물었다. 하지는 대답했다.

"두렵습니다. 하지만 두렵건 두렵지 않건 제가 어

찌 한마디라도 거짓을 고하겠나이까? 우리가 노인을 공경하지 않고 노인의 지혜에 귀 기울이지 않는다면, 우리와 우리의 미래는 산적 만 명에게 당하는 것보다 더 큰 피해를 입을 것입니다."

황제는 오랫동안 아무 말이 없었다. 조신들이 그의 판단을 기다렸다. 하지는 조용히 자신의 운명을 기다렸다.

"황제가 무슨 말을 했을까?"

주름투성이 고모가 달그락 찰칵, 달그락 찰칵, 달그락 찰칵 베를 짜면서 물었다.

"잘 생각해 봐, 요 맹추야. 예순이 지나고 나서 겨울이 몇 번이나 지났는데 내가 아직도 살아 있잖아. 주변을 둘러보려무나. 청춘국이 이제 만세국(萬世國)이 되었잖니?"

아르체스툴라*
우밍 1**

I. 11월 16일, 파라사코에서 메델라나로 가는 길

또 그 꿈이다. 꿈속에서 나는 아직 논문을 마치지 못해서 녹음기를 늘 가지고 다니며 늙은 사제들과 검은 옷을 입은 바사필레트(basapilét, 완고한) 시골 여인네들의

---

* 본문에 이탈리아 북동부 지방 페라라 지역 방언이 등장한다. 이들은 한글로 소리 나는 대로 표기하고 괄호 안에 원문과 한국어 번역을 병기했다. 다만 전후에 그 의미가 나타나는 경우 한국어 번역을 생략했다.
** 이탈리아 작가 집단. 중국어 無名(무명)의 음을 빌린 것이다. 또한 처음에 다섯 명으로 이루어졌다고 해서 五名을 뜻하기도 한다.

개인적인 기억을 수집하고 있다. 작은 길들을 따라가다 보면 좁다란 자갈길이 나오고 거기서부터 오두막에서 오두막으로 이어지는 좁은 진흙 길이 있다. 나는 미사 전서가 아직 라틴어로 되어 있던 시절, 사제가 신도에게 등을 보인 채 죄를 사하여 주려고 프로 보비스 에트 프로 물티스 에푼데투르(pro vobis et pro multis effundētur, 너희와 모든 이를 위하여 흘릴) 포도주 성배를 높이 치켜들던 시절의 서로 이어지지 않는 이야기들이 담긴 배낭을 메고 페라라로 돌아간다.

꿈속에서 나는 스물다섯이고 더 이상 '뭉그적거리지' 말고 서둘러야 한다. 마감이 코앞에 다가왔고 지도교수는 인내심을 잃고 있다.

"이제 자네가 하고 싶은 게 뭔지 마음을 정해야 하지 않겠나? 자네는 백 명과 인터뷰를 했으니 지금쯤 무엇에 대해 쓰려는지 생각이 있을 거 아닌가? 게다가 포르텔리의 책도 읽었고 베르마니와 몬탈디의 책도 읽지 않았나. 역사적 자료로서 기억에 대해 자네는 어떻게 생각하나? 대강 초안은 작성됐나? 적절한 비교는 했나?"

반복되는 꿈. 매번 나는 모든 이야기의 근원을 말하

는 이 세상 최초의 역사가처럼 안개에 휩싸인 계곡 바닥에 대담하게 서 있는 스스로를 발견한다. 그리고 다른 누군가가 나보다 먼저 지나갔음을 발견한다. 내가 인터뷰할 여인이 이미 그 사람과 몇 시간이나 말을 했기 때문에 지쳐서 더 이상 말하지 못하겠다고 한다.

"둘이 같이 왔으면 어느 정도 합의점을 찾았을 텐데, 라가졸라(ragazola, 아가씨). 두 사람이 동시에 왔으면 이 이야기를 한꺼번에 할 수 있었을 거예요……. 난 이미 성 베드로 성당에 갔을 때 얘기랑, 콘산돌로에 교황이 왔던 얘기랑…… 아데스 아 손 스투파, 아 보이 안다르 아 레트(Adès a son stufa, a voi andar a lèt, 이젠 나도 지쳐서 누워서 쉬고 싶어요)."

합의점을 찾는다고? 말이야 쉽지. 나보다 먼저 온 이 사람이 누구인지 난 모른다. 그저 (나중에) 다른 꿈속에서 누구인지 알게 되지만, 꿈들은 별개의 불연속적인 사건이다. 어떤 꿈에서 내가 알게 된 것이 다른 꿈으로 이어지지는 않는다.

하지만 한편으로 꿈은 실제가 아니다. 실제로 콘산돌로에 간 교황은 없다.

나는 매번 작가가 언제나 나보다 앞서 왔음을 발견한다.

뼛속까지 스미는 한기에 놀라 깨어난다. 머릿속에 떠오르는 단어 하나. 인그로티타(Ingrottita).

인그로티타? 동사 원형은 인그로티르시(Ingrottirsi)쯤 될 것이다. 그런데 이탈리아어에 이런 동사는 없다. 인그루티라스(Ingrutìras). 침낭 속에 몸을 구부리고 누워 있을 때처럼 추위에 몸이 굳어 뻣뻣해진다는 뜻이다.

그것은 작은 폭발과도 같다. 한 단어가 어린 시절에서 현재의 내게 이르러 머릿속으로 스며 들어온 것이다. 엄마가 쓰던 말이 나에게 닿은 것이다.

나는 다시 이곳, 수이 몬트 아드 파라사크(sui mont ad Parasac, 파라사코의 산에) 와 있다.

그런데 사실 파라사코에 산은 존재하지 않는다. 파라사코에는 고지대가 없다. 주변 어디에도 고지대가 없다. 심지어 대위기 전에도 포 강 유역은 실제로 회색 풍경에 안개를 가득 담은 그릇처럼 보이는 저지대였다. 파라사코의 '산'은 사유지였던 들판에 혹처럼 튀어나온 두

개의 작은 둔덕이다. 그러니까 산이라는 표현은 대위기 전부터 내려온 상투적인 농담이다.

어떤 사람이 "주말에 어디 갔었니?"라고 물었을 때 다른 사람이 "수이 몬트 아드 파라사크!"라고 대답하면 아무 데도 안 갔다는 뜻이다.

말하자면 농부들끼리 빈정거리는 표현이다.

파라사코는 로소니아 길 남쪽으로 수풀을 통과해 구불구불 나 있는 도로에서 메델라나로 꺾기 직전 굽이에 자리 잡은, 집이 몇 채밖에 없는 마을이었다. 로소니아 길은 모두 폼포사 수도원까지 이어져 있었다. 하지만 도보 여행자들은 오스텔라토 코무네*까지 걸어가며 늪지대를 가로지르는 오솔길이 만들어 낸 음산한 풍경을 감상하곤 했다.

지난 세기 말에 이미 유령 마을이 되어버린 메델라나는 이제 지평선에 누군가가 뱉어 놓은 녹회색 가래침에 지나지 않아 보인다. 내가 어린 소녀였을 때, 안다르

---

* 12세기부터 13세기에 이탈리아 북부와 중부에 있던 주민 자치 공동체.

아 마들라나(andar a Madlana, 메델라나에 간다)는 포르노 영화를 보러 간다는 뜻이었다. 메델라나에 극장이 있었는데 학교 친구들은 미성년자일 때도 거기 가곤 했다. 서글픈 소규모 집단 순례랄까. 정지 영상이 홑이불 위에 하나하나 순서대로 투사되며 그것이 움직이는 듯한 환상을 만들어 낸다. 성기가 들어갔다, 나왔다, 들어갔다, 나왔다, 작은 분출. 그러고 나서 모든 것이 다시 시작되었다. 그러다 극장이 문을 닫았다. 그 후에도 가끔씩 빙고 복권을 추첨하는 밤에 극장이 다시 열렸지만, 점차 빈도가 줄어들더니 결국 완전히 폐쇄되었다.

거기서 그리 멀리 않은 곳에 지금은 폐쇄되었지만 한때 사냥용 미끼로 쓸 플라스틱 오리를 만드는 공장이 있었다. 큰비로 건물 벽이 무너지고 대형 컨테이너가 휩쓸려 가짜 오리들이 탈출했다. 그래서 산니콜로 운하로, 그리고 볼라노의 포 강 지류로 플라스틱 오리가 떠내려 갔다. 예전에는 이쪽 포 강이 지금처럼 수위가 높지도 폭이 넓지도 않았다. 대위기 뒤에 수면이 최소 90센티미터 이상 높아졌고 폭도 넓어졌다. 지금은 그야말로 거대한 강이 되었다.

강은 흐르고 그 강을 따라 오리들의 무적함대가 바다로 진출한다. 갈대밭에 걸리지 않은 오리가 결국 어디에 이를지 누가 알겠는가? 어쩌면 백 년 뒤에는 그란데 마치아(Grande Macchia, 거대한 오점(汚點)), 즉 태평양 연안에서 플라스틱 조각을 죄다 휩쓸고 떠다니다 마지막에는 섬을 이룬 거대한 쓰레기의 소용돌이에 이를지도 모른다. 햇볕 속 그 마치아를 마음속으로 그려 본다. 햇볕에게서 애무를 받으며 광분해를 당하고 있는 고요하고 냄새나는 광활한 곳.

오리들아, 내가 여기 왔다. 정처 없이 떠돌고 싶은 열정이 콤 알 카나린 달보(com al canarìn d'Alvo, 알보의 카나리아처럼) 커지고 있다.

아니, 내가 이 이야기를 떠올리다니 믿을 수가 없다! 그것은 내가 태어나기 전부터 전해 내려온 이야기다. 누군가가 알보라는 남자에게 새끼 오리를 카나리아라고 속여서 팔았다. 알보는 그것을 새장에 넣었고 '카나리아'는 점점 더 커져서……. 여기서 "알보의 카나리아처럼 자랐구나."라는 표현이 탄생했다. 사람들이 이따금 만나는 손자에게, 또는 신체 발육이 왕성한 사춘기

청소년에게 그렇게 말하곤 했다. 아차! 내가 또 옆길로 샜군.

나는 뼛속까지 스미는 한기에 놀라 깨어난다. 희미한 불빛이 세상을 껴안는다. 한때 밭이었던 웅덩이와 커다란 연못에서 옅은 안개가 피어오른다. 내가 어렸을 때의 그 안개처럼. 북동쪽으로 들쭉날쭉한 긴 땅덩어리가 내 앞에 펼쳐져 있다. 포르토 가리발디로 이어지는 큰길혹은 그 잔재.

나는 어린 시절에 살던 집을 찾고 있다.

며칠 전 페라라에 갔을 때 낡은 사전 한 권을 발견했다. 군데군데 구겨지고 부옇게 곰팡이가 낀 노란색 사전. 1889년 판 루이지 페리의 페라라 이탈리아어 사전이었다. 순례 여행 동안 낡은 다리 아래서 둘둘 만 침낭을 깔고 앉아 오랫동안 진흙 위를 걸어서 아픈 다리를 뻗고 사전을 한 줄 한 줄, 한 장 한 장 읽었다. 사라진 단어들의 애달픈 행진! 대위기 한참 전에 사라진, 우리 할머니가 썼던 방언.

아르구르(Argùr)

자라비굴(Zarabìgul)

아르체스툴라(Arzèstula)

……초록도마뱀, 개미귀신, 박새……

시오르츠(Sciorzz)

바치오사(Baciosa)

카프네가르(Capnégar)

……반딧불이, 마도요, 검은머리꾀꼬리……

희미한 기억, 갑작스럽게 흔들리는 두개골, 머뭇거
리며 진동하는 신경 세포.

알리에바르(Aliévar)

산토끼

내가 걸음마를 시작할 무렵에는 우리 집 뒤편 들판

에 산토끼라고는 더 이상 남아 있지 않았다. 마지막 한 마리까지 멸종되었다. 아홉 살이 되어서야 비로소 산토끼를 직접 보았는데, 부패한 죽은 토끼였다. 어쩌면 세상에 남은 마지막 산토끼였을 것이다. 멸종. 실재하는 생물이 존재하기 전에는 그것을 지칭할 단어가 없었다. 이제 이 생물들이 돌아오고 있고 종종 마도요 소리가 들리고 여름밤이면 여기저기서 반딧불이가 보인다. 그러나 이제 시오르츠와 바치오사 같은 단어는 완전히 사어(死語)가 되었다.

한때 개간지였던 곳이 다시금 천천히, 하지만 가차 없이 잠기고 있다. 옛 동부 지역은 부분적으로 해수면 아래로 360센티미터 이상 가라앉았고 바닷물은 요지부동이다. 그것은 애초에 자신이 추방당한 곳으로 돌아가고 싶어 한다. 위원회가 아직은 어느 정도 통제를 하고 있지만 다른 곳에서는 양수기가 더 이상 효과가 없고 코무네들 전부가 두 손을 들어 버렸다. 이탈리아에서 사람이 살던 가장 낮은 저지대였던 마고게는 어찌 되었을까?

우리는 땅이 우리 곁에 있는 것을 당연하게 여겼다.

우리 집이 침수당하는 것을 막기 위해 누군가는 늘 수위를 점검하고 양수기로 물을 퍼내야 할 거라고 생각한 사람은 없었다. 나는 조합에서 그 일을 하는 일꾼을 위해 기도한다. 그들이 한 일에 감사하고 감시하기 위해 뒤에 남은 사람들에게 감사한다. 머지않아 결국 바다에 항복할 육지를 수면 위에 떠 있게 하기 위한 헛된 노고에 감사한다. 짜디짠 소금물이 이미 상승하고 있고 해안은 서서히 잠기고 있다. 적어도 여행자들은 그렇게 말한다. 포르토 톨레의 아마추어 라디오 운영자도 그렇게 말한다.

나는 개간지를 수호하는 당신을 생각한다. 당신에게 돈을 내는 사람이 누구인지, 얼마를 어떻게 내는지 나는 모른다. 당신이 스스로 구하겠다고 생각하는 것이 무엇인지, 왜 그것이 당신에게 중요한지 나는 모른다. 당신이 무엇을 꿈꾸는지도 모르지만, 당신이 뭔가를 구하고 있음을 나는 안다. 나는 당신의 동지이며 당신의 누이이고 자매이다. 당신과 마찬가지로 나도, 나와 마찬가지로 당신도, 과거에서 미래를 찾는다.

아무튼 오늘은 운하의 물이 고요하다. 지난주 하늘은 우리를 살려 두었다. 하늘은 당장이라도 울 것처럼 슬퍼하지만 적어도 눈물을 쏟지는 않는다.

　어린 시절 내가 살던 집은 멀쩡하게 남아 있는 부분
이 거의 없다. 덩굴나무 때문에 건물이 둘로 갈라진 데다
그 위로 떨어진 소나무 때문에 북쪽으로 기울었다. 그리
고 너무 작다……. 내가 시룰라(cirula, 어린 소녀)였을 때
이 집은 궁전처럼 나를 에워싸고 있었다. 겨울에는 나를
따뜻하게 해 주었다. 집 밖에서는 눈이 땅을 뒤덮었고,
햇살 속에서 놀던 추억이 봄에 피어나는 구근처럼 그 밑
에 묻혀 있었다.

　구름이 아직 습기를 비워 내지 않은 4월은 순식간
에 지나갔고 여름은 때늦은 소나기로 우리를 놀라게 했
다. 그럴 때면 우리는 버려진 건초 다락 입구 아래에 몸
을 숨기곤 했다. 맑은 날에는 햇빛 속에 누워 레모네이
드를 마시며 아무것도 아닌 것들에 대해 수다를 떨며 시
시덕거렸다. 그러나 그 수다는 바로 우리였다. 바로 우리
모습이었다.

　이제 보니 집은 너무도 작은 오막살이다. 그만큼 내
가 껑충 자랐기 때문이겠지. 내 신발 밑창에 진흙이 20센

티미터는 붙은 것 같다.

어머니와 아버지에게는 신의 가호가 있었다. 그분들은 대위기 전에 돌아가셔서 오늘날 이 참담한 꼴을 보지 않아도 되었으니 말이다.

태양이 벌써 하늘에 낮게 걸렸다. 안으로 들어가고 싶지 않다. 나는 그럴 만큼 강심장이 아니다.

허물어져 가는 벽의 구멍으로 털 달린 뭔가가 들락거린다. 쥐일까. 아니, 페럿이다. 페럿은 나를 본 척 만 척 유유히 덤불 속으로 사라진다. 아마도 애완용이었다가 주인이 제때 불임 수술을 시켜 주지 못해 야생 동물이 되어 버린 녀석의 후예가 틀림없다.

수의사가 수술해 주기 전에 대위기가 닥쳤으리라.

잠을 이룰 수 없다. 그래서 사전을 읽고 있다. 동틀 무렵이 거의 다 되었건만 그래도 책을 읽는다. 모닥불 불빛 때문에 종이 위 글씨가 어른거린다.

아 비사부오(A bissabuò)

스네스트나르(Snèstnar)

바르바굴(Barbagùl)

……갈지자로 걷기, 샛길, 윗가지……

핑구엘(Pinguèl)
부들로(Budlòz)
루니르(Rugnir)

……구개, 탯줄, 말 울음소리……

언어의 잔해 때문에 가슴이 미어진다. 죽어 간 모든 단어는 모든 것을 체념한 채 가라앉아 모래에 묻혀 버린 집이다.

이 단어들은 한때 존재했고 인간은 그 단어들에 생명과 이야기를 채워 넣었다.

집의 잔해를 보면 그 집이 한때 어떤 모습이었는지 상상하지 않을 수 없다. 발소리, 어린아이들이 노는 소리, 서로 주고받는 목소리가 들린다……. 그러나 우리가 집에서 사는 것처럼 그런 잔해 안에서 살 수는 없다. 그

집은 더 이상 존재하지 않는다.

나는 사전에서 눈을 떼고 하늘을 올려다보며 한참 동안 플레이아데스 성단을 찾지만 결국 찾지 못한다.

이곳에서 내가 보내는 마지막 날이다. 내일이면 남서부로 돌아갈 것이다.

II. 11월 22일, 산비토, 볼로냐로 돌아가는 길

산비토 교구 교회 근처에서 덤불에 숨어 있던 강도에게 기습 공격을 당한다. 3센티미터만 더 왼쪽을 맞았으면 코뼈가 부러졌을 것이다. 그러나 이미 뒤로 몸을 빼고 있던 터라 다행히 그가 내리치는 몽둥이에 빗맞았다. 그 바람에 온 힘을 몽둥이에 싣고 있던 그는 중심을 잃었다. 그가 쿵 하고 넘어지며 돌에 무릎을 찧는 것이 보였다.

"아이코!"

배수구에서 발견한 썩어 가는 만화책에 나오는 한 장면에서처럼, 그가 외마디 비명을 지른다. 썩어 가는 이야기들. 한번은 배수구에서 찢긴 유로화 더미를 발견한 적도 있다. 어차피 여기서는 쓸모없는 돈이지만.

그는 일어서 있다. 이제는 신기한 듯 나를 쳐다보고 있다. 그는 마른 체형이다.(누군 안 그렇겠느냐만.) 눈은 초록색이고 머리는 칙칙한 갈색이다. 그가 걸치고 있는 누더기를 보니 뭔가가 연상된다. 그게 무엇인지 알 것 같다. 이탈리아 경찰관의 제복과 외투다.

"딱 보니 이곳 출신은 아니군."

"무슨 소리예요? 난 여기서 태어났어요. 지금은 멀리 살지만."

'태어났다'라는 동사의 여성 활용형을 쓰자 그의 얼굴이 밝아진다.

"이런, 여자였군! 상상도 못 했는데!"

나는 모자를 벗고 스카프를 내린다. 이제 그는 내가 중년 여자임을 똑똑히 볼 수 있다. 내 얼굴 주름을 보더니 그의 얼굴에서 미소가 희미해졌지만 그렇다고 아예 사라지지는 않았다.

"지금은 어디 사시오? 뭐 때문에 돌아온 거요?"

"당신이 알 필요 없다고 말하고 싶군요."

나는 이렇게 대답하지만 목소리에 적개심이 담겨

있지는 않다.

그가 킬킬거린다.

"그거야 당신 마음이죠. 하지만 이름을 물어봐도 될까요? 어떤 이름이라도 좋습니다."

내가 기꺼이 이름을 알려 주자 그가 손을 내밀어 악수를 청한다. 나는 그의 손을 잡고 흔든다. 손이 차갑다.

"마테오라고 합니다."

"마테오, 당신 강도인가요?"

"모케 모케(Moché, moché, 농담이 지나치군요)! 오히려 당신이 강도라고 생각한걸요! 전에 한 번도 본 적 없는 사람이니 말입니다."

"난 그냥 행인일 뿐이에요."

"혼자 다니는 게 무섭지도 않습니까?"

"다른 사람들과 똑같죠 뭐. 더할 것도 덜할 것도 없어요. 그런데 아까 덤불 속에서 뭘 하고 있었죠?"

"장(腸)을 비우려던 중이었습니다."

그가 즉시 대답한다.

"사실 시작도 안 했는데 쏙 들어가 버렸네요. 하지만 다시 신호가 오겠죠."

그가 또 웃는다. 이번에는 더 크게.

우리는 한동안 말이 없다. 우리는 주변을 둘러본다. 이제는 더 이상 포장되어 있지 않은 페라라 길에 즐비하게 늘어선 플라타너스가 거대하다. 아무도 가지치기를 해 주지 않기 때문이다. 곳곳에 거대한 나뭇가지가 서로 엉켜서 머리 위로 지붕을 이룬다. 오래된 간선 도로는 터널 같다. 바닥을 보니 여전히 누군가가 잡초를 뽑고 떨어진 나뭇가지를 옮기고 도로에 난 구멍을 메우고 있는 모양이다. 길에 돌이 많지만 그래도 걸을 만하다.

"물어본 김에 다른 걸 물어도 되겠습니까? 당신이 질색할 질문은 아니라고 약속합니다."

나는 동의한다는 표시로 고개를 끄덕인다.

"좋아요. 정부는 대체 뭘 하는 겁니까? 당신이 사는 곳에는 아직 정부가 있습니까?"

"아뇨. 뼈대뿐인 정부가 있긴 하지만 그나마 남부에 있어요."

"내가 상상한 대로군요. 여긴 위원회만 가끔 나타납니다."

내가 노상강도라고 생각했던 전직 경찰관은 어깨를

으쓱한다.

"이렇게 말할 수 있을지 모르지만 아무튼 위원회가 우릴 돕고 있습니다. 왜 그러는지 모르지만요."

"그들은 정부가 제공하는 서비스의 대가로 그 일을 하는 거예요. 그런데 교회 안에서 자나요?"

"발길 닿는 데가 제 잠자리죠. 그런데 정부는 정확히 뭘 합니까?"

"유럽과 맞닿은 경계, 연안 지대를 순찰해요. 이오니아 해와 티레니아 해 같은 곳 말이에요. 거기서 불법 이민자를 체포하고 쫓아내죠."

"그들을 죽이는 거겠죠. 이런 일이 어떻게 돌아가는지는 나도 잘 알아요. 나도 그 시스템에 속했으니까요."

이럴 때는 잠시 말을 멈추고 생각할 시간을 갖는 편이 좋으련만 이 남자는 계속 말한다.

"말도 안 돼요. 정말로 이 늪지에 오고 싶어 하는 사람이 여전히 존재한단 말입니까?"

"어떤 이탈리아 지역은 아직까지 그럭저럭 기능을 해요. 어쨌든 아프리카가 상황이 더 열악하니까요. 하지만 그 사람들은 대부분 이곳에 살려고 오는 게 아니에요.

이탈리아는 말하자면 징검다리인 셈이죠. 할 수만 있다면 여기 왔다가 북쪽으로 이동하려는 거죠. 북쪽으로 이동해 유럽으로 가는 거예요."

"뭐 때문에요? 유럽에는 아직 일자리가 있나요?"

"아마도요. 일자리 비슷한 게 있을 거예요."

이제 내가 질문할 차례다.

"위원회가 얼마나 자주 나타나나요? 며칠 동안 이 지역을 다녔는데 아직 공무원이라고는 단 한 명도 못 봤거든요."

"그때그때 다르죠. 그들은 헬리콥터로 와요. 연료를 가진 유일한 사람들이죠. 그중에는 중국인처럼 보이는 사람들도 있더군요."

헬리콥터로? 최근에 글라이더와 행글라이더를 몇 번 봤다. 열기구와 비행선도 본 적 있지만 헬리콥터는 한 번도 본 적이 없다. 헬리콥터는 소리가 요란해서 못 보고 지나쳤을 리 없다.

나도 모르게 그런 생각을 입 밖으로 말했는지 마테오가 우기기 시작한다.

"헬리콥터가 옵니다. 온다니까요. 마을 광장에 착륙

해서 배급품을 나눠 주고 지방 의원들과 회의를 하죠."

"지방 의원요? 다시 선거가 시작되었나요?"

"그게, 말하자면…… 위원회 사람들은 원치 않았지만 사람들이 스스로 조직화하고 있습니다. 그건 내가 잘 알죠. 나 역시 지방 의원이니까요."

"어머, 그러세요? 어디서요?"

"감불라가."

"내가 살 때는 그곳엔 지방 의회가 없었는데."

"모든 건 변하기 마련이죠. 특히 이런 시대에는 말입니다. 그런데 혹시 먹을 게 좀 있나요?"

내 배낭에는 어제 잡은 개구리가 있다. 그것도 아주 많이. 나는 개구리를 꼬치에 꽂아 조리한다. 별맛은 없지만 오도독 씹히는 식감에 그럭저럭 먹을 만하다. 야생 적색 치커리도 한 무더기 있다. 마테오는 내게 자주색 물병을 보여 준다.

"마실 것도 있습니다. 위원회에서 나눠 준 백반(白礬)으로 정수한 맑은 물이죠."

그래서 우리는 교회 뒤편 작은 숲 가장자리에서 함

께 식사를 한다. 내가 말한다.

"바람이 심한데 교회 안으로 들어갈까요?"

"거긴 위험합니다. 하느님이 그곳에 있잖아요. 이곳이 안전합니다."

나는 더 이상 설명을 구하지 않고 그의 대답을 받아들인다. 마테오가 묻는다.

"집으로 돌아가실 겁니까?"

나를 죽일 뻔했던 지방 의원은 대화를 원한다.

"그래요. 볼로냐 근처 카살레키오로요."

"뭐요? 카살레키오까지 걸어서 간단 말입니까?"

"페라라를 거쳐서 가면 아직 교통수단이 좀 남아 있어요. 말도 많고요. 여기 올 때 그랬던 것처럼 얻어 탈 생각이에요. 들판에 메어 놓은 열기구도 봤어요. 그걸 쓸수 있다면 더 좋을 텐데."

"사람들이 이젠 열기구를 안 날리나요?"

"그럴 거예요. 다 옛날 일이죠."

"그럼 교통비로 쓸 돈은 있습니까?"

"이제 돈은 별로 소용이 없어요. 위원회에서 돈을 쿠폰으로 바꿔 주는데 몇 장 가지고 있죠."

잠시 우리는 먹는 데 집중한다. 부지런히 턱을 움직이고 혀로 음식물을 섞는 동안 소화액이 분비된다.

"페라라를 거쳐서 왔나요?"

며칠 전에 꾼 꿈이다. 어쩐지 비현실적으로 느껴지는 도시. 안개가 자욱한 어두운 겨울 아침에 사람들의 물결이 성곽 너머로 흘러간다. 사람이 정말로 많다. 역사 속 인물을 모두 합친 것보다 많은 숫자다. 그들은 아래를 내려다보며 이따금 한숨을 쉰다. 그들은 몬타뇨네 언덕 너머 알폰소 데스테 길을 따라 볼라노에서 포 강 지류가 다리 밑으로 흐르는 곳까지 돌진해 나간다. 나는 아는 얼굴을 발견하고 소리쳐 부른다.

"리치! 전에 우디네에서 나와 함께 전쟁 기념관 앞에 서 있었죠. 당신이 정원에 묻은 시신에 싹이 나기 시작했어요. 올해는 꽃이 필까요? 아니면 찬 서리가 정원을 망쳐 버렸을까요? 조심하세요. 개를 멀리하시고요. 개가 흙을 파헤칠 거예요. 개는 인간을 좋아하잖아요."

"페라라를 거쳐서 왔나요? 저는 팔 년 동안 못 가 봤어요. 겨우 20킬로미터 거린데 말입니다."

"그래요. 하지만 거기서 멈추지 않고 그냥 왔어요. 사람들이 거기가 위험하다고 하더군요."

"마지막으로 그곳에 간 건 대위기가 닥치고 얼마 안 되었을 때입니다."

마테오가 다시 말한다.

"암시장에서 석유를 구할 수 있었던 그때까지는 모터 달린 자전거를 타고 다니며 석유 화학 공장을 볼 수 있었죠. 공장에는 위원회 간부가 들끓었습니다. 그 유독성 물질이 유출되어 모든 것을 죽이리라는 걸 누구나 상상할 수 있죠……. 당시에는 공장의 대부분이 잘 유지되었고, 지금도 건물은 멀쩡하게 남아 있다는 소식이 종종 들립니다. 대위기 전에 공장은 벌써 생산을 모두 중단했고 그때 암모니아 따위가 가득한 사일로가 꽤 많이 사라졌지요. 어딘가로 옮겨 갔을 텐데, 어디로 갔는지 누가 알겠습니까?"

"아프리카겠군요."

내가 짐작해 말한다.

"아마 그럴 것 같습니다."

그가 말했으나 더는 덧붙이지 않는다.

평화로운 침묵이 몇 분간 뒤따른다. 피로가 피부 구멍을 통과해 몸속에서 흘러 나가고, 근육에서 독성 물질이 빠져나가고, 정신까지 맑아지는 느낌이다. 시력이 점점 더 좋아지고 귓가를 맴돌던 윙윙거림도 멈춘다. 점심 친구가 나를 올려다보지만, 먼저 말을 건넨 쪽은 나다.

"주변 사람들이 스스로 조직화하고 있다고 말씀하셨는데 지방 의회에서는 무슨 일을 하죠?"

그가 코웃음을 친다.

"아하! 별것 없습니다. 원조 물품을 어떻게 분배할지 결정하고 밭에서 잡초를 뽑을 자원자를 뽑습니다. 그리고 사망자의 친척에게 편지를 쓰고……. 제가 한때 경찰이었거든요. 당신도 알죠? 대위기가 일어났을 때 저는 코센차에 있었습니다. 집으로 돌아오려고 열차를 탔는데, 지붕 위까지 사람들이 앉아 있는 광경이 마치 인도 같은 곳을 배경으로 찍은 다큐멘터리 영화를 방불케 했죠. 꼬박 이틀이 걸렸어요. 한 번도 들어 본 적 없는 작은 마을까지 기차가 섰어요……. 그런데, 당신은 무슨 일을 합니까?"

역시나 몇 번이고 반복되는 꿈. 나는 스물여덟이고 첫 번째 소설을 쓰고 있다. 2차 바티칸 공의회 당시 젊은 신학도 집단의 삶을 다룬 내용이다. 금지된 사랑과 이론 논쟁, 다툼, 의견 충돌, 그리고 예기치 못한 죽음. 그들은 독실하지만 지나칠 만큼 독실하지는 않은 소작농 집안 출신이다. 나는 대중의 종교적 정서의 배경을 묘사하려 한다. 또한 당시에 일어난 변화들을 '인류학'적 접근을 통해 표현하려 한다. 사실 돌멩이 하나로 두 마리 토끼를 잡고 있는 셈이다. 내 논문 자료를 활용하고 있기 때문이다. 하나도 버릴 게 없다.

꿈속에서 왜 삼 년 전에 인터뷰한 사람들을 만나는지는 모른다. 그들은 나를 보고 무척 기뻐하며 모든 것을 처음부터 다시 말해 준다. 나는 무척 뿌듯한 마음으로 그들에게 작별 인사를 한다. 나는 이것이 좋은 책이 될 것임을 안다. 그런데 그때마다 늘 그녀가 내 뒤에서 절뚝거리며 걸어오는 장면이 보인다. 역사학자다. 그녀는 먼지 구름 속에 남겨지지만 그녀가 바로 나라는 것을 알아볼 수 있다. 써야 할 논문을 아직 쓰지 못한 스물다섯의 나. 내가 늦게 나타나고 아무도 내게 말을 하려 하지 않는다.

내가 이미 그곳에 갔던 적이 있기 때문이다.

"……무슨 일을 합니까?"

"작가예요."

내가 마테오에게 말한다.

"작가요? 어떤 글을 씁니까?"

"소설요. 적어도 사람들은 그걸 소설이라고 부르죠."

"소설이라."

그는 잠시 말을 멈추고 뭔가를 생각한다.

"전에는 나도 소설을 읽었는데. 여성 작가 작품은 안 읽어요. 주로 탐정물 같은 걸 읽곤 했죠."

"그래요. 대위기 전에는 그런 게 아주 인기 있었죠. 하지만 요즘 같은 때 누가 책을 읽고 싶어 하겠어요?"

"사실입니다. 그래서 지금은 뭘 합니까?"

생각보다 말이 앞선다.

"어떤 면에서 아직도 작가지만, 더 이상 글은 쓰지 않아요."

"이상한 말이군요. 무슨 뜻입니까?"

"요즘은 글을 안 쓴다는 얘기예요. 그냥 보죠."

"이해를 못 하겠습니다."

"미래를요. 미래를 본다고요."

잠시 침묵이 흐른다.

"그럼 혹시……. 그걸 뭐라고 하더라……. 예언자인
가요?"

"그게 맞는 표현인지는 모르겠어요."

"하지만 당신은 미래를 본다고 했잖아요. 그래서 아
까 내 곤봉을 막을 수 있었나요? 그럼 당신은 우리 앞에
무엇이 기다리고 있는지 알 수 있습니까?"

"아뇨. 두 질문에 대한 대답 모두 '아니오.'예요. 나
는 그런 소소한 미래에는 흥미를 느끼지 않아요."

"소소하다고요! 당신은 얘기를 하는데 난 무슨 뜻인
지 도통 모르겠군요. 그리고 '흥미를 느끼다.'라는 그 웃
긴 표현은 또 뭡니까. 오랫동안 그런 말은 들어 본 적이
없습니다."

"그래요. 저는 뭔가에 흥미를 느껴요. 완성된 미래에
말이에요. 소소한 미래 뒤에 오는 미래죠. 나는 그것을
보고 사람들에게 말해요."

"어떤 사람들 말입니까?"

"가족이 있어요. 대가족이죠. 난 완성된 미래에 대해

말해요. 우린 함께 그것을 보고 모두 기분이 좋아지죠. 가족은 내게 의지하고 난 그들에게 돌아가고 있어요."

"좋군요. 그럼 당신은 말하자면……. 음……. 휴가 중이군요. 네, 압니다. 적절한 표현이 아니죠. 내 말은 당신이 사람들과 잠시 떨어져 고향을 둘러볼 필요가 있었다는 뜻입니다. 그렇죠?"

때로는 아주 단순한 것조차 말로 표현하기 힘들다.

"네. 딱 맞아요."

단도직입적으로 덧붙인다.

"페라라 방언으로 '박새'를 뭐라고 하는지 기억이 나세요?"

갑자기 그 지역의 새를 언급했는데도 마테오는 놀란 기색이 없다. 그는 말없이 정신을 집중한다. 그는 나뭇가지와 교회 지붕을 올려다본다. 그런 뒤 일어나 물병에서 물을 한 모금 홀짝이더니 천천히 주변을 왔다 갔다 한다. 아주 천천히. 나는 더 이상 거기 없다. 그는 어린 시절 기억에 푹 빠졌다. 어쩌면 그 자신의 기억이 아닌 어머니의 기억, 할머니의 기억, 그리고 그보다 더 윗대의 기억에. 마침내 그는 동작을 멈추고 눈을 크게 뜬다. 그러더니 집게손가락을 깃대처럼 꼿꼿이 펴고 하늘을 가리킨다. 나를 돌아보며 탄성을 지른다.

"아르체스툴라예요! 하지만 갑자기 그걸 왜 물은 겁니까? 그게 완성된 미래와 무슨 관계라도 있나요?"

그 순간 우리는 그것을 듣는다. 박새 암컷의 소리. 우리는 또 교회 뒤편 이파리 없는 물푸레나무 가지에 앉아 있는 그것을 본다. 노란색과 검은색으로 이루어진 형태가 완벽한 애달프고 경이로운 진화의 결과를! 우리는 입을 벌리고 서 있다.

III. 11월 26일~11월 27일, 파르코 델라 키우사에서 카살레 키오 술 레노에 있는 구 고속 도로 휴게소 칸타갈로까지.

나무들이 어지럽게 쓰러져 있고 썩은 등걸이 길을 막아 땅이 몹시 미끄럽다. 부츠 밑창이 진흙투성이가 된 탓에 미끄러지며 두어 번 넘어진다. 넘어졌다가 다시 일어서면 발목까지 진흙에 잠긴다. 어쩔 수 없이 길에서 잠시 비켜나 부츠 바닥을 돌과 마른 잔가지에 문질러 닦는다. 오른쪽으로는 위력적인 레노 강이 흐른다. 눈에 보이지는 않지만 낮은 강둑을 따라 길게 형성되어 있는 이 삼림 지대 너머로, 그리고 오리나무와 버드나무, 서로 얽힌 갈대의 장막 너머로 포효하듯 우렁차게 울려 퍼지는 강물 소리가 들린다.

마침내 다리에 도착한다. 강철로 만든 작은 보도 육교는 내가 떠났을 때와 똑같은 모습으로 그곳을 지키고 있다. 다리 위를 걷는다. 그 순간 강이 나타난다. 나는 압도당한다. 강이란 것이 으레 그러하듯 이 강의 물빛 역시 특별할 것 없는 푸른색이지만, 이 강은 다른 어느 강과도 다르다. 이 강은 아펜니노 산맥에서 대평원을 통과하여 나를 향해, 그리고 내가 떠나온 장소들을 향해 흐른다.

맞은편에는 한때 사파바 채석장에 속했던 오래된 자갈 더미가 나를 기다리고 있다. 이제 그것은 눈이 시릴 만큼 푸른 초목으로 뒤덮인 언덕에 지나지 않는다. 그러나 나는 자갈 더미를 뒤로한 채 걸음을 재촉한다. 갑자기 끓어오르는 열정이 다리를 잡아끈다. 모자도 벗고 스카프도 벗은 채 빠르게 걷는다. 집이 거의 가까워졌다. 나의 집이! 한때 이곳에는 유목민 야영지가 있었지만 지금은 이탈리아 전체가 거대한 유목민 야영지가 되었다. 어쩌면 유목 생활도 그리 나쁘지 않을지 모른다. 하지만 나는 집에 왔다. 오른쪽으로 돌아 마지막 길에 발을 내딛는다. 그곳에 나의 집이 있다.

칸타갈로 휴게소다.

가족이 기쁘게 나를 맞아 준다. 사십 일간 떠나 있으면서, 오래전에 자주 찾던 곳을 가 보고 나의 기원으로 돌아가 보고 몸과 마음을 깨끗이 정화했다. 떠나기 몇 주 전에 나는 열감이 극심해 시력에 문제가 생겼다. 열감은 몸속 깊은 곳에서 시작되어 전신으로 퍼졌다. 가슴에서도 열감을 느꼈고 목에서도 느꼈다. 뜬눈으로 밤을 새운 불면의 밤이 지나면 피곤한 몸으로 의식(儀式)에 참석했다. 나의 밤은 소변을 볼 때마다, 그리고 메마른 점막에 손끝이 닿기만 해도 타는 듯한 열감으로 고통스러웠고, 모든 것이 나를 예민하게 만들었다. 가끔은 이야기를 하다가 갑자기 울음을 터뜨려 사람들을 당황시켰고, 때로는 나 때문에 의식 자체가 중단되기도 했다. 이러한 새로운 삶의 단계에 접어들면서 나는 더 이상 제대로 기능하지 못하게 되었다. 갱년기 덕분에 나의 소소한 개인적인 미래를 직시하게 되었고, 과연 내가 어떻게 될지, 세상에서 내 위치는 어디인지 자문하게 되었다. 그것은 생식 능력에 고하는 마지막 작별 인사였으며 심지어 나에게도 예상하지 못한 타격이었다. 어차피 자궁에 문제가 있어서 늘 불임이었던 나에게도 말이다. 나는 모든 것을 멈추고 뒤로 물러서서 다시 생각해야 했고, 여기에서 멀리 떨어진 다른 시대에 속한 모든 것을 기억해야 했다. 내 몸을 대대적으로 일깨우고 시험해 봐야 했다.

"오늘 밤을 기념해야겠어요! 먹고 마시고 사랑합시다."

니타가 선언한다.

그녀를 다시 볼 수 있어서 참 좋다. 사십 일 전 그녀에게 작별 인사를 했을 때, 그녀의 목소리는 갈라졌고 슬픔에 잠긴 것 같았다. 그런데 지금 그녀의 목소리는 어렸을 때 울리던 전화벨 소리처럼 청아하다. 니타는 스물다섯이고 나는 곧 쉰둘이 된다. 말하자면 우리는 서로 거꾸로 뒤집힌 존재다. 내가 떠나 있는 동안 나 대신 의식을 이끌고 미래를 보고 이야기를 시작한 사람이 그녀였음을 안다. 틀림없이 그녀는 잘해 냈을 것이다. 그녀에게 내가 아는 많은 것을 가르쳐 줬다.

그렇다. 많은 것을 가르쳤지만 전부는 아니다. 내가 무의식적으로 행하는 것이 많이 있을 텐데, 그런 것은 가르쳐 줄 수 없으니까.

나는 본다. 그 이상은 뭐라고 설명하기 힘들다.

나는 칸타갈로 휴게소의 예지자다. 다시 말해 이 가족을 이끄는 가장으로서 먼 미래를 보고 이야기를 들려주는 여자다. 나는 대위기 때 개인적인 위기를 겪었고 내게 안식을 주는 곳으로 돌아왔다. 사랑하는 이들과 살고 그들과 함께 늙어 가고 언젠가 그들의 옆에서 죽기 위해.

그들은 여기서 미소와 포옹과 키스로 나를 맞이한다. 반신불수들의 포옹은 참으로 감동적이다. 균형을 잡지 못해 휘청거리는 모습을 보면 『그리스인 조르바』 속 댄서들이 떠오른다.

저기 그들이 있다. 병들었으나 강인하고 희망을 버리지 않은 나의 어린양들.

카그라스 증후군을 앓고 있는 안티오코에게 인사한다. 그는 나를 똑바로 보고 있지만 나를 나로 인식하지 못한다. 그에게 나는 나를 닮은 낯선 사람, 내 형상을 본

떠 만든 모조품으로 보인다. 나를 사랑하기 위해 또는 다른 누군가를 사랑하기 위해 그는 눈을 감아야 한다. 목소리만이 언제나 진실하기 때문이다. 그는 눈을 감고 내게 미소 짓는다.

프레골리 증후군을 앓고 있는 일레아나에게도 인사를 건넨다. 그녀 역시 나를 나로 보지 못한다. 그녀는 눈물을 머금은 눈으로 니타에게 다가간다. 그녀는 감정에 북받친 목소리로 내 이름을 부르면서도 니타를 껴안고 니타에게 인사한다……. 니타도 나도 그녀의 망상을 지적하지 않는다. 그냥 그대로 좋다.

거의 눈이 멀었지만 그 사실을 모르고 인정하려 들지 않는 에치오에게도 인사한다. 그는 안톤 증후군을 앓고 있다. 그는 앞을 볼 수 없는 눈으로 내 코를 응시한다. 내 얼굴이 아마도 희미한 얼룩처럼 보일 것이다. 어쩌면 그 정도도 안 보일지 모른다. 그러나 에치오는 나를 다시 본 것을 기뻐하며 말한다.

"당신에게서 빛이 나는군요. 여행이 정말 유익했나 봐요."

나는 아무런 증후군도 앓지 않는 데메트라와 티치

아노, 리즈베트에게도 인사한다. 에도와 야신, 파블로와 나트추코에게도 인사를 건넨다. 개와 염소에게도 인사한다. 우리 궤도에 있는 모든 동식물, 어쩌다 한 번 지나가는 자동차가 굉장히 신기한 구경거리인 버려진 고속 도로 근처 낡은 휴게소에 모인 이 인상적인 난민들의 세계에 존재하는 모든 동식물에게 인사한다. 이 휴게소가 여전히 휴게소로 기능하는 이유는, 우리가 여행자에게 숙식을 제공하기 때문이며 이곳에 오기 전까지는 우리도 모두 여행자였기 때문이다. 거부당한 이들. 이 거부당한 이들은 매일 아침 현재에서 빨리 벗어나기 위해 미래의 꽁지를 부여잡고, 이곳에 있음을 행복하게 여기며 하루를 맞이할 준비를 하고, 동물을 키우고 작물을 경작하고, 다른 사람을 가르치고 교육하고, 탐험을 떠났다가 돌아와 이야기를 들려줄 준비가 된 사람이다.

———

한밤중 구름 한 점 없는 하늘에 걸려 있는 은빛 초승달. 긴 창문으로 A1 고속 도로를 가만히 내려다본다.

칸타갈로 휴게소의 돌 하나, 널 하나, 못과 나사 하나하나가 몇백만 가지 이야기를 간직하고 있다.

1971년에 휴게소 노동자들이 당시 정치가였던 조르조 알미란테의 차에 기름을 넣어 주지 않고 그에게 커피도 주지 않으려고 불법 파업에 들어갔다. 그에 관한 대중가요도 나왔는데 노랫말을 아직도 기억한다.

그는 칸타갈로에 도착해서 먹기 좋은 곳을 찾네.
알미란테는 생각했네. 정말 다행이군. 적어도 우리가
　　좋아할 만한 게 있겠어.
모두 팔짱을 끼고 나오고 알미란테는 사정해 봐야 소
　　용없네.
파시스트에게 점심이라니 어림도 없지. 배가 고파야
　　마땅해.

요즘은 그 노래가 청동기 시대의 신화처럼 보인다.
"알미란테가 누구예요?"
어느 여름날 오후 니타가 물었다.
"파시스트 지도자였던 사람이야."

"그럼 파시스트는 뭐예요?"

2002년 신년 전야에 새로운 통화인 유로의 첫 번째 영수증이 발행되었다. 종이 형태 영수증이었다. 이 영수증의 주인은 로렌초라는 사람이었다. 그가 산 물건은 아스파탐이 잔뜩 든 추잉 껌 한 통이었다. 말하자면 2차 암(癌) 시대의 기념품이다.

"아스파탐이 뭐예요?"

어느 가을날 저녁에 파블로가 물었다.

"인간의 몸에 아주 해롭지만 모두들 먹고 마시는 달콤한 거란다."

"해롭다면서 왜요?"

2006년에는 여기서 한 트럭 운전사가 자신이 폭발물이 든 복대를 두르고 있다고 소리쳐 식당 안에 극도의 공포 분위기를 조성했다. 그는 경찰에게 자신을 쏘라고 요구하며 그러지 않으면 건물을 폭파해 버리겠다고 협박했다. 그는 죽고 싶었다. 칸타갈로에 대피령이 내려졌고 당국은 A1 고속 도로에서 카살레키오와 사소마르코니 사이 구간을 폐쇄했다. 혼란의 도가니였다. 한 시간여 동안 협상한 끝에 남자가 항복하도록 경찰이 설득했다.

그가 외투 속에 감추고 있던 것은 쿠션이었고 기폭 장치 전선은 휴대 전화 충전기였다. 그는 직장에 문제가 있고 자신은 착취당하고 있으며 가족이 파탄 날 위기라고 말했다.

우리 가족은 그렇지 않다. 파티가 끝났지만 어떤 방에서는 여전히 음악이 흐르고 있다. 어떤 이들은 돌아다니며 이야기를 나누고 어떤 이들은 푸근한 마음으로 침낭에 들어가 서로 꼭 붙어서 코를 골고 있다.

나는 옥상으로 올라간다. 우리는 그곳에 일종의 망원경을 만들어 뒀다. 별을 보기에 완벽한 밤이다. 그래도 전보다는 자주 이런 밤을 만날 수 있다. 대위기 덕분에 하늘이 맑아져서 요즘은 적어도 형광이 감도는 보리차가 담긴 컵 속에 가라앉아 있는 듯한 느낌이 들지는 않는다.

오늘은 망원경에 손대지 않는다. 아틀라스와 플레이오네의 딸 플레이아데스 성단을 맨눈으로 볼 수 있다.

나중에 물과 땅의 경계에서 길을 잃으면 밤하늘을 가만히 쳐다보며 비밀을 찾아보라. 결코 끝나지 않는 감

질나게 하는 공허로 당신을 끌어당기는 가장 깊은 공간
이 있을 것이다.

나중에 다시 시선을 내리면 정신이 한결 맑아지며
무게 중심을 인식할 수 있을 것이다.

나는 땅의 자궁을 통과했고 양수가 터지는 것을 목
격했으며 다시 태어났다.

다시 세상에, 나의 장소에 돌아왔다.

나를 위해.

그리고 다른 사람들을 위해.

IV. 12월 1일, 카살레키오 술 레노, 구 고속 도로 휴게소 칸타
갈로

앞으로 두 시간 뒤면 동이 튼다. 우리는 새벽을 환
영할 준비를 하고 있다.

고속 도로 휴게소 옥상에서, 백 개의 입에서, 우리의
호흡에서 증기가 올라온다.

유일하게 비너스라는 여성의 이름을 가진 별, 금성.
이 반짝이는 샛별이 동쪽에서 보인다. 오른쪽 곁눈으로

그것을 본다.

우리는 북쪽을 향해 눈을 감고 혀를 입천장에 붙인 채 코로 숨을 쉰다. 치아끼리 닿으면 안 된다.

두 손을 배꼽과 두덩뼈 사이 단전에 모은다.

손이 하나뿐인 사람도 어떻게든 두 손을 쓴다.

우리는 하나의 공, 검은 공을 잡고 있다고 상상하고 그 무게를 가늠한다. 폐에 공기가 가득 차오른다. 이제 숨을 내쉬면 공이 우리 손바닥과 손가락을 어루만지며 시계 반대 방향으로 돌기 시작한다. 우리는 공의 운동을 느끼고 그것을 음미하고 부드러운 표면의 가벼운 마찰을 느낀다. 숨을 내쉴 때마다 회전이 빨라지고, 숨을 들이쉬면 속도가 더뎌진다. 이것을 열여덟 번 반복한다.

이제부터 숨을 내쉴 때마다 공이 점점 더 커지며 우리 아랫배로, 우리 콩팥을 어루만질 수 있는 위치까지 들어간다. 숨을 들이쉬면 공이 줄어들며 원래 크기로 돌아가 동그랗게 모은 손 안에 들어간다.

이것을 아흔 번, 백여든 번 반복한다. 손바닥에 불이 붙은 듯 열이 난다.

이제 공이 확대되고 수축되는 동안 우리 몸도 숨을

쉴 때마다 점점 커진다고 상상한다. 우리 바로 옆에서, 우리 눈높이에서 달이 보인다.

우리는 시선을 북극성에 고정한다. 작은곰자리의 마지막 별이다. 이제 그 별을 보자. 북극성의 빛은 우리 눈에 닿아 우리 시각 세포를 자극할 때까지 사백 년 이상을 허공에서 여행한다.

우리가 지금 보는 별빛은 종교 재판소가 우리에게 망원경을 남긴 갈릴레이를 재판할 때 방출된 것이다.

우리가 지금 보는 별빛은 칸타갈로보다 훨씬 오래된 이국의 궁전 타지마할을 막 쌓기 시작했을 때 방출된 것이다.

우리가 보는 이 별빛은 거의 백삼십억 초 전에 방출된 것이다.

우리는 십삼 초간 호흡을 멈춘다.

우리가 호흡을 멈춘 시간에 천을 곱한다.

그리고 또 그 결과에 천을 곱한다.

이것이 북극성의 별빛이 우리에게 닿는 데 걸리는 시간의 천 분의 일이다.

지금 방출되는 별빛을 우리는 볼 수 없다. 후대 사

람들, 사 세기 뒤의 사람들이 그것을 볼 것이다.

이제 북극성을 보자. 새로운 눈으로 보자.

만이천 년 뒤의 어느 날 그 자리에 다른 별이 들어설 것이고 우리는 거기서 직녀성을 볼 것이다.

북극성에 작별 인사를 하고 고마워하자. 그동안 수고했다고.

이제 직녀성을 환영하자.

이제 우리는 그 행성을 향해 내려다본다. 지금으로부터 만이천 년 뒤의 그 행성을 향해.

옛날 옛적 볼로냐라는 도시가 번성했던 곳이 지금은 거대한 숲이 되었다.

공이 마지막으로 우리 아랫배로 들어간다. 들어가면서 점점 더 작아지다가 사라진다. 우리는 손을 아랫배 바로 아래에 대고 시계 반대 방향으로 살살 문지른다.

그리고 우리도 점점 작아지고 있다고 상상한다. 숨을 내쉴 때마다 점점 더 작아져 땅으로 돌아간다.

칸타갈로는 더 이상 거기 없다. 그 자리에 풀밭만 있다. 우리 둘레에는 나무뿐이다.

우리는 혼자가 아니다. 우리 주변에 다른 사람들이

있다. 그들은 우리를 보지 못하는데도 우리와 부딪히지 않고 움직인다. 또다시 동틀 때까지 두 시간이 남았다. 이 사람들, 우리 후손은 북쪽을 향해 서서 새벽을 맞이할 준비를 한다. 그들의 시선이 직녀성, 즉 그때의 북극성을 찾는다. 그들의 손에서 공이 팽창하고 수축한다. 그들의 마음속에서 그들의 머리는 이미 우리의 대기 위에 있다. 그들은 달을 만질 수 있다.

만삼천 년 뒤의 어느 날, 직녀성은 하늘의 그 자리를 다른 별에 내줄 것이고, 그 자리에서 인간은 다시 북극성을 볼 것이다.

우리 후손은 직녀성에게 작별 인사를 하고 고마워한다. 그동안 수고했다고. 그들은 검은 북극성을 맞이하고 우리도 그렇게 한다.

이제 높은 곳에서 그들은 그 행성을 향해, 우리를 향해 내려다보지만, 우리를 보지 못한다.

그들은 만삼천 년 뒤에 보이는 모습을 본다.

곧 그들은 다시 내려가고 그들 옆에서 그들의 후손이 북쪽을 볼 것이다.

이런 식으로 계속 반복된다. 천년의 사슬을 따라 빙

하 시대에서 해빙기, 문명의 탄생과 몰락을 거치며 그들이 마지막 의식의 밤을 목격할 때까지.

이제 우리는 돌아온다. 우리는 칸타갈로로 돌아온다. 숨을 내쉴 때마다, 우리는 천 년씩 앞으로 돌아온다.

태양이 뜨기 시작한다. 하루의 일이 우리를 기다리고 우리의 손에는 에너지가 가득하다.

이제 일하러 가자.

위성류 벌채꾼

파올로 바치갈루피

커다란 위성류(渭城柳) 한 그루는 일 년에 강물을 27만 6000리터나 빨아들인다. 하루 품삯 2.88달러와 물을 받고 롤로는 겨우내 위성류를 벌채한다.

십 년 전만 해도 제법 벌이가 짭짤했다. 그때는 위성류가 미루나무와 가는잎보리수나무, 느릅나무와 함께 콜로라도 강 유역 강둑마다 빽빽이 들어차 있었다. 십 년 전에는 그랜드정크션과 모아브 같은 도시도 여전히 강에 기대어 연명할 수 있다고 생각했다.

롤로는 협곡 가장자리에 서 있다. 유일한 동행은 낙

타 매기뿐이다. 그는 깊은 협곡을 내려다본다. 바닥까지
내려가려면 꼬박 한 시간은 버둥대야 한다. 그는 매기를
노간주나무에 묶어 놓고 아래로 내려가기 시작한다. 초
록색 풀잎 몇 가닥이 노간주나무에 붙은 눈 덩어리를 뚫
고 네온처럼 돋아나 있다. 아직 늦겨울인데 벌써 불어난
물이 계곡으로 흐르기 시작하고 강기슭에서 얼음이 떨
어져 나가고 있다. 산 위쪽에는 여전히 두꺼운 눈 이불이
덮여 있다. 진흙 묻은 발이 돌 더미를 밟으니 돌들이 미
끄러지면서 사방으로 흩어진다. 위성류를 고사시키는 제
초제가 담긴 병이 꿀렁거리며 액체가 등에 튄다. 미끄러
지듯 아래로 내려가는 동안 이따금 삽과 쇠지레가 노간
주나무에 걸린다. 한참을 이렇게 내려가야 할 것이다. 그
러나 따지고 보면 바로 그 때문에 이 땅이 온전하지 않
은가. 저 멀리 한참 아래에 있고 강둑이 대부분 숨어 있
는 덕분이다.

이게 다 먹고 살기 위한 일이다. 남들은 훌훌 털고
멀리 가 버렸지만, 그는 위성류 벌채꾼으로 물진드기로
억세고 질긴 잡초로 남았다. 남들은 모두 바람에 날리는
민들레 홀씨처럼 덧없이 남쪽으로 동쪽으로 또는 북쪽

으로 날아갔다. 그중에서도 북쪽으로 간 사람들이 많은데, 그곳에는 여전히 하천 유역에 물이 깊은 곳이 가끔 있고 우거진 양치류나 심해 열대어까지는 없어도 마실 물 정도는 있기 때문이다.

마침내 롤로는 협곡 바닥에 이른다. 차가운 그늘에서 숨을 몰아쉰다.

디지털카메라를 꺼내 인증 사진을 찍기 시작한다. 개척국(開拓局)은 증거에 집착한다. 그들은 문제의 위성류를 여러 각도에서 찍은 사진과 벌채 전후 사진도 요구한다. 전체 과정을 기록하고 지피에스(GPS)로 확인하고 카메라에서 바로 업로드 할 것도 요구한다. 이 모든 작업을 현장에서 해야 한다. 가끔은 직접 현장에 나와서 물 보상 지급용 취수구를 조정하기 위해 현장을 점검하기도 한다.

그러나 그들이 아무리 꼼꼼하고 엄격하게 조사해도 롤로 같은 부류의 사람을 당해 낼 수는 없다. 롤로는 위성류 벌채꾼으로 영원히 생존할 수 있는 비법을 터득했다. 내무부와 그 산하 기관인 개척국 모르게 깨끗이 제거된 지역에 새로운 위성류 밭을 조성했다. 여간해서 겉으로 드러나지도 않고 접근하기도 어려운 좁고 긴 땅의 수계 곳곳에 건강한 분형근을 옮겨 심었다. 같은 지류를 샅샅이 뒤지고 다니는 다른 위성류 벌채꾼을 염두에 둔 일종의 보안 장치였다. 롤로는 약삭빠르다. 이처럼 염분을 머금은 위성류가 빽빽한 길이 400미터짜리 밭들은 그에게 보험 증서나 다름없다.

기록을 마치고 접이식 톱과 쇠지레와 삽을 꺼낸 뒤 생명의 흔적이라고는 찾아볼 수 없는 염분 밴 둑에 제초제 병을 올려놓는다. 위성류를 뿌리까지 자르고 베고 삼십 초마다 자른 자리의 상처가 아물기 전에 제초제 갤런 (Garlon) 4를 바르기 시작한다. 하지만 상태가 가장 좋고 가장 싱싱한 위성류는 나중에 다시 쓸 요량으로 뿌리째 뽑아 챙겨 둔다.

하루 품삯 2.88달러와 물 보상.

매기가 낙타 걸음으로 거의 구르다시피 힘겹게 롤로의 집으로 돌아오기까지 꼬박 일주일이 걸린다. 그들은 강을 따라 걷다가 간혹 곳곳에서 발견되는 뼈대만 남아 음산한 텅 빈 도시를 피해 가기 위해 차가운 탁상지로 올라가거나 탁 트인 사막으로 들어간다. 주 방위군 헬리콥터가 성난 말벌처럼 윙윙거리며 이동식 급수차와 관정 굴착을 감시하기 위해 강을 따라 상하류로 분주히 움직인다. 머리 위로 강력한 먼지바람을 일으키고 주 방위군 마크를 반짝이며 맹렬히 돌진한다. 롤로는 방위군이 강둑에 있는 사람들과 무차별 사격을 주고받으며 예광탄과 기관총 진동이 협곡에 울려 퍼졌던 때를 기억한다. 스팅어 미사일이 의기양양한 바람 가르는 소리와 함께 원호를 그리며 붉은 바위 사막과 파란 하늘을 순식간에 가로질러, 제자리에서 맴돌고 있는 헬리콥터를 불태웠던 장면을 기억한다.

그러나 그건 아주 오래전 일이다. 지금은 아무런 방해 없이 주 방위군 순찰대가 태평하게 강가를 순찰하고 있다.

롤로는 다른 탁상지로 올라가 익숙한 광경을 내려다본다. 햇빛 속에 조용히 웅크린 텅 빈 도시와 굽이진 거리와 골목. 텅 빈 도시 변두리에는 둥근 갈색 회전초가 굴러다니는 골프장이 있고 그 둘레에는 말뚝처럼 죽은 나무들과 메마른 언덕, 그리고 약 4000제곱미터 규모의

작은 목장들과 460평 규모의 멋진 주택들이 펼쳐져 있
다. 벙커는 더 이상 보이지도 않는다.

캘리포니아가 처음 콜로라도 강에 대한 수리권을
주장하고 나섰을 때만 해도 사태를 심각하게 걱정하는
이는 아무도 없었다. 그 후 몇몇 도시가 물을 구걸하러
갔다. 용수권이 없는 새로운 입주민은 말을 방목하지 않
기 시작했고 그걸로 끝이었다. 이삼 년 뒤 사람들은 샤워
하는 시간을 줄이기 시작했다. 또다시 이삼 년 뒤에는 일
주일에 한 번만 샤워를 했다. 그러고 나서 사람들은 샤워
기 대신 양동이를 쓰기 시작했다. 그즈음에는 모두들 날
씨가 얼마나 더운지를 두고 더 이상 농담을 하지 않았다.
문제는 얼마나 더운지가 아니었다. 진짜 문제는 물 부족
이나 기온 상승이 아니었다. 문제는 물 528억 톤이 강을
따라 캘리포니아로 흘러간다는 것이었다. 물은 있었다.
다만 물에 접근하지 못했을 뿐이다.

사람들은 멍청한 원숭이처럼 서서 물이 흘러가는
꼴을 멀뚱멀뚱 지켜봐야 했다.

"롤로?"

갑작스러운 목소리에 롤로는 화들짝 놀란다. 깜짝

놀란 매기가 끙끙거리며 롤로가 미처 고삐로 제지하기도 전에 탁상지 가장자리로 돌진한다. 낙타의 두툼한 발이 먼지를 일으킨다. 롤로는 낙타 옆구리 총집에서 엽총을 꺼내려 손을 뻗지만, 도리깨질을 하듯 자꾸 팔이 움직이는 통에 영 여의치가 않다. 그는 간신히 안장에 매달린 채 땀을 뻘뻘 흘리며 매기를 억지로 돌게 하면서 엽총을 반쯤 빼낸다.

얽혀 있는 노간주나무 가지 사이로 익숙한 얼굴이 보인다.

"아이고, 세상에!"

롤로가 엽총을 다시 총집에 찔러 넣는다.

"맙소사, 트래비스. 자네 때문에 식겁했잖아."

트래비스가 싱긋 웃는다. 그가 노간주나무의 은빛 껍질 사이에서 나타난다. 한 손은 회색 중절모에 올리고 다른 손은 고삐를 쥐고 노새를 숲 밖으로 인도하며 걸어 나온다.

"놀랐나?"

"하마터면 자넬 쏠 뻔했어!"

"그렇게 과민 반응 보일 건 없잖아. 여긴 우리 같은

물진드기 말고는 아무도 없는데 뭘."

"지난번에 장을 보려고 나갔을 때 나도 그렇게 생각했지. 애니에게 주려고 먹을거리를 잔뜩 사서 돌아가다가 번화가 한가운데 주차하는 초경량 비행기와 부딪히는 바람에 음식이 몽땅 죽사발이 됐다고."

"조종사가 필로폰에 취했던가?"

"몰라. 어찌나 놀랐는지, 확인할 겨를도 없이 줄행랑을 쳤거든."

"제기랄. 그들도 분명히 자네만큼이나 놀랐을 거야."

"그들이 날 죽일 뻔했어."

"설마. 아닐 거야."

롤로는 고개를 저으며 다시 한 번 욕을 했지만 이번에는 화를 내지 않는다. 놀라긴 했지만 그래도 트래비스를 만나서 반갑다. 여기는 적막하고, 너무 오랫동안 밖에 나와 있던 터라 매기에게 말을 걸 정도로 외롭던 참이었다. 그들은 의식을 치르듯 물통에 든 물을 나눠 마시고 함께 야영을 한다. 그들은 위성류를 어디서 뜯었는지에 대한 이야기는 피하고 주로 개척국 이야기를 하며, 저 아래에 보이는 텅 빈 도시와 구불구불한 거리, 조용한 집들과 훼손되지 않은 강의 풍경을 감상한다.

해가 저물고 까치를 다 구워 먹은 무렵에야 롤로는 비로소 햇볕에 그은 트래비스의 얼굴이 나무들 틈에서 나타났을 때부터 죽 마음속에 있던 질문을 넌지시 꺼내 놓는다. 예의가 아니지만 어찌할 수 없다. 그는 이에 낀 까치 고기를 빼내고 말한다.

"자네가 하류에서 일하고 있다고 생각했는데."

트래비스가 곁눈질로 롤로를 본다. 롤로는 그 의심스럽고 모호한 시선에서 트래비스가 별로 실속 없는 땅에서 씨름했음을 단번에 읽을 수 있다. 트래비스는 롤로처럼 영리하지 못해서 다시 밭을 만들지 않았다. 그에게는 보험 증서가 없다. 그는 이 모든 경쟁, 그리고 이 위성류 게임이 결국 어떻게 전개될지를 미리 짐작하고 대비하지 못했다. 롤로는 약간 동정심을 느낀다. 그는 트래비스를 좋아한다. 트래비스에게 비밀을 말해 주고 싶은 마음도 들지만 애써 충동을 억누른다. 너무 위험하다. 물과 관련한 범죄는 중죄여서 아내 애니에게도 말해 주지 않았다. 그녀가 발설할까 두려웠기 때문이다. 파렴치한 범죄가 대부분 그렇듯 물 도둑질은 불법 사업이며, 롤로가

벌인 규모면 스트로 공사장에서 강제 노역을 하는 정도
가 그가 바랄 수 있는 가장 관대한 처벌일 것이다.

롤로가 느닷없이 사생활을 침해하자 트래비스가 잠
시 품었던 경계심을 풀고 말한다.

"저 위에서 젖소 몇 마리를 키우고 있었는데 놈들을
잃어버렸어. 누군가가 데려갔거나 아니면 잡아먹힌 것
같아."

"소를 방목하는 일이 쉽지 않지."

"그래. 저 아래에서는 산쑥마저 말라 죽었더군. 얼어
죽을 대가뭄 때문에 내 구역은 피해가 막심해."

그는 생각에 잠긴 표정으로 입을 앙다문다.

"젖소를 찾을 수 있으면 좋겠는데."

"어쩌면 강으로 내려갔는지도 모르지."

트래비스가 한숨을 쉰다.

"그럼 방위군이 잡아갔겠군."

"어쩌면 헬리콥터에서 총을 쏴서 구워 먹었을지도
모르고."

"그놈의 캘리포니아 것들."

둘 다 이 단어를 말하며 경멸을 토해 낸다. 해는 계

속 가라앉고 있다. 침묵하는 도시 구조물 위로 그림자가 길게 드리운다. 강가 주위로 빨갛게 빛나는 지붕이 파란 목걸이에 알알이 꿰인 루비 같다. 트래비스가 묻는다.

"저 아래 위성류가 좀 있을까?"

"내려가서 살펴보든지. 하지만 그쪽은 작년에 내가 전부 해치웠을걸. 그때도 누군가가 나보다 먼저 싹 훑었더군. 그래서 아마 별로 건질 게 없을 거야."

"젠장. 그럼 장이나 보러 가야겠군. 이 여행에서 뭔가는 건져 가야 하잖아."

"그걸 누가 막겠나."

그 사실을 강조하려는 듯 방위군 헬리콥터의 두두두두 소리가 밤의 정적을 깬다. 어두워 가는 하늘을 배경으로 움직이는 헬리콥터가 검은 파리처럼 보인다. 헬리콥터는 곧 시야를 벗어나고 귀뚜라미 울음소리가 그것이 지나간 마지막 흔적을 삼킨다.

트래비스가 웃는다.

"방위군이 약탈자를 절대 들이지 않겠다고 호언장담했을 때 기억나나? 텔레비전에서 헬리콥터와 지프를 총동원하고 상황이 나아질 때까지 모든 걸 보호하겠다고 모두들 말했지."

그가 다시 웃는다.

"그거 기억나나? 모두들 차를 몰고 나와 거리를 왔
다 갔다 했던 거 말이야."

"기억나지."

"가끔은 우리가 그들과 좀 더 싸웠어야 했다는 생각
도 들어."

"레이크하바수시티에서 싸움이 났을 때 애니가 거
기 있었어. 무슨 일이 있었는지 자네도 알잖아."

롤로가 몸서리를 친다.

"정수장을 아예 폭파해 버리니 싸울 건더기고 뭐고
없었지. 수도꼭지에서 아무것도 나오지 않으니 그냥 다
른 곳을 찾아 떠나야지 별수 있나."

"그래. 그건 그런데, 가끔은 여전히 싸워야 한다는
생각이 들어. 그냥 자존심을 위해서라도 말이야."

트래비스가 손가락으로 아래에 보이는 마을을 가리
킨다. 그의 그림자가 어른거린다.

"저 아래 땅이 정말 불티나게 팔리던 때가 있었는
데, 다들 목재가 들어오기가 무섭게 건물을 지어 댔잖아.

쇼핑몰하며 주차장하며 출장소하며 평지라는 평지는 죄다 긁어다가 말이야."

"그땐 우리가 그걸 대가뭄이라고 부르지 않았지."

"사람이 4만 5000명이나 있었는데 그중 아무도 눈치채지 못하다니. 게다가 난 공인 회계사였는데 말이야."

트래비스가 아주 잠시 자조적으로 웃는다. 롤로에게는 그 웃음소리가 차라리 자기 연민처럼 들린다. 그들은 다시 말없이 도시의 잔해를 내려다본다.

"북쪽으로 가 볼까 생각 중이야."

마침내 트래비스가 말한다.

롤로는 깜짝 놀라 그를 쳐다본다. 또다시 트래비스에게 비밀을 알려 주고 싶은 충동이 솟구친다. 그러나 그 충동을 억누른다.

"가서 뭘 하려고?"

"과일을 따거나 뭐 다른 걸 할 수도 있고. 어쨌든 북쪽에는 물이 있으니까."

롤로는 강을 가리킨다.

"저것도 물이야."

"우릴 위한 물은 아니지."

트레비스가 잠시 머뭇거리다 말한다.

"자네에게 털어놔야 할 것 같군, 롤로. 난 스트로까지 갔어."

잠시 롤로는 말도 안 되는 말 때문에 혼란스럽다. 그건 말도 안 된다. 그러나 트래비스의 표정은 진지하다.

"스트로라고? 농담하지 마. 정말 거기까지 갔단 말이야?"

"정말 거기까지 갔어."

그가 변명하듯 어깨를 으쓱한다.

"어쨌든 위성류를 찾으려던 건 아니었어. 실제로 그리 오래 걸리지도 않더군. 예전보다 많이 가까워졌어. 기차역까지 일주일 걸렸고 거기서 석탄 열차를 타고 주간 고속 도로까지 가서 지나가는 자동차를 얻어 탔지."

"가 보니 어떻던가?"

"텅 비었더군. 한 트럭 운전사 말에 따르면, 캘리포니아와 내무부가 언제 어떤 도시를 처분할지 결정하는 계획을 세웠다더군."

그는 의미심장한 눈으로 롤로를 본다.

"레이크하바수시티 다음으로 말이야. 그들은 그 작

업을 천천히 진행해야 한다는 것을 간파하고 일종의 공식을 마련했대. 너무 심한 동요를 일으키지 않으면서 한 번에 얼마나 많은 도시, 얼마나 많은 사람을 증발시킬 수 있는지에 대한 공식이지. 옛 공산주의 산업 시설을 모두 폐쇄하고 있는 중국에서 조언을 얻어서 말이야. 아무튼 지금 보니 계획대로 착착 실행된 것 같아. 고속 도로 트럭과 석탄 열차, 트럭 정거장 한두 곳 빼고는 움직이는 것이 전혀 없어."

"그럼 스트로도 봤나?"

"음, 물론 봤지. 국경으로 나가는 방향에서. 꼭 덩치 큰 할머니 같더군. 기어오를 수 없을 만큼 커. 거대한 은색 뱀처럼 길게 뻗어 있어. 캘리포니아까지 쭉."

그는 반사적으로 내뱉는다.

"물이 땅으로 스며들지 못하게 콘크리트를 쏟아붓고 있어. 게다가 증발을 막으려고 탄소 섬유로 그 위를 덮더군. 그야말로 강이 도수관 속으로 사라지고 있어. 그 아래로는 텅 빈 협곡 외에는 아무것도 없어. 헬리콥터와 지프가 벌집처럼 여기저기 깔렸고 폭파를 시도하는 극단적 환경주의자 때문에 반경 1킬로미터 안으로 접근하지 못하도록 통제하고 있지. 그들도 관대하지 않기는 매한가지야."

"대체 뭘 기대했나?"

"글쎄, 모르겠어. 하지만 기분이 우울해진 것만은 분명해. 그들은 우리를 여기서 일하게 하고는 보상이랍시고 알량한 물 몇 톤을 떼어 주지. 나머지 물은 몽땅 그 대형 도수관으로 흘러가고 말이야. 그러니까 우리가 열심히 일해서 절약한 물이 지금 캘리포니아에 사는 누군가의 개인 수영장을 채우고 있을지도 모른다고."

귀뚜라미 노랫소리가 어둠 속에서 진동한다. 저 멀리서 코요테 무리가 아우우 울기 시작한다. 두 사람은 한동안 말이 없다. 마침내 롤로가 친구의 어깨를 두드린다.

"빌어먹을. 트래비스, 어쩌면 그게 최선인지도 몰라. 어차피 사막에 강이 있어 봐야 뭐 하겠나."

롤로의 농지는 몇천 제곱미터에 이르는 반(半)알칼리성 땅이고 강 가까이에 있어 편리하다. 그는 자기 땅이 내려다보이는 낮은 언덕배기에 오른다. 애니는 밭에 나와 있다. 그녀는 그에게 손을 흔드는데 그 와중에도 남편이 위성류 벌채로 벌어들인 물 보상이 얼마만큼이든 간에 쉬지 않고 밭을 갈고 씨를 뿌린다.

롤로는 잠시 멈춰 일하는 애니를 지켜본다. 뜨거운 바람이 불어와 샐비어와 찰흙 향을 실어 온다. 먼지 악마가 회오리처럼 애니 주변을 휘돌며 그녀의 머릿수건을 벗겨 낸다. 그녀가 머릿수건을 낚아채자 롤로가 미소 짓는다. 그녀는 여전히 자신을 보고 있는 남편을 보고 그에게 그만 뭉그적거리라는 듯 손을 흔든다.

그는 혼자 싱긋 웃고는 매기를 언덕 아래로 몰기 시작하지만 그러면서도 일하는 애니에게서 눈을 떼지 않는다. 애니가 고맙기만 하다. 그가 위성류 벌채를 하고 돌아올 때마다 그녀는 항상 여기 있다. 그녀는 한결같다. 가뭄이 들었다고 이곳을 포기하려는 트래비스 같은 사람에 비하면 훨씬 한결같다. 사실 롤로가 아는 그 누구보다 한결같은 사람이다. 그녀가 가끔 악몽을 꾼다면, 그녀가 도시나 군중 속에 있는 것을 참지 못해 한밤중에 깨어나 다시 볼 수 없는 가족을 소리쳐 부른다면, 위성류를 심어야 할 이유가 더더욱 확실해질 것이다. 애니가 그녀의 고향에서 밀려난 것처럼 이 땅에서 밀려날 수는 절대 없다.

롤로는 매기를 무릎 꿇려 내린 다음, 수조가 있는 곳으로 데려간다. 수조에 끈적한 점액질과 소금쟁이가 반쯤 차 있다. 롤로가 양동이를 가져와 강으로 간다. 매기는 그의 뒤에서 낑낑거리며 불평한다. 이 땅에는 한때 우물과 흐르는 물이 있었지만, 다른 사람들과 마찬가지로 그들도 펌프를 사용할 권리를 잃었다. 게다가 지하수면이 최소 허용 비축량 이하로 내려가자 개척국은 급결 콘크리트로 아예 우물을 막아 버렸다. 이제 그와 애니는 강에서 양동이로 물을 훔쳐 오거나 내무부의 감시를 피해 발로 밟는 공기 펌프를 밟아 '자원 보호 및 허용 사용 지침'이 발효되기 전 그가 지하에 몰래 만들어 둔 물탱크에 물을 채운다.

애니는 그 지침을 "자보허사 지침"이라고 부른다. 그녀가 그것을 입에 담으면 가래침을 뱉는 듯한 소리가 난다. 그렇게 우물을 채워서 근근이 살아가지만 그래도 그들은 운이 좋은 편이다. 그들은 라스베이거스와 로스앤젤레스의 요청에 수리권을 써 보지도 못하고 돈 몇 푼에 날려 버린 스패니시오크스나 앤털로프밸리, 리버리치

304

스 같은 부자 동네와 달랐다. 애리조나 당국이 미드 호에서 취수를 멈추지 않아 중부 애리조나 프로젝트가 전면 중단되고 도수로까지 폭파되었을 때 그들은 피닉스에서 탈출할 필요가 없었다.

매기의 수조에 물을 붓고 애니가 나가 있는 밭을 둘러보며 롤로는 자신이 얼마나 운이 좋은지 스스로에게 일깨운다. 그는 어딘가로 날려 가지 않았다. 그와 애니는 여기서 완강히 버티고 있다. 캘리포니아 사람들은 그들을 물진드기라고 부를지 모르지만 웃기는 소리다. 그와 애니 같은 사람이 없었으면 캘리포니아 사람들도 다른 사람들처럼 바싹 말라서 어딘가로 날아갈 수밖에 없었을 것이다. 그리고 그동안 자신들이 남에게 한 짓을 생각하면 캘리포니아 사람들은 롤로가 위성류 몇 그루를 옮겨 심어도 할 말이 없을 것이다.

매기에게 물을 주고 난 뒤 롤로는 자신도 목을 축이기 위해 안으로 들어가 필터 주전자에서 물을 따라 마신다. 주전자가 흙벽돌집 그늘에 있었던 터라 물이 시원하다. 노간주나무 들보가 머리 위에 낮게 걸려 있다. 그는 지붕 위에 얹어 둔 태양 전지 판에 개척국 카메라를 연결한다. 충전 표시등이 호박색으로 깜빡인다. 롤로는 물을 좀 더 마시러 간다. 그는 목마름에 익숙하지만 웬일인지 오늘은 갈증이 채워지지 않는다. 오늘따라 대가뭄이 롤로의 목을 더욱 조른다.

애니가 햇볕에 그은 팔로 이마를 닦으며 들어온다.

"너무 많이 마시지 마. 펌프질을 못 하겠어. 주변에 방위군 천지라고."

"그자들이 여기서 어슬렁대는 이유가 뭐야. 우린 아직 취수구를 열지도 않았잖아."

"당신을 찾던데."

롤로는 하마터면 컵을 떨어뜨릴 뻔했다.

그들이 알았다.

그들은 위성류 재조성을, 그가 뿌리 뭉치를 갈라서 심고 있는 것, 그가 강을 오르내리며 크고 싱싱한 위성류 덩어리를 끌고 다닌 것을 알고 있다. 일주일 전에도 협곡의 위성류 밭(그가 보유한 가장 큰 밭)에 난 위성류를 벌채해 증거를 전송했는데 물 보상으로 치면 거의 1200톤은 될 양이다. 그리고 이제 방위군이 그의 집 문을 두드리고 있다.

롤로는 떨리는 손을 간신히 진정하고 컵을 내려놓는다.

"왜 나를 찾는대?"

자신의 차분한 목소리에 오히려 그가 놀란다.

"그냥 당신하고 얘기를 좀 하고 싶대."

그녀가 잠시 주춤한 뒤 말을 잇는다.

"지프를 타고 왔어. 총도 있었고."

롤로가 눈을 감고 간신히 심호흡을 한다.

"그자들이야 늘 총이 있지. 아무 일도 아닐 거야."

"아까 레이크하바수가 생각났어. 그들이 우리를 몰아냈을 때. 그들이 정수 처리장을 폐쇄하고 모두들 토지 관리국 사무실을 불태워 버리려 했을 때 말이야."

"아무 일도 아닐 거야."

위성류에 대해 그녀에게 말하지 않아서 다행이다. 그녀까지 벌을 받게 할 수는 없다.

그동안 물 보상 제도로 받은 물을 얼마나 토해 내야 할까? 몇십만 톤은 될 것이다.

그들은 당연히 그를 잡아갈 것이다. 그를 스트로에 처넣을 것이다. 거기서 평생 일을 시켜서 물 부채를 갚게

할 것이다. 그는 몇백 그루, 어쩌면 몇천 그루의 위성류를 다시 심고, 도박판의 야바위꾼처럼 그것들을 이 강둑 저 강둑으로 이리저리 옮기고, 그것들을 죽이고, 또 죽이고, 또 죽이고, "증거"를 보냈다.

"아무 일도 아닐 거야."

그가 다시 한 번 말한다.

"하바수에서도 사람들이 그렇게 말했어."

롤로는 손으로 새로 경작한 땅을 가리킨다. 태양이 그 작은 땅덩어리를 뜨겁고 강렬하게 비춘다.

"우리가 뭐라고 저들이 그렇게 공을 들이겠어."

그가 애써 웃음 짓는다.

"어쩌면 스트로를 폭파하려 한 극단적 환경주의자와 관련된 일일지도 몰라. 그중 몇 명이 이쪽으로 도주했다든가. 아마 그런 걸 거야."

애니가 납득이 가지 않는 듯 고개를 젓는다.

"글쎄. 그런 거라면 굳이 당신이 아니라 내게 물어도 됐잖아."

"그건 그렇지만, 그래도 내가 많은 땅을 관리하니까. 그래서 많은 것을 보니까. 그래서 나랑 얘기하고 싶은 게 분명해. 그자들은 그저 극성맞은 환경주의자를 찾고 있는 거야."

"그래, 어쩌면 당신이 맞을지도 모르지. 그래, 그럴 거야."

애니가 천천히 고개를 끄덕이며 스스로 납득하려 한다.

"그런 환경주의자를 도무지 이해하지 못하겠어. 사람이 쓸 물도 부족한 판에 물고기나 새에게 강을 주자니 말이야."

롤로는 공감한다는 표시로 고개를 끄덕이며 활짝 웃는다.

"그래. 멍청하지."

하지만 갑자기 극성맞은 환경주의자에게 형제애에 가까운 감정마저 느껴진다. 그 역시 캘리포니아 사람들에게 쫓기는 신세가 됐으니 말이다.

롤로는 밤새 한숨도 이루지 못한다. 본능은 그에게 달아나라고 말하지만 차마 애니에게 사실을 말하거나 그녀를 떠날 엄두가 나지 않는다. 아침에 위성류 벌채를 나가 보지만 그조차 신통치 않다. 온종일 한 그루도 베지 못한다. 엽총으로 자살할까 생각해 보지만 총구를 입에 넣은 순간 닭들이 나온다. 그래도 죽는 것보다는 살아서 달아나는 편이 낫겠다. 그는 두 개의 총구를 노려보다가 마침내 깨닫는다. 애니에게 말해야겠다. 자신이 몇 년 동안 물을 도둑질해 왔으며 북쪽으로 도주해야 한다고. 어쩌면 그녀가 함께 가자고 따라나설지도 모른다. 어쩌면 그녀도 사리를 분간할 수 있을 것이다. 둘이 함께 도망치는 거다. 적어도 그들은 그렇게 할 수 있다. 그런 불한당에게 끌려가 강제 노동 수용소에서 평생을 보내지는 않으리라.

그러나 집으로 돌아와 보니 방위군이 벌써 그를 기다리고 있다. 그들은 지프 그늘에 웅크리고 앉아 이야기를 나누고 있다. 롤로가 언덕 정상에 오르자 그중 하나가 나머지 하나를 툭툭 치며 손가락으로 롤로를 가리킨다. 그러더니 두 사람 모두 일어난다. 또 밭에 나간 애니는 앞으로 닥칠 일을 까맣게 모른 채 땅을 갈고 있다. 롤로는 마음을 다잡고 방위군을 잘 살펴본다. 그들은 지프에 기대어 그를 지켜보고 있다.

갑자기 롤로가 자신의 미래를 본다. 마치 영화 속한 장면처럼, 그의 마음속에서 머리 위 파란 하늘만큼 선명하게 펼쳐진다. 그는 손을 엽총으로 가져간다. 총이 매기 옆구리에 있어서 방위군은 볼 수 없다. 그는 매기를계속 비스듬히 움직이게 하면서 언덕 아래로 내려간다.

방위군이 그를 향해 느릿느릿 걸어온다. 그들은 어깨에 M16을 메고 있고 지프 뒷자리에는 캘리버 50 기관총이 실려 있다. 방탄복으로 중무장한 그들의 얼굴이 빨갛게 상기되어 무척 더워 보인다. 롤로가 천천히 내려간다. 둘을 정면으로 맞혀야 한다. 어깻죽지 사이가 땀으로따끔거린다. 엽총을 잡은 손이 미끈거린다.

방위군은 침착하게 대처하고 있다. 그들은 여전히소총을 어깨에 멘 채 롤로가 다가오는 것을 지켜보고 있다. 그중 한 명이 활짝 웃는다. 마흔쯤 되어 보이고 얼굴이 햇볕에 그을었다. 그리 검게 탄 것을 보면 한참 동안밖에 있었던 모양이다. 다른 한 명이 한 손을 든다.

"여보게, 롤로."

롤로는 소스라치게 놀라 총에서 손을 뗀다.

"헤일?"

그가 방위군을 알아본다. 그는 롤로와 함께 자란 친구다. 오래전 일이지만 그들은 함께 축구를 했다. 축구장에 아직 푸른 잔디가 깔려 있고 살수 장치가 공중으로 물을 내뿜던 시절에. 헤일. 헤일 퍼킨스. 롤로는 얼굴을 찌푸린다. 헤일을 쏠 수는 없다.

헤일이 말한다.

"요즘도 밖에서 일하나, 응?"

"대체 그 제복은 뭐야? 캘리포니아 소속인가?"

그가 얼굴을 찡그리며 제복 패치를 가리킨다. 유타 주 방위군. 콜로라도 주 방위군. 애리조나 주 방위군. 이름만 달랐지 모두 마찬가지다. '주 방위군' 가운데 다른 주에서 지원한 용병이 아닌 사람은 거의 한 명도 없다. 대부분의 지역 방위군은 가족과 친구를 생활 터전에서 몰아내야 하는 데 염증을 느껴, 그리고 그저 집을 떠나기 싫을 뿐인 무고한 사람들과 무차별 사격을 주고받아야 하는 데 회의를 느껴, 벌써 오래전에 일을 그만두었다. 그러니 여전히 값비싼 야간시 장비를 갖추고 강 위에서 신형 헬리콥터를 탄 채 비행하고 있으면 콜로라도 주 방위군 제복을 입었든 애리조나 주 방위군 제복을 입었든 아니면 유타 주 방위군 제복을 입었든 결국은 캘리포니아 주 방위군이다.

그리고 헤일 같은 사람은 많지 않다.

롤로는 헤일을 제법 괜찮은 친구라고 기억한다. 어느 날 밤 헤일과 함께 엘크 클럽에서 맥주 통을 훔친 것도 기억한다. 롤로가 그를 본다.

"보조 지원 프로그램이 좋나?"

그는 다른 방위군을 쳐다본다.

"자네에겐 그게 정말 효과적인가 보지? 캘리포니아 사람들 덕을 단단히 보는 모양이야?"

헤일이 눈으로 이해를 구한다.

"제발, 롤로. 난 자네랑은 달라. 돌봐야 할 가족이 있다고. 일 년만 더 복무하면 섀넌과 우리 아이들이 캘리포니아 외곽에 정착할 수 있어."

"그들이 자네 뒷마당에 수영장도 마련해 주나?"

"그렇지 않아. 그곳도 물이 부족하긴 마찬가지야."

롤로는 그를 조롱하고 싶지만 속마음은 그렇지 않다. 마음 한구석에서는 오히려 헤일이 똑똑한 게 아닌가 하는 생각마저 든다. 처음에 캘리포니아가 물 소송에서 승소해 여러 도시에 물 공급을 차단했을 때, 사람들은 집을 버리고 그저 물을 찾아 캘리포니아로 갔다. 상황을 파악하는 데 시간이 좀 걸리긴 했지만 마침내 누군가가 날카로운 연필 끝으로 계산한 결과 물과 함께 사람들을 받아들이면 결코 물 부족을 해결할 수 없음을 깨달았다. 그래서 이주 장벽이 높아졌다.

그러나 헤일 같은 사람들은 여전히 들어갈 수 있다.

"그래서 여긴 왜 왔는데?"

롤로는 속으로는 그들이 왜 아직 자신을 매기의 등에서 끌어내려 끌고 가지 않는지 궁금하지만 끝까지 시치미를 떼고 버텨 볼 셈이다.

다른 방위군이 씽긋 웃는다.

"그냥 물진드기가 어떻게 사는지 보러 나왔다고 해둡시다."

롤로가 그를 본다. 그를 당장이라도 쏠 수 있을 것 같다. 롤로는 다시 엽총으로 손을 가져간다.

"개척국이 취수구를 설치해 놨으니 당신들이 여기 나올 이유가 없잖소."

캘리포니아 사람이 말한다.

"거기에 무슨 자국 같은 게 있더군요. 커다란 자국이던데."

롤로가 긴장된 얼굴로 미소 짓는다. 그는 그 캘리포니아 사람이 말하는 자국이 무엇인지 잘 안다. 언젠가 가뭄에 타들어 가는 식물을 보고 발끈해서 다섯 종류나 되는 스패너를 들고 취수구 장치를 해체하려 했을 때 생긴 자국이었다. 결국 볼트 풀기를 포기하고 스패너로 강철 취수구를 마구 두들겨 박살 내려 했다. 그마저도 결국 포기하고 그냥 양동이로 물을 길어 와 식물에 물을 주고 그대로 돌아갔다. 그러나 그날 생긴 흠과 자국은 여전히 남아 광기에 사로잡혔던 그 순간을 떠오르게 한다.

"그래도 취수구가 작동되지 않소?"

헤일이 손을 들어 동료를 제지하고 말한다.

"그래, 여전히 작동하지. 그 일로 여기 온 건 아냐."

"그럼 왜 왔지? 그저 우리 취수구에 난 자국에 대해 말하려고 기관총을 챙겨 여기까지 오지는 않았을 거 아니야."

헤일이 한숨을 쉬고 짐짓 이성적으로 보이려고 애쓴다.

"그 망할 놈의 낙타에서 좀 내려올 수 없나. 그래야 얘길 하지."

롤로는 땅으로 내려가는 동안 두 방위군을 유심히 살펴보며 승산을 계산한다.

"제길."

그가 내뱉는다.

"좋아. 모르겠다."

그가 매기를 무릎 꿇리고 등에서 내린다.

"애니는 아무것도 몰라. 매기는 결부하지 마. 전부 내 책임이니까."

헤일이 당황한 듯 눈살을 찌푸린다.

"대체 무슨 소리를 하는 건가?"

"날 체포하려는 거 아니야?"

캘리포니아 사람이 헤일과 함께 웃는다.

"아니, 왜요? 당신이 강에서 물 몇 동이를 퍼 가서요? 아니면 당신이 근처에 불법 수조를 가지고 있어서?"

그가 다시 웃는다.

"물진드기가 하는 짓이야 뻔하지요. 설마 우리가 그런 수작을 모를 거라고 생각하는 겁니까?"

헤일이 동료에게 인상을 쓰더니 다시 롤로를 쳐다
본다.

"아니야. 우린 자넬 체포하러 온 게 아닐세. 자네 혹
시 스트로에 대해 들어 봤나?"

"그래."

롤로가 천천히, 그러나 속으로는 쾌재를 부르며 말
한다. 갑자기 몸에서 힘이 쫙 빠져나간다. 그들은 모른
다. 그들은 까맣게 모른다. 그가 처음 시작했을 때 그것
은 좋은 계획이었고 지금도 여전히 좋은 계획이다. 롤로
는 애써 기쁨을 감추고 태연한 표정으로 헤일이 말하는
내용을 들으려 해 보지만 마음대로 되지 않는다. 그는 자
기도 모르게 원숭이처럼 폴짝거리며 횡설수설한다.

"잠깐."

롤로가 손을 들고 말한다.

"방금 뭐라고 했나?"

헤일이 한 번 더 말한다.

"캘리포니아가 물 보상 제도를 끝내기로 했어. 이제
스트로가 충분히 건설됐으니 그 제도가 필요 없어진 거
지. 그들은 강의 절반을 막아 버렸어. 내무부 동의를 얻

어 누수와 증발 통제에 예산을 집중하기로 했지. 큰 이득
은 모두 거기서 나오니까. 그들은 물 보상 제도를 폐지할
거야."

그는 잠시 멈추었다가 다시 입을 뗀다.

"미안하네, 롤로."

롤로가 인상을 찌푸린다.

"하지만 위성류는 여전히 위성류야. 빌어먹을 식물
이 물을 흡수하도록 놔두란 말인가? 내가 위성류를 베
면, 설령 캘리포니아 사람이 그 물을 원치 않는다 해도,
내가 돈을 받을 수 있는 거 아닌가? 많은 사람들이 그 물
을 쓸 수 있으니까 말이야."

헤일이 동정 어린 눈빛으로 롤로를 쳐다본다.

"우린 법을 제정하는 사람이 아니야. 법을 집행하는
사람일 뿐. 난 자네의 취수구가 내년에는 열리지 않을 거
라는 말을 해 주러 왔어. 자네가 계속 위성류를 벌채하는
건 도움이 안 될 거야."

그가 주변 땅을 둘러보고는 어깨를 으쓱한다.

"어차피 이삼 년 뒤에는 그들이 이 땅 전체에 도수
관을 연결할 거야. 그러면 위성류 따위는 더 이상 존재할

수 없겠지."

"그럼 난 어떻게 해야 하지?"

"캘리포니아 정부와 개척국은 조기 인수 보상금을 제공하고 있어."

헤일이 방탄조끼 주머니에서 팸플릿을 꺼내 홱 펼친다.

"충격을 완화하려는 거지."

뜨거운 바람에 팸플릿이 나부낀다. 헤일이 팸플릿에서 뭔가를 손으로 가리키더니 구멍 뚫린 수표를 뜯어낸다.

"나쁜 거래는 아닐 거야."

롤로는 수표를 받아 들고 빤히 쳐다본다.

"500달러?"

헤일이 애석한 듯 어깨를 으쓱한다.

"그들이 제안하는 금액이야. 그건 그냥 코드가 적힌 종잇장일 뿐이고 온라인으로 인증을 해야 해. 개척국 카메라폰을 이용하면 자네가 원하는 은행으로 입금해 줄 거야. 아니면 그냥 갖고 있다가 시내로 나가서 인출해도 되고. 토지관리국 사무실이 있는 곳이면 어디서나 할 수 있어. 하지만 4월 15일 전에 확인해야 해. 그러면 개척국이 사람을 보내서 이 계절이 지나기 전에 자네의 취수구를 폐쇄할 거야."

"500달러로?"

"그 정도면 북쪽으로 가기엔 충분할 거야. 내년에는 액수가 더 줄어들 거고."

"하지만 이건 내 땅이야."

"대가뭄 이후부터는 그렇지 않아. 미안하네, 롤로."

"가뭄은 언제라도 끝날 수 있어. 왜 우리에게 몇 년 더 시간을 주지 않지? 가뭄이 언제라도 끝날 수 있는데."

말은 이렇게 하지만 그 역시 그렇게 되리라고 믿지 않는다. 십 년 전이라면 정말로 그렇게 생각했을 것이다. 그러나 지금은 아니다. 대가뭄은 계속될 것이다. 그는 코드가 적힌 수표를 가슴팍으로 가져가 꼭 움켜쥔다.

100미터 밖에서 여전히 강이 캘리포니아로 흐른다.

죽은 행성에서 발견된 타임캡슐

마거릿 애트우드

1

제1 시대에 우리는 신을 창조했다. 우리는 나무로 신을 조각했다. 그때는 아직 나무 같은 것이 있었다. 우리는 반짝이는 금속으로 신을 만들었고 사원 벽에 신을 그려 넣었다. 여러 종류의 신과 여신이었다. 신들은 때로 잔인했고 우리 피를 마시기도 했지만, 또한 우리에게 비와 햇빛, 온화한 바람과 풍년, 생식 능력이 좋은 동물과 아이도 주었다. 그때는 몇백 종의 새가 머리 위로 날아다녔고 바다에는 몇백 종의 물고기가 헤엄쳤다.

우리의 신은 머리에 뿔이 나 있거나 달을 이고 있거

나 지느러미나 독수리 부리 따위가 달려 있었다. 우리는 신들을 '전지전능'하다고 말했고 '빛나는 존재'라고 불렀다. 우리는 우리가 고아가 아님을 알았다. 우리는 대지의 냄새를 맡았고 그 위에서 뒹굴었다. 대지의 젖이 우리의 턱까지 흘러내렸다.

2

　제2 시대에 우리는 돈을 창조했다. 이 돈 역시 반짝이는 금속으로 만들었다. 돈은 양면으로 이루어져 있었는데, 한 면에는 왕이나 그 밖에 중요한 인물의 머리가, 다른 면에는 우리에게 평온함을 주는 뭔가가 새겨졌다. 예를 들어 새나 물고기, 털이 보송보송한 동물 등이었다. 하나같이 예전 신들의 잔재이다. 돈은 크기가 작았고 우리는 언제나 최대한 몸 가까이에 돈을 지니고 다녔다. 우리는 돈을 먹거나 입거나 태워서 몸을 따뜻하게 할 수 없었지만, 마법처럼 그것은 그런 것들로 바뀌었다. 돈은 신비로운 물건이었으며 우리는 돈에 경외심을 느꼈다. 돈만 충분하다면 하늘을 날 수도 있다는 이야기까지 있었다.

3

제3 시대에는 돈이 신이 되었다. 그것은 전능했고 통제 불가능했다. 돈이 말을 하기 시작했고 스스로를 창조하기 시작했다. 돈은 축제와 기아를, 기쁨의 노래와 통탄을 창조했다. 돈은 동전의 양면인 탐욕과 굶주림을 창조했다. 유리 탑이 올라가고 파괴되고 다시 올라갔다. 돈은 또 다른 것들을 삼키기 시작했다. 숲과 농지를 통째로 집어삼키고 아이들의 목숨도 앗아 갔다. 군대와 배, 도시도 집어삼켰다. 누구도 돈을 막을 수 없었다. 돈을 갖는 것은 축복받았다는 증거였다.

4

제4 시대에 우리는 사막을 창조했다. 사막에는 여러 종류가 있었지만 모두 한 가지 공통점이 있었다. 거기서는 아무것도 자라지 못한다는 점이다. 어떤 사막은 시

멘트로 만들어졌고 어떤 사막은 구운 흙으로 만들어졌
다. 우리는 돈을 좀 더 갖고 싶은 욕망과 돈이 부족하다
는 절망으로 이 사막을 만들었다. 전쟁과 전염병과 기근
이 찾아왔지만 우리는 사막 만들기를 멈추지 않았다. 마
침내 모든 우물이 오염되고 모든 강에 오물이 흐르고 모
든 바다가 죽었다. 식량을 기를 만한 땅은 남아 있지 않
았다.

몇몇 현자는 사막에 대한 사색에 빠졌다. 해 질 녘
모래 속에 있는 돌멩이가 아름다울 수 있다고, 그들은 말
했다. 사막에는 잡초도, 기어 다니는 벌레도 없기에 깔끔
하다는 것이었다. 사막에 오래 있으면 절대자를 이해할
수 있을 것이다. 0이라는 숫자는 신성했다.

5

어떤 먼 세상에서 이곳에 온 이여! 이 건조한 호숫
가, 이 돌무덤, 기록된 우리의 마지막 날 내가 마지막 말
을 남겨 놓은 이 놋쇠 통을 찾은 이여!

부디 우리를 위해 기도해 주오. 한때는 하늘을 날 수 있다고 생각했던 우리를 위해.

작가 소개

마가릿 애트우드는 맨부커 상 수상에 빛나는 시인이자 『눈먼 암살자』와 『시녀 이야기』 등 많은 찬사를 받은 작품을 다수 쓴 소설가다.

파올로 바치갈루피는 휴고 상과 네뷸러 상을 수상한 공상 과학 소설 『와인드업 걸(Wind-up Girl)』을 썼다. 「위성류 벌채꾼」은 2010년에 발표한 단편집 『펌프 식스와 그 밖의 단편(Pump Six and Other Stories)』에 수록된 작품이다.

T. C. 보일은 펜포크너 상을 받은 소설 『세상의 끝

(World's End)』과『웰빌로 가는 길(The Road to Wellville)』을 비롯한 다수 저작을 발표했다. 그의 최신 소설은『살육이 일어날 때(When the Killing's Done)』이다.

토비 리트는 장편 소설 아홉 편과 단편집 두 권을 발표했으며 2003년에는 문예지《그란타》가 선정한 '40세 미만 영국 최고 소설가 20인'에 이름을 올렸다.

리디아 밀레는 세 번째 소설『나의 행복한 인생(My Happy Life)』으로 2003년 펜 센터 USA 상을 받았고 단편집『아기 원숭이 사랑(Love in Infant Monkeys)』은 2010년 퓰리처상 최종 후보에 올랐다. 2011년 11월에는 W.W. 노턴에서『고스트 라이츠(Ghost Lights)』를 출간했다.

데이비드 미첼은 맨부커 상 후보에 두 차례 올랐다. 그의 소설로는『클라우드 아틀라스』와 최근작『제이컵 드 조에의 천 개의 가을(The Thousand Autumns of Jacob de Zoet)』 등이 있다.「연료 강탈자」는 미발표 단편이다.

너새니얼 리치는『시장의 혀(The Mayor's Tongue)』와『승산 없는 미래(Odds Against Tomorrow)』를 썼다.「허미」는 2011년《나이트 앤드 데이》에 발표된 작품이다.

헬렌 심프슨은 여러 차례 수상 경력이 있는 소설가

다. 1993년에는 문예지 《그란타》 선정 '40세 미만 영국 최고 소설가 20인'이 되었다.

킴 스탠리 로빈슨은 화성 3부작과 『수도의 과학 (Science in the Capital)』으로 발표된 기후 변화 소설 3부작 가운데 하나로 휴고 상과 네뷸러 상을 받았다. 이 책에 실린 단편은 『수도의 과학』 3부 「60일, 계속 증가 중 (Sixty Days and Counting)」을 개작한 것이다.

우밍 1은 『큐(Q)』와 『마니투아나(Manituana)』를 발표한 이탈리아 작가 집단 우밍에 속하는 네 명 가운데 하나다. 「아르체스툴라」는 아직 영어로는 번역되어 출판되지 않았으나 단편집 『시사회(Anteprima nazionale)』에 수록된 작품이다. 『우리의 보이지 않는 미래에 대한 아홉 가지 상상(Nove visioni del nostro futuro invisibile)』과 『시계태엽 오렌지 오리(Anatra all'arancia meccanica)』 등을 발표했다. 이 단편은 그라치아노 만초니에게 바쳐졌다.

옮긴이의 말

    손가락 마디를 우두둑 꺾어서 긴장을 풀고 생각을 가다듬어 후기를 작성하려고 하는 그때, 꺾쇠 왼쪽이 오른쪽에 비해 서너 배는 두꺼운 V 자가 눈에 들어왔다.

    내려갈 때 보았네
    올라갈 때 보지 못한 그 꽃

    고은 시인의 이 시구, 정확하게는 시의 전문(全文)이 오늘처럼 절절히 가슴에 와 닿은 적이 없다.

후기 쓸 때 보았네

번역할 때 보지 못한 그 로고

원저의 출판사는 바로 영국의 버소(Verso)다. 이 사실만으로도 아드레날린이 마구 분비된다. 버소가 어딘가. 한마디로 급진 좌파 출판사다. 책을 펼쳤을 때 오른쪽 면을 렉토(recto), 왼쪽 면을 버소라고 하는데, 여기에서 출판사 이름을 따왔다. 이 정도면 1980~1990년대 대학가에서 막걸리 마시고 흥얼거리던 "좌경 학생이 좌전거 타고 좌장면 먹고……" 할 때의 그 '좌(左)' 놀이의 원조라 아니할 수 없다. 사실 나는 과문한 탓에 버소에서 소설집이 출간된 것을 처음 보았다. 부랴부랴 찾아보니 1970년대 설립되어 사십 년 넘게 서구 좌파 대표 출판사로 자리매김하며 정치, 철학, 역사, 문예 이론 등 인문 사회 과학 서적이 간행 목록의 대부분을 차지하는 버소에서 출간된 소설책은 문자 그대로 손가락으로 꼽을 정도다. 그렇다면 이 단편 선집의 간행에는 어떤 노림수가 있을까? 이 출판사의 역사를 좀 더 따라가 보자. 버소의 모태는 1960년에 창간되어 서구 좌파의 이론적 용광로를 이룬 《신좌파 평론(New Left Review)》이었다.(처음에는 뉴 레프트 북스(New Left Books)였던 사명이 훗날 버소로 바뀌었 다.) 격월간지 《신좌파평론》은 정치에 국한하지 않고 사 회, 역사, 문화, 문학, 예술 등 다양한 분야에 대한 다양 한 이론과 철학을 소개하고 다채로운 프리즘을 통해 현 실 세계를 분석하고 현안에 기민하게 개입해 왔으며, 이 론가, 평론가, 철학자의 이론과 작업을 단행본으로 출간 하고 비영미권 이론가와 철학자의 저작을 번역하여 소 개했다. 닭과 달걀의 존재론적 선행성 문제를 출판계에 도 적용해 볼 수 있겠는데, 출판사에서 잡지(정확하게 말 하자면 '정기 간행물'이지만 통상적 명칭을 따른다.)를 간행 하는 게 일반적이겠지만 먼저 창간된 잡지가 자신의 문 학적, 사회적, 정치적 지향점을 구체화하고 강화하는 방 식으로 출판사를 설립하는 사례도 적지 않다. 우리나라 의 창비나 문학과지성사 등이 여기에 해당한다. 난생(卵 生)이 단지 신화와 설화가 아니라 실제 역사로 이루어졌 다고 할 수 있다.

　모든 선집이 그러하듯이 이 책도 기획의 산물이 다. 한 작가의 작품집이 아니라 열 명의 작가가 참여하였고 게다가 한 작품의 저자는 익명의 창작 집단이다. 기획 의도에 따라 별도로 집필하지 않고 기존의 작품들 가운데 편집자가 사후에 선정했으므로 편집자의 의도가 강하게 반영되었을 것이다. 그 기획 의도를 엿볼 수 있는 부분이 바로 이 선집의 제사(題詞)이다. 제사는 데이브 포먼(1947~)의 「전략적 방해 공작(Strategic Monkeywrenching)」에서 인용한 것이다. 데이브 포먼은 이 선집에 실린 T. C. 보일의 「1989년 7월, 시스키유 숲」에 등장하는 환경 단체 '어스포에버'의 실제 모델인 '어스퍼스트'의 창립 멤버. 그는 파업 노동자들이 기계에 멍키 스패너를 던져 생산 라인을 멈추는 방식을 환경 운동에 도입하자고 주장하였다. 결의를 불태우는 격문 같은 「전략적 방해 공작」은 삼림과 자연을 파괴하는 무분별한 벌목과 도로 건설을 저지하기 위한 투쟁 선언문이자 행동 강령이다. 벌목과 도로 공사에 투입된 중장비를 파괴하고 유전자 조작이 이루어지는 농장에 불을 지르는 등 소위 환경 테러(eco-terrorism)라는 것이 여기에서 비롯했다. 이 선집의 제목 '곰과 함께(I'm with the bears)'는 제사에서도 언급한 "존 뮤어는 인간과 동물 사이에 전쟁이 일어난다면 자신은 곰의 편에 서겠다고 말했다. 지금이 바로 그때다."라고 말한 데서 가져왔다.

산에 오르고 캠핑을 하는 사람들이 배낭에 필수품처럼 소지하거나 배낭 외부에 액세서리처럼 매달고 다니며 술잔 겸 물컵 겸 밥공기 겸 국그릇으로 두루 사용하는 물건이 있다. 바닥에 비해 입구가 넓어 포개어 놓을 수 있으며 손잡이가 달려 있어 뜨거운 내용물이 담겨도 쉽게 들 수 있는 스테인리스 스틸 다목적 식기, 시에라 컵이다. 미국 환경 보존 단체 시에라 클럽이 후원금을 마련하기 위해 최초로 디자인하여 보급하기 시작하였다 하여 그런 이름으로 불리게 되었다. 1892년 이 시에라 클럽을 창설한 사람이 바로 탐험가이자 작가인 존 뮤어 (1838~1914)다. 존 뮤어는 미국 서부의 숲을 보호하기 위해 일생을 바쳤으며 요세미티, 그랜드 캐니언 등 많은 곳을 세계 최초의 국립 공원으로 지정하여 보호하게 만든 주인공이다. 그가 환경 보호를 위해 단체를 조직하고 입법을 청원하며 활동하던 시기는 미국의 서부 개척 시대가 절정에 달하던 때였다. 다른 시각에서 보자면 금광 개발을 위한 자연 파괴와 원주민 인디언 학살과 강제 이주로 점철된 시대였다. 뮤어는 자연과 인간을 이분법적으로 구분하고 대립시키고 자연을 이용과 향유의 대상으로 만드는 데 반대했다. 자연의 개발과 이용을 제한하는 것이 인간의 경제적 이익을 제한하는 것이 아니라 생명의 근원과 인간성을 보존하고 유지하는 것이라고 믿었다.

이 책은 총 열 편의 단편 소설로 구성되어 있다. 그중 네 편은 현재, 여섯 편은 미래가 배경이다. 현재를 배경으로 하는 단편들에는 사라져 가는 것에 대한 안타까움과 아직 기회가 있을 때 뭔가를 하지 않으면 우리가 언제나 그 자리에 있을 것이라고 당연하게 여기는 소중한 것을 영영 잃어버릴 수 있다는 구체적인 불안감이 담겨 있다. 「1989년 7월, 시스키유 숲」은 벌목으로 사라져 가는 숲과 거기에 서식하는 생물들을 어떻게든 지켜 내기 위한 환경 운동가의 치열한 투쟁을, 「동물원 나들이」는 한 남자가 멸종 위기 종이 있는 동물원을 찾아다니며 그들과 은밀한 교감을 시도하는 모습을, 「성스러운 장소」는 어려서부터 즐겨 찾던 산으로 백패킹을 떠난 오랜 친구들이 예전과 달라진 환경 앞에서 느끼는 안타까움을 담고 있다. 이런 안타까움과 불안감은 동시대를 살아가는 우리에게 공감을 자아낸다.

　미래를 배경으로 하는 단편들은 대부분 암울한 디스토피아를 그린 공상 과학 소설 같다. 겪어 보지 않은 미래를 그리고 있으니 당연히 상상력을 동원한 작품들이다. 「어느 흥미로운 해의 일기」는 특히 더 암울하고 참혹하고 잔인한 미래의 참상을 그린다. 「뉴로맨서」는 록 음악과 화려한 치장이 철저히 금지된 삭막한 미래 사회, 그에 저항하는 젊은이들을 그린다. 역시 암울한 미래를 배경으로 음악의 비트를 규제하는 정부와 저항군 사이의 전쟁을 다룬 김중혁의 「펭귄 뉴스」를 연상시킨다. 「연료 강탈자」와 「위성류 벌채꾼」은 자원 부족이 불러올 수 있는 도덕성의 붕괴와 참담한 상황을 상상한다. 익명의 이탈리아 창작 집단 우밍이 쓴 「아르체스툴라」는 조금 예외다. 이 소설 역시 미래에 닥칠 끔찍한 재앙을 암시하지만, 재앙 이후에 오히려 정화된 환경과 건강해진 공동체의 모습을 보여 줌으로써 희망적인 메시지도 함께 전한다. 이 단편 소설에서는 반복적인 암시를 통해 과거와 현재와 미래가 연결되어 있다는 사실을 강조한다.

　수긍이 가는 얘기다. 따지고 보면 현재의 불안은 겪

어 보지 않은 미래에 대한 상상에서 나오고, 미래에 대한 상상은 과거에 대한 기억과 현재의 불안(그리고 그런 불안에 대한 공감)에서 나온다. 그러니 과거와 현재와 미래는 서로 연결되어 있다. 연결되어 있는 것은 시간만이 아니다. 생태계를 구성하는 인간과 동물과 식물 역시 서로 연결되어 서로에게 영향을 미친다. 이 연결 고리에서 현재의 생태계 위기에 가장 크게 기여한 존재가 단연 인간이라는 점은 두말할 필요도 없는 사실이다. 현실의 이익과 인간 중심 세계관 앞에서 쉽게 희생되는 자연을 보면 여기 실린 여러 단편에 나오는 암울한 이미지가 절로 떠오른다. 그러나 그런 와중에도 우리가 한줄기 희망의 빛을 찾을 수 있다면, 우리가 결자해지의 열쇠를 찾을 수 있다면, 그것은 아마 기억하고 공감하고 상상하는 우리의 능력, 그리고 이 세상 모든 것이 서로 연결되어 있다는 것을 보편적으로 인식하는 행위에 있지 않을까 싶다. 지구 온난화로 점점 줄어드는 빙하 위에서 북극곰이 앙상하게 여윈 몸과 막막한 표정으로 위태롭게 떠 있는 모습을 TV 다큐멘터리에서 자주 본다. 그들을 보고 안타까움과 공감을 느낀다. 생태계 위기를 극복하기 위해 인간 중심적 세계관에서 생태 중심적 세계관으로의 전환을 강조하는 심층 생태학자들의 주장이 떠오른다. 곰 편에 서겠다는 뮤어가 지향한 것은 결국 인간과 곰이 서로 대립하는 존재가 아닌 같은 자연의 일부로서 상생하고 공존하는 세상, 인간이 곰과 함께하는 세상이 아니겠는가?

2017년 9월
정해영

곰과 함께

1판 1쇄 찍음   2017년 9월 22일
1판 1쇄 펴냄   2017년 9월 29일

지은이   마거릿 애트우드 외
옮긴이   정해영
발행인   박근섭, 박상준
펴낸곳   (주)민음사

출판등록   1966. 5. 19. (제16 - 490호)
주소   서울시 강남구 도산대로1길 62
               강남출판문화센터 5층 (06027)
대표전화   515 - 2000   팩시밀리 515 - 2007
www.minumsa.com

ISBN 978-89-374-3469-3 (03840)

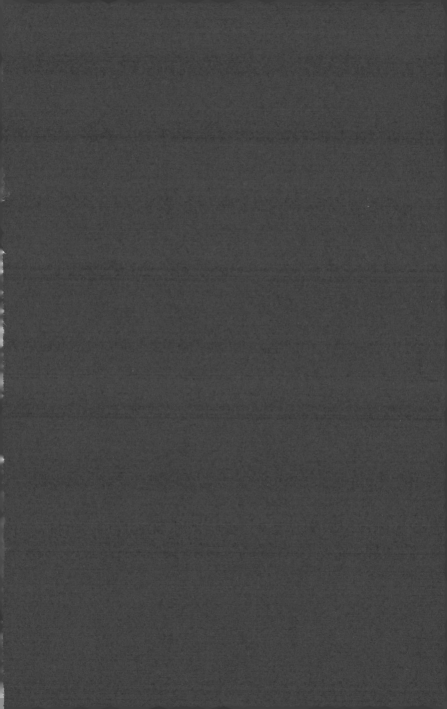